dtv premium

Frank Goldammer

GROSSES SOMMERTHEATER

Roman

dtv

Von Frank Goldammer
sind bei dtv außerdem erschienen:
Der Angstmann (21696)
Tausend Teufel (21756)
Vergessene Seelen (26201)
Roter Rabe (26209)

MIX
Papier aus verantwortungsvollen Quellen
FSC® C083411
www.fsc.org

Originalausgabe 2019

Umschlaggestaltung: semper smile
Werbeagentur GmbH
Satz: Greiner & Reichel, Köln
Gesetzt aus der Aldus LT Pro 10,75/15,75'
Druck und Bindung: CPI books GmbH, Leck
Gedruckt auf säurefreiem, chlorfrei gebleichtem Papier
Printed in Germany · ISBN 978-3-423-26216-3

Prolog

Ein richtiges Meer ist die Ostsee, wenn auch nur ein kleines, mit Gezeiten, die kaum zu spüren und erst recht nicht zu sehen sind. Bei Wismar hat die Tide gerade einmal eine Amplitude von fünfzehn Zentimetern, ziemlich schlapp für ein Meer. Aber doch auch irgendwie gut, denn wer will schon ein Meer, dem man immerzu nachlaufen muss, um wenige Stunden später wieder vor ihm zu flüchten?

Auch der Salzgehalt ist längst nicht so hoch wie in einem richtigen Ozean und stammt zum größten Teil aus der Vermischung mit der Nordsee. Ungenießbar ist das Wasser allemal, auch wenn seine geringere Dichte weniger Auftrieb verspricht. Wer also entspannt auf dem Wasser liegen möchte wie im Toten Meer, dem sei empfohlen, eine Luftmatratze unterzulegen. Aber Vorsicht: Man sollte dabei tunlichst vermeiden, vom Wind hinausgetrieben zu werden.

Die Ostsee ist auch nicht sehr tief im Vergleich zu den großen Ozeanen, vierhundertneunundfünfzig Meter an der tiefsten Stelle, in weiten Teilen oft noch viel niedriger. Das klingt nicht imposant, doch zum Ertrinken reicht es allemal für den unerfahrenen Luftmatratzenkapitän.

Vor gefährlichen Tieren muss man sich in der Ostsee nicht fürchten. Es gibt kaum welche. Außer es verirrt sich mal ein Hai hierher. Der hätte dann gute Chancen, einem Phocoena phocoena zu begegnen, einer Unterart der Schweinswale. Leider ist ihr Bestand rückläufig. Die sehr scheuen und geräuschempfindlichen Kleinwale werden gerade einmal 1,85 Meter lang und sind mit ihrem weißen Bauch und schwarzen Rücken sehr hübsch anzusehen. Aber sie mögen die allgemeine Geräuschbelastung durch Schiffsmotoren und die sich vermehrenden Offshore-Windparks nicht. Zwar fand man eine Lösung, durch Blasenschleier deren Lärmpegel zu mindern. Doch wird dieser aus Kostengründen oft eingespart.

Für ein so kleines Meer ist die Ostsee sehr international, die Anrainerstaaten sind Dänemark, Schweden, Finnland, Russland, Estland, Lettland, Litauen, Polen, Deutschland und Rügen (die nennen sich da Südschweden, und es ist ihnen vollkommen ernst damit).

Ehrlich gesagt ist Ostsee kein wirklich guter Name für so ein eindrucksvolles Gewässer. Das Baltische Meer klingt viel imposanter, noch besser: die Baltische See. Rechnet man das Kattegat dazu (Experten streiten darüber, ob es nicht zur Nordsee gehört), ist die Baltische See circa 412 500 Quadratkilometer groß und beinhaltet eine Wassermenge von 20 000 Kubikkilometern. Manche bezeichnen sie auch als das größte Brackwassermeer. Aber das klingt ja nun wirklich fies, so als würde jemand zu deinem geliebten alten Auto Schrottlaube sagen.

Aber bleiben wir bei der Ostsee und stellen wir uns einen dieser schönen Tage vor, der sich zu einem prächtigen Sommertag entwickeln wird. Schon morgens ist es warm. Doch noch weht ein angenehmes Lüftchen. Irgendjemand hat Kaffee gekocht, in der Hecke zwitschern Vögel, jemand beginnt bereits, Rasen zu mähen, es riecht nach frischem Gras, die Schwalben zischen durch die Luft.

Die großen Ferien haben begonnen, und alle Sachsen (ja, wirklich alle!) haben ihre Koffer gepackt und sich am ersten Samstag auf der Autobahn im Stau angestellt, der sie im Schritttempo an die Ostsee bringt. Nun verteilen sie sich über die gesamte Küste. Aufgeregt pilgern sie über die Promenaden der Badeorte, begrüßen alte Bekannte, halten Ausschau nach neuen Geschäften, versuchen anzukommen und sind doch in Gedanken nie weg gewesen. Sie sind guter Dinge, freuen sich auf den Urlaub und hoffen auf gutes Wetter.

Denn gemein kann die Ostsee schon sein, richtig gemein. Wenn man Pech hat, werden zwei Wochen Ferien schnell zu einem Regendesaster, mit Ehekrach, dauernassen Kindern und einer fetten Erkältung. Dann sind in kürzester Zeit sämtliche Schlechtwetterattraktionen abgearbeitet, inklusive Stau auf Hin- und Rückweg, und die Reisekasse ist schneller leer als geplant.

Aber dieses Mal ist uns die Ostsee hold. Sie zeigt sich von der besten Seite, gelten doch ihre Küsten als die sonnenreichste Gegend Deutschlands.

Vormittags ist es schon so heiß, dass man es hinter den Dünen ohne Hut nicht aushält und man das Eis gar nicht so schnell essen kann, wie es einem in der Waffel schmilzt. Die Strände, an denen meist eine starke Brise weht, füllen sich unablässig, jeder freie Platz wird genutzt. Von der Strandpromenade tönt Musik. Es riecht nach Bratwurst und Sonnencreme. Kinder kreischen, trampeln über Handtücher und machen die Klamotten nass, die trocken bleiben sollten.

Lachmöwen, Chroicocephalus ridibundus, stoßen aus der Luft herunter, tauchen zwischen den kleinen Zelten und Sonnenschirmen ab, fischen nach sandigen Pommes, nach Wurstzipfeln, nach Keksresten, lassen angewidert Zigarettenkippen fallen. Männer stehen am Wasser, machen die Schultern breit und ziehen den Bauch ein, bis sie es irgendwann vergessen, sich entspannen und die Schwerkraft ihre Arbeit tun lassen.

Vom Ehrgeiz gepackt, buddeln Väter eifrig Sandburgen und bemerken nicht, dass ihre Kinder der Baustelle des Vaters längst den Rücken zugedreht haben und ihre eigenen, nicht so hohen, glatten, perfekten Burgen bauen. Sehnsüchtig blicken sie den braun gebrannten Eisverkäufern nach, die mit ihren Quads den Strand auf und ab fahren und Eis verkaufen, welches es hinter der Düne, keine zehn Minuten Fußmarsch entfernt, zum halben Preis gäbe.

Mütter sitzen auf ihren Badehandtüchern und schauen denselben braun gebrannten Eisverkäufern nach, ohne einen Gedanken an Eis zu verschwenden. Sie wissen nicht, ob sie sich ins Wasser wagen sollen. Nicht wegen der Quallen oder der oft niedrigen Wassertemperaturen, sondern weil sie unsicher sind, ob sie nicht doch besser den dunkelblauen Badeanzug statt des pink leuchtenden Bikinis hätten kaufen sollen. Hier am Strand scheint dieser plötzlich noch viel weniger Haut zu bedecken als noch vor dem heimischen Spiegel.

Kleine Käfer und Fliegen krabbeln durch das Zelt, kleben auf der Haut. Wespen tauchen auf, wo immer sich eine Bierflasche, ein Eis oder eine Bratwurst zum Munde bewegt. Ältere Herrschaften, die wie selbstverständlich ihre eigenen Regeln aufstellen, entkleiden sich auch am Textilstrand ganz und gar, um steifbeinig ins Wasser zu staken, als hätten sie gar kein Kälteempfinden mehr. Tatsächlich schwimmen sie schnurstracks aufs Meer hinaus. Jugendliche schlafen in der Sonne und verbrennen sich die Haut oder spielen Volleyball zwischen den Leuten und verbrennen sich die Haut, und der hochgeschleuderte Sand wird vom Wind aufgenommen, rieselt weiträumig auf die Strandgäste, bepudert Eis und Bratwürste. Leute rennen in die Dünen, obwohl es verboten ist. Manche allein, manche zu zweit. Möglicherweise schaut man Letzteren mit nostalgischen Gefühlen hinterher.

Es ist also zu heiß, zu laut, zu eng, zu teuer, zu sandig, aber genau das ist es!

Man möchte da sein.

Man möchte immer wieder kommen.

Man möchte gar nicht mehr weg.

Denn von der Promenade tönt Musik. Es riecht nach Sonnencreme, Bratwurst und Pommes, nach Fichten und nach Tang. Kinder essen Eis und kreischen im Wasser, Männer buddeln und vergessen sich und ihre alltäglichen Probleme, ihren Job, den Hauskredit, den Fußballverein. Frauen sitzen und schauen und entspannen sich ganz langsam, und eigentlich ist es ihnen längst egal, ob die Klamotten der Kinder nass geworden sind und Sand an den Keksen klebt. Jugendliche spielen Ball, bespritzen sich mit Wasser, sind gelöst und albern und nicht die coolen Typen, die sonst vorm McDonald's abhängen. Und heut Abend werden sie nicht schlafen können, weil ihre Haut glüht und das Lagerfeuer brennt und jemand Gitarre spielt.

Die Sonne blendet, der Sand ist so heiß, man kann kaum treten. Das Meer rauscht, die Wellen brechen, rollen über die Buhnen, kleine Steinchen kullern im Sog hin und her, hoffnungslose Romantiker greifen danach, im Glauben, es sei Bernstein. Strandwanderer kreuzen, bücken sich nach Muscheln, bleiben stehen, wenn jemand vor ihnen ins Wasser rennt, müssen Kleckerburgen umrunden. Ältere Frauen belächeln die Familien mit den Kleinkindern in seliger Erinnerung. Der Rentner kommt aus dem Wasser, Tang hängt zwischen seinen Beinen, und niemand beachtet ihn. Die Frau im pinken Bikini wagt sich doch nach vorn ans Wasser und würde sich wohl geschmeichelt fühlen, wüsste sie, was die Männer hinter ihren verspiegelten Sonnenbrillen darüber denken.

Gerade war noch Vormittag, nun wird es schon Abend. Man weiß nicht, wo die Zeit geblieben ist. Die Sonne steht tief. Lauer Landwind kommt auf. In der Ferne kreist der Haliaeetus albicilla, der Seeadler, und hält Ausschau nach Fischen und Wasservögeln.

Doch wenn niemand hinsieht, setzt der König der Lüfte zum Landeanflug an und tut sich an toten Fischen gütlich. Am Horizont zieht ein riesiger Tanker seine Bahn. Segelschiffe kehren gemächlich von kleiner Fahrt zurück. Die Bars öffnen. Irgendwann packen alle zusammen, machen Pläne für das Abendessen, sammeln die Kinder ein. Glücklich, erschöpft, die Haut ist gerötet. Sand rieselt aus jeder Ritze, die Lippen schmecken nach Salz.

Nur die Jugendlichen bleiben. Bleiben, bis der Tag zur Neige geht. Bleiben, bis der Himmel sich rot färbt, die Leuchttürme blinken und die Sonne zischend im Meer versinkt.

Das ist so ein Tag. Ein Tag am Meer. Eine Erinnerung, die einem für den Rest des Lebens bleibt.

1 Es ist genau so ein Tag, an dem der große schwarze BMW über die unbefestigte Straße durch ein Kiefernwäldchen schleicht. Er schaukelt wie ein Boot durch die von Wohnmobilen ausgefahrenen Wellen des Waldweges. Dieser BMW ist eines der ganz großen Modelle. Eines, nach denen man sich auf der Straße umsieht, weil er so teuer und selten ist und weil man als Normalsterblicher darüber staunt, dass es Menschen gibt, die sich einen solchen Wagen leisten können. Und weil man als dessen Besitzer niemanden vermutet, der sein Geld auf ehrliche Art und Weise verdient.

Staub wirbelt träge auf in der sommerlichen Hitze, Kiefernzapfen geraten unter die Räder und tauchen beinahe unversehrt wieder auf. Die nachmittägliche Sonne, die gelegentlich zwischen den Bäumen zum Vorschein kommt, reflektiert in den verschlossenen, grünlich getönten Scheiben des Wagens. Es riecht herrlich, nach Wald, Wärme und salzigem Wind. Doch abgeschirmt vor der Hitze, sitzen die Insassen in ihrem eigenen künstlichen Klima. Zwischen den Kiefern wächst ein dünner Grasteppich wie Velours, wäre man aufmerksam, hörte man ein paar Singvögel träge piepsen und die Wellen der Ostsee rauschen. Vom nahen Strand ertönt ein Möwenschrei.

Ein Sciurus vulgaris, ein Eichhörnchen, schaut aus etwa sechs Metern Höhe von einem Ast herab, wo es seinen Kobel hat. Es hat von den schwarzen Eichhörnchen gehört, die angeblich in die Reviere eindringen und die roten einheimischen Eichhörnchen vertreiben, doch das Ding da unten scheint keines zu sein. Ohnehin handelt es sich bei den schwarzen Eichhörnchen um Tiere derselben Art. Aber so ist es ja immer. Erst mal Panik machen.

Jetzt hält der Wagen an, schaukelt sacht auf seiner weichen Federung, die eigentlich dazu gebaut wurde, die Wageninsassen über die sanierungsbedürftigen Straßen Berlins schweben zu lassen. Die von ihm aufgewirbelte Staubwolke legt sich als feiner Film über den Lack.

Die Scheibe auf der Fahrerseite wird heruntergelassen, und der Fahrer wirft einen ungläubigen Blick auf das, was sein Navi ihm gerade befohlen hat: Biegen Sie jetzt links ab.

Von der Hauptstraße, die diesen Namen gar nicht verdient, zweigt ein Weg ab, kaum mehr als eine Doppelspur zwischen den Kiefern hindurch, und führt eine leichte Anhöhe hinauf. Zwischen den Bäumen schimmert etwas Weißes.

»Hier soll es sein?«, fragt der Fahrer. Der Mann ist sechzig, sein Haar ist dunkel, fast schwarz, ein wenig zu lang, nach hinten gekämmt und mit viel Gel fixiert. In Wirklichkeit ist sein Haar längst ergraut, und in Wirklichkeit hätte er wahrscheinlich gar nicht mehr so viele Haare auf dem Kopf. Doch mehrfache Haartransplantationen vertuschen die grausame Realität.

Der Fahrer des BMW ist groß und kräftig, jedoch nicht

dick, eher massig. Ein Bär von einem Mann, wie es so schön heißt, und beinahe wirkt seine stattliche Erscheinung wie eine Legitimation, diesen Wagen zu fahren. Der Mann trägt einen dunkelroten Schlips auf weißem Hemd. Eine große spiegelnde Sonnenbrille amerikanisiert sein Gesicht, macht ihn zum Kleinstadtsheriff. Es fehlen nur der Cowboyhut und der goldene Sheriffstern.

Nun nimmt der Mann die Sonnenbrille ab, und die Illusion verliert sich sofort. Jetzt sieht er aus wie ein Mann, dessen Job viel Stress mit sich bringt und der es doch gewohnt ist, das Sagen zu haben. Unter seinen Augen haben sich in den letzten Jahren beachtliche Tränensäcke gebildet, und die Falten in seinem Gesicht kommen bestimmt nicht vom Lachen.

»Wirklich? Hier?«

»Weiß ich doch nicht.« Die blondierte Frau neben ihm ist seine Ehefrau, und sie ist skeptisch. So wie die Reifen des BMW an den Großstadtasphalt Berlins gewöhnt sind, so ist sie an das Leben in der Stadt angepasst. An das gute Leben, mit den Cafés, den Modeboutiquen, den Frauenfitnessstudios mit persönlichen Trainern, den Schönheitssalons und den Mittagessen ganz oben im KaDeWe, an das Penthouse mit Blick über die Stadt, mit Aufzug und Portier. Sie profitiert von der Stellung ihres Mannes und schämt sich nicht dafür. Das hat sie sich verdient, das steht ihr zu. Schließlich ist es auch nicht einfach, einen Mann wie ihn auszuhalten, psychisch und physisch.

Neben ihm wirkt die Frau klein und untersetzt, aber sorgfältig geschminkt und mondän frisiert. Morgen, weiß sie, würde ihr Haar nicht mehr so aussehen. Sie überlegt schon die ganze Fahrt über, welches Kostüm sie morgen wohl am Strand tragen wird und ob sie allein eingeladen waren oder ob (Gott bewahre) auch all die anderen kämen. Sie beugt sich ein wenig vor, um etwas sehen zu können, sieht aber auch nur grünen Rasenvelours, Kiefern und die Spur zwischen den Bäumen. Das Eichhörnchen sieht sie nicht. Sie zuckt mit den Schultern. Für die Navigation ist ihr Mann zuständig.

Der Mann kennt dieses Schulterzucken. Von dieser Seite kommt keine Hilfe. Er ist auch sonst Kummer gewohnt, denn er ist ein CDU-Mann und hat es als Senator nicht leicht in Berlin. Ein kleiner, eingeschworener Wählerkreis beschert ihm mit eigentlich beruhigender Regelmäßigkeit seinen Posten. Doch da er weder migriert noch homosexuell noch körperbehindert ist (das sagt er selbst gern am Stammtisch) und auch sonst unter keinerlei Artenschutz steht (das sagt seine Frau), gehört er im Berliner Senat zu einer Minorität und ist Angriffen von allen Seiten ausgesetzt. Ständig will man ihm etwas ankreiden, andauernd soll er seine Finanzen offenlegen, immerzu lauert ihm jemand auf, will Beweise dafür haben, dass er Steuergelder verschwendet, dass er gegen private Spenden Aufträge vergibt, dass er die Sache mit dem Flughafen verschlampt hat. Und zu allem Übel scheint jemand aus der eigenen Fraktion seit einigen Monaten belastende Unterlagen aus seinem Büro zu entwenden, um sie direkt der taz zu übergeben. Es ist nicht wirklich brisantes Material, eher so Denkspiele, Rechenexempel, Was-wäre-wenn-Skizzen, geänderte Bauunterlagen, nicht öffentlich ausgeschriebene Bauverträge, Geschenke. Was kann er überhaupt dafür, dass Bauunternehmer ihm Geschenke machten? Reisen, Hotelaufenthalte, Fahrräder, Kleinwagen. Es wäre ja unhöflich, stets alles abzulehnen.

Er hat nicht die geringste Ahnung, wer von seinen Leuten der Maulwurf sein könnte. Keinem von denen traut er das zu, keiner hätte wirklich Grund, ihm in den Rücken zu fallen. Aber jeder ist käuflich, weiß er, man muss ja nur seine Senatorenkollegen betrachten. Nein, niemandem kann er mehr trauen.

Noch einmal sieht er auf den kleinen Bildschirm mit dem großen roten Pfeil, der nach links deutet. Doch wenn man nicht einmal mehr seinem Navi Glauben schenken darf, wem denn dann? Kurz entschlossen schlägt er das Lenkrad ein, nimmt den Weg, die sanfte Steigung hinauf.

Ein Acheta domesticus, ein Heimchen, beginnt zu singen, indem es seine Schrillader unter dem rechten Flügel über die Schrillkante auf dem linken Flügel bewegt und somit das Stridulationsgeräusch verursacht. Als es bemerkt, dass es zu früh ist, zieht es sich beschämt zurück.

Nach etwa hundert Metern erreicht der BMW ein von Hecken umsäumtes Grundstück. Ein offenes schmiedeeisernes Tor zwischen zwei steinernen Pfosten, auf denen jeweils ein Löwe thront, wirkt einladend. Die Einfahrt ist ein Bett aus strahlend weißem Kies, der so sehr blendet, dass der Fahrer seine Brille wieder aufsetzen muss.

Wären es nicht die Räder des Wagens, könnte man meinen, seine Zähne knirschten im Zorn. Seine Kiefer mahlen, an der Schläfe schwellen die Adern. Er hält sich in dem großen Rondell rechts, fährt eine Viertelrunde und stoppt in sicherem Abstand zu der wirklich, wirklich großen Villa.

Der Fahrer, nennen wir ihn Erwin, schüttelt fassungslos den Kopf, beugt sich weit vor über das Lenkrad und lugt durch die Frontscheibe des BMW, um das Gebäude in seiner vollen Größe in Augenschein zu nehmen. Es gelingt ihm nicht ganz, denn zwei Türmchen mit Wetterfahnen recken sich eifrig in den blauen Himmel.

»Das kann nicht sein Ernst sein. Was der Alte sich nur dabei gedacht hat?«

Gisela, Erwins Frau, sieht aus dem Seitenfenster. Sie kann bis zu den Spitzen der Türmchen hinaufsehen. Ihr gefällt das Haus. Es trifft genau ihren Geschmack. Es hat nur einen entscheidenden Makel: Es ist nicht ihres.

»Ich hab es dir gesagt. Du hättest eher mit ihm reden sollen!«

Ja, das kann sie gut. Vorwürfe machen.

»Was denn reden?«, knurrt Erwin und kann seinen Blick nicht losreißen.

»Du weißt genau, was ich meine. Dass er deine Vormundschaft anerkennt, dass du über sein Vermögen verfügen kannst, ehe er in seiner Senilität alles verprasst!«

»Erstens: Es ist sein Geld«, sagt Erwin und denkt insgeheim etwas anderes, »und zweitens: Er ist nicht senil! Er mag zwar klapprig sein, aber hier«, Erwin tippt sich an die Stirn, »hier tickt noch alles richtig!«

»Du wirst sehen, wenn der mal den Löffel abgibt, ist nichts mehr da!«

»Mama!«, mahnt da eine junge Frau von der Mitte der Rückbank. Es ist Regina, die jüngere Tochter des Ehepaares. Sie ist siebenundzwanzig Jahre alt, auf die Entfernung sehr hübsch, schlank, dunkle Haare, dunkle Augen. Betrachtet man sie näher, wirkt sie abgekämpft, müde und schwitzt trotz der Klimaanlage. Stille Hysterie begleitet sie bei allem, was sie tut, und schon immer glaubt sie, dass immer alles schiefgehen wird. Das ist grundsätzlich gar keine schlechte Einstellung, vermeidet man so größere Enttäuschungen.

Das Schlimme daran ist, dass ihr Vater genau das Gleiche glaubt von seiner jüngeren Tochter und sie schon längst als hoffnungslosen Fall aufgegeben hat.

Regina wünscht sich nichts mehr als Ruhe und Frieden. Sie hasst den Beruf ihres Vaters und wünschte, er hätte einen normalen und vor allem richtigen Beruf. Wozu Politiker nicht zählt.

Rocco, Reginas Sohn und Erwins Enkel, ist noch nicht vier Jahre alt und schläft links von ihr in seinem Kindersitz. Sein Kopf hängt nach vorn, die Haare sind verschwitzt. Seine Nase läuft, und er riecht verdächtig. Doch die Augen sind geschlossen.

Alle Anwesenden sind froh über diesen Zustand. Es hat eine Ewigkeit gedauert, den Jungen müde zu machen, fast den gesamten Weg von Berlin hierher. Ständig verlangte er nach seinem Spielzeugauto und nach seiner Plüschkuh, die sich nach Reginas Angaben beide hinten in einem der Koffer befinden sollten, tief im Kofferraum versteckt. Erst nachdem Erwin auf einer Autobahnraststätte ziemlich unwirsch alle Koffer durchsucht hatte, war man zu dem Schluss gekommen, dass Auto und Kuh in der Hektik des Aufbruchs wohl zu Hause vergessen worden waren.

Regina war darüber in stumme Panik geraten, denn der Junge schlief nie ohne Kuh und Auto. Nun waren sie gezwungen gewesen, den Jungen von Kühen und Autos abzulenken, was nicht gerade leicht war auf einer voll befahrenen Autobahn und anschließenden Überlandfahrt. Erst kurz vor der Insel Usedom, nach zahllosen Ich-sehe-was-was-du-nicht-siehst-Runden, nervtötenden Klatsch- und Singspielen und vier Pipistopps übermannte Rocco zu Erleichterung aller der Schlaf.

Moment, eine Person betrifft das nicht. Ein zweiter Junge sitzt ganz rechts auf der Rückbank. Auch er ist ein Enkel Erwins. Er ist vierzehn, hat glattes, etwas zu langes dunkelblondes Haar, das mühsam zur Tolle aufgeföhnt ist, und leichte Akne im Gesicht. Seine Zahnspange ist erst seit einigen Tagen aus dem Mund verschwunden. Diese Zahnspange, vielmehr der Umstand, sie tragen zu müssen, hatte den Jungen seit Jahren belastet. Kaum, dass er den Mund zu einem Lächeln öffnen, ein Wort zu viel sagen oder bei irgendeiner Gelegenheit in den Vordergrund treten wollte.

Nun aber könnte er sich befreit fühlen, das Leben genießen, es endlich wagen, auf Leute zuzugehen, vor allem auf Mädchen. Doch seitdem seine Großeltern ihn in Potsdam eingesammelt haben, ist sein Blick nicht ein einziges Mal von dem Smartphone in seinen Händen gewichen. Was um ihn herum geschieht, ist ihm egal, solange es ihn nicht direkt betrifft. Sein Cousin Rocco auf der anderen Seite von Tante Regina ist für ihn so fern wie der Mann auf den Mond. Opa Erwins unterschwelliger Zorn, Oma Giselas ewige Unzufriedenheit sind nichts weiter als

Hintergrundgeräusch. Und der Alte, von dem alle sprachen, ist ihm sowieso egal.

Nennen wir den Jungen Tom. In einer anderen Realität heißt er *Dunkler Rächerelf,* ist ein Krieger der elften Stufe, fähig, ein Rudel Wölfe zu führen. In einer weiteren Realität heißt er *Nachtschatten,* ist ein Assassine, ein lautloser Mörder, Godfather der Meuchelgilde. In einer vierten Realität nennt man ihn *Lord Memrod,* und er ist ein wüster Herrscher in einem Strategiespiel. Im echten Leben wünschte er, T genannt zu werden. Einfach so. Die Leute in seiner Schulklasse nennen ihn jedoch T-Beutel, denn Spitznamen haben ihre eigene Dynamik. Seine Eltern nennen ihn einfach Thomas, wie es in seiner Geburtsurkunde steht.

Toms Mutter Carola, die ältere Tochter von Erwin und Gisela und somit die Schwester von Regina, kann aus beruflichen Gründen nicht mitkommen. Wobei sie nicht gern über ihren Beruf spricht. Tom weiß, dass sich seine Mutter absichtlich vor Familienzusammenkünften drückt. Toms Vater Jens hat sich ebenfalls entschuldigt, er ist Feuerwehrmann und damit arm dran, denn Feuerwehrleute haben immer gerade Dienst, wenn es darum geht, an Familienzusammenkünften, Beerdigungen oder Schulausflügen teilzunehmen.

Doch das alles ist Tom vollkommen egal. So egal, wie es einem Teenager nur egal sein kann.

Erwin, der große CDU-Mann, mag Tom lieber als Rocco, obwohl er seine Enkel eigentlich gleich liebhaben müsste. Tom war immer ein stilles Kind gewesen, es genügte, wenn man ihm eines dieser elektronischen Spielgeräte in die Hand drückte, während Rocco ein unerzogenes, verwöhntes und vor allem unberechenbares Ekel ist.

Früher war Rocco niedlich, ein richtiger Wonneproppen. Egal, was er absonderte, und war es nur ein Pups, es wurde mit Beifall begrüßt. Jedes Zimmer wurde ihm zur Bühne, ständig verdunkelte sich der Himmel über seinem Kinderwagen wegen der Köpfe verzückt dreinblickender Männer und Frauen. Rocco war mal der Star der Familie gewesen, doch der Ruhm war ihm zu Kopf gestiegen. Seine Vorstellungen verloren an Reiz. Inzwischen kann ihn niemand mehr leiden. Außer vielleicht Regina, auf deren mahnenden Tonfall ihre Mutter Gisela nun nicht eingehen will. Für alle anderen ist er nur noch nervig. Ein kleiner Tyrann, voller Ansprüche. Aber schlau. Und durchtrieben.

Zurück zum BMW, der im weißen Kies steht. Erwin glotzt die Villa an, Gisela unterstellt dem Alten Altersblödheit.

Angesichts der großen weißen Villa, die der Alte sich geleistet hat im achtundachtzigsten Jahr seines Lebens, scheint Gisela nicht ganz im Unrecht zu sein. Wer weiß, welchem Immobilienmakler er auf den Leim gegangen ist, denkt sie sich, wer weiß, was an der Bude nicht stimmt. Diesen Immobilienmaklern ist alles zuzutrauen. Gisela weiß, wovon sie redet. Bevor sie Erwin kennenlernte, hat sie selbst in der Immobilienbranche gearbeitet. Die Prämien, die sie dabei ergattert hat, waren nicht die schlechtesten gewesen.

Hätte sich der Alte nicht einfach davonstehlen, wie er es schon oft getan hatte in seinem Leben, und ihnen diesen Anteil seines vermutlich beträchtlichen Vermögens hinterlassen können? Sie hätte Erwin endlich überzeugen können, die Politik aufzugeben. Aber weil Erwin nicht einmal halb so viel Ehrgeiz entwickeln kann wie sein alter Herr, hatten sie keine Millionen Spendengelder auf geheime Konten umgeleitet und kein schönes Leben in der Schweiz in Aussicht.

Stattdessen nun dieses riesige Haus, welches erst mal wieder verkauft werden musste. Das würde Gutachterkosten und Maklergebühren nach sich ziehen, dazu noch Unterhaltskosten und Steuern. Das würde eine erkleckliche Summe ergeben, deren anteilige Zahlung sich zumindest einer im Kreise der Erben nicht leisten können würde.

Dieser Gedanke lässt Gisela seufzen. Sie presst die Lippen zusammen. Wie konnte er nur, der Alte. Das ist keine Villa mehr, das ist ein Schloss, bestimmt älter als hundert Jahre. Was das gekostet haben muss? Gisela schaudert. Saniert ist das Gebäude, die Türmchen glänzen wie Elfenbein. Fensterläden und Balustraden sehen aus wie handgeschnitzt, das war selbst in Polen nicht mehr billig. Die Malerei über der Eingangstür stammt von einem alten Meister, einem der letzten wahrscheinlich, die überhaupt noch in der Lage sind, so etwas ohne Schablonen zu zaubern. Aus dem Brunnen vor der Sandsteintreppe sprudelt klares Wasser aus den Mäulern verschiedenster Meerestiere.

»Na dann«, brummt Erwin in demselben Tonfall, mit dem er sich bei Pressekonferenzen der Journalistenmeute stellt, und steigt aus dem BMW. Gisela nimmt den großen weißen Strohhut vom Armaturenbrett und folgt ihrem Mann. Etwas unsicher steht sie im Kies, setzt den Hut auf und zieht das Kleid straff. Insgeheim denkt sie sich, dass es hier draußen wunderbar nach Meer riecht und dass sie versuchen sollte, ein wenig zu entspannen. Vielleicht wird alles nur halb so schlimm.

Da sollte sie sich gründlich irren.

2 Der Moment der Stille währt nur kurz. Genau genommen nicht einmal eine Sekunde. Als hätte es ein Dramaturg geplant, nähert sich Motorengeräusch und wird schnell lauter. Dann rauscht ein mächtiger silberner Jeep auf das Grundstück, fährt rechts an dem BMW vorbei, bespritzt ihn mit kleinen weißen Steinchen und bremst schließlich hart.

Der Fahrer drückt fanfarengleich auf die Hupe.

»Was für eine Bude!«, blökt er aufgedreht durch das offene Fenster. Seine Frau auf dem Beifahrersitz winkt geziert und zeigt blendend weiße Zähne.

»Oh nein«, stöhnt Erwin.

»Ich hab es dir ja gesagt«, zischt Gisela und zwingt sich ein Lächeln ins Gesicht angesichts ihres Schwagers und dessen Frau. Dessen neuer Frau.

»Und, ändert das jetzt irgendwas?«, presst Erwin ebenfalls lächelnd durch seine Zähne.

»Papa!«, mahnt Regina. Sie hat sich Rocco zugewendet, doch der schläft weiter, trotz des lauten Hupens. Regina wundert sich, denn daheim genügt das leiseste Geräusch, um das Kind aus dem Schlaf fahren zu lassen.

Jetzt aber regt sich Rocco nur ein wenig und schüttelt unwillig den Kopf.

»Ähhhhh!«, sagt der kleine Junge und sein Kopf fährt hoch.

Alle drehen sich zu ihm um und starren ihn an, nur nicht Tom, der starrt auf sein Smartphone.

Das piepst leise. Tom hat gerade Probleme. Sein Dorf wird angegriffen, und seine Türme waren noch nicht fertig gebaut, erst recht nicht sein Burgwall. Nun muss er Baukräfte vom Turm abziehen, damit sie Schleudern bauen können. Toms Blick zuckt zur Akkuanzeige, und das erste Mal seit drei Stunden zeigt er eine Gemütsregung.

Oder ist es doch nur ein nervöses Zwinkern?

Rocco schmatzt im Halbschlaf. Sein Kopf kippt wieder nach vorn, er schläft weiter. Vor seinem Mund bilden sich kleine Bläschen. Erwin atmet aus, verzieht unbewusst das Gesicht.

Der Mann im Jeep ist Harald, Erwins Halbbruder und vier Jahre älter als er. Vier Jahre, von denen er drei allein mit seinem Vater verbringen durfte. Drei Jahre, in denen Vaters Aufmerksamkeit nur ihm galt und keinem anderen Kind.

Das denkt Erwin. Natürlich schenkte der Vater dem kleinen Harald nicht die ganze Aufmerksamkeit. Der größte Teil galt den Geschäften, der nächstgrößte Teil den Frauen. Harald und seine Mutter durften sich mit dem mageren Rest begnügen. Harald lernte schnell, seinem Vater auszuweichen, denn der hatte immer mal eine Schelle parat, auch wenn es gar keinen Grund gab. Doch diese drei Jahre waren Erwin Anlass genug, seinem älteren Bruder dies ein ganzes Leben lang übel zu nehmen.

Harald, auch er ein großer kräftiger Mann, dessen Haar schon weit über die Stirn zurückgewichen und ergraut ist, steigt nun aus seinem Wagen. Im Gegensatz zu Erwin hat er noch nie einen Gedanken an eine Haartransplantation verschwendet. Er lässt das, was noch übrig ist auf dem Kopf, einfach wachsen und bindet es zu einem Zopf.

Nun knallt er die Jeeptür zu, vergisst dabei aber seine neue Frau. Wahrscheinlich ist er noch nicht an sie gewöhnt. Oder weil er einfach schlechte Manieren hat.

Wider besseres Wissen hat die neue Frau wohl gehofft, dass er ihr aus dem Auto hilft. Leicht beleidigt, eher noch peinlich berührt, macht sie sich am Türöffner zu schaffen. Tut beinahe so, als sei der Hebel etwas Unanständiges, das zu berühren ihr der Anstand verbietet. Sie benutzt hierfür nur zwei Finger und presst umständlich mit dem rechten Unterarm gegen die Tür. Endlich schwingt die gewaltige Beifahrertür auf und zieht dabei die Frau beinahe mit aus ihrem Sitz. In einer Abfolge affektierter Bewegungen, die verhindern sollen, den sowieso schon kurzen Rock nicht noch höher rutschen zu lassen, überwindet sie den Höhenunterschied von fast einem Meter zum Boden. Dann muss sie sich noch einmal strecken, nimmt ihren weißen Strohhut, der im Durchmesser mindestens doppelt so groß ist wie Giselas, vom Armaturenbrett und setzt ihn auf.

Harald hat indessen eine Zigarettenpackung aus der Hemdtasche geholt, klopft sich eine Zigarette heraus, holt nun aus der Hosentasche ein silbernes Feuerzeug hervor und zündet sich die Kippe an. Genüsslich saugt er den Rauch ein, tut etwas für die Umwelt, indem er ihm den Großteil aller gefährlichen Inhaltsstoffe entzieht, und bläst ihn wieder aus. Nun schlendert er lässig dem BMW entgegen. Die Absätze seiner schlangenledernen Cowboystiefel (illegale Importware) hinterlassen eine kleine Kraterreihe im Sand. Sein kariertes Hemd ist fast bis zum Bauchnabel aufgeknöpft und zeigt die braun gebrannte Brust, an seinem Gürtel glänzt eine polierte Schnalle in Form eines Totenkopfes. Es fehlt nur noch eine dicke Goldkette, um das Bild vom Straßengangster zu komplettieren. Harald lässt ein bewunderndes Pfeifen ertönen, was sich auf Erwin oder auch auf die väterliche Villa beziehen könnte.

Erwin kann bei dem Anblick seines Halbbruders nur den Kopf schütteln und will dabei nicht wahrhaben, dass er Harald in puncto Selbstdarstellung und Geschmacklosigkeit in nichts nachsteht.

»Seid ihr auch gerade erst …?«, dröhnt Harald.

»Pssst!«, unterbricht Gisela ihn sofort. »Der Junge schläft!«

Jede Sekunde, die Rocco noch länger schläft, ist ein Geschenk des Himmels. Mehr als einmal hat sie schon darüber nachgedacht, dem Jungen etwas Beruhigendes in den Saft zu geben, Tee und Wasser trinkt er sowieso nicht. Sie selbst nimmt ab und an ein Valium zu ihrem Sekt, und das hat ihr bisher auch noch nicht geschadet.

»Oh«, meint Harald entschuldigend. Mit dem kleinen Burschen kennt er sich nicht aus, hat aber die eine und andere Geschichte über ihn gehört. »Dann wollen wir ihn mal schlafen lassen, damit er nicht noch ein Feuer legt oder die Bude unter Wasser setzt.« Er lacht, verschluckt sich am Rauch und hustet.

»Was soll denn das heißen?«, fragt Regina beleidigt. Sie ist im Auto sitzen geblieben und öffnet über ihren schlafenden Sohn hinweg die Wagentür.

»Na ja«, brummt Erwin einlenkend, gibt aber seinem älteren Bruder insgeheim recht, denn er traut dem Bengel alles zu.

»Besser er schläft, als dass er nicht schläft.«

»Papa!«, entrüstet sich Regina mit Nachdruck. Sie steigt jetzt aus dem Wagen, ohne ihr schlafendes Kind zu berühren, was einer artistischen Glanzleistung gleichkommt, die aber von niemandem honoriert wird. Einzig Tom, dessen Sicht auf das Smartphone kurzzeitig von dem Hinterteil seiner Tante beeinträchtigt wird, fühlt sich genötigt, seinen Kopf etwa drei Zentimeter nach rechts zu bewegen. Drei Zentimeter zu viel, findet er.

Auch was er leistet, sieht niemand. Dabei wäre genau jetzt der richtige Zeitpunkt, ihm einmal anerkennend auf die Schultern zu klopfen. Der Angriff konnte abgewehrt werden, der Gegner ist vernichtet, doch sein Dorf ist halb zerstört. Arbeit von Stunden, wenn nicht sogar Wochen, je nachdem, ob man in Spiel- oder Echtzeit rechnet, ist verloren. Noch ein Angriff und er ist hinüber und müsste wieder von vorn anfangen. Verdammtes Leben, denkt sich Tom.

»Wo ist denn sein Vater? Der Dings …«, fragt Harald seine Nichte Regina und deutet auf den kleinen Rocco, der schlafend in seinem Kindersitz hängt. Die schweißnassen Haare kleben ihm an der Stirn, ein Spuckefaden läuft aus seinem Mund, direkt auf das Gurtschloss. Angeekelt verzieht Harald den Mund.

»Ralf, er heißt Ralf!«, pflaumt Regina zurück.

Bei dem Namen klingelt nichts in Haralds Kopf. Das hat aber nichts mit Vergesslichkeit zu tun, sondern mit purer Ignoranz.

»Ach ja, der.«

»Der hat beruflich zu tun«, erwidert Regina ruppig.

»War der nicht …?« Harald verstummt und stellt fest, dass er nichts Fundiertes über Roccos Erzeuger weiß. Er weiß noch nicht einmal, ob er ihn schon jemals gesehen hat oder ob der Typ, der Regina bei der letzten Familienfeier begleitete, von Rocco als Onkel oder als Papa bezeichnet worden war. Harald unterstellt Regina ganz pauschal einen laschen Lebenswandel, ohne es genau zu wissen. Doch eines hat er längst erkannt, dass alles, was Regina macht, dazu dient, ihren Vater vor den Kopf zu stoßen. Leider hat er bei Regina mit seiner halb ausformulierten Frage den Finger auf eine offene Wunde gelegt.

»Nein! War er nicht.« Regina schüttelt trotzig den Kopf und verschränkt die Arme vor der Brust. Was immer Harald sagen wollte, es kann nichts Gutes sein. Die Leute wissen so gut wie nichts über Ralf, aber mutmaßen, er sei ein Faulpelz, ein Taugenichts, ein Künstler gar. Wie kann sie das nicht persönlich nehmen? Erstens geht es um ihren Lebensgefährten, zweitens um den Vater von Rocco und drittens: Welches Bild müssen sie von ihr haben, dass sie Ralf so aburteilen?

Ralf ist nicht der Schlaueste, das mag sein, doch er ist nicht dumm. Er ist von schlichtem Gemüt, und das ist keine schlechte Eigenschaft. Er ist in einem angesehenen Unternehmen für Facility Management angestellt. Will sagen, er arbeitet als Putzfachkraft und leitet einen kleinen Trupp von fünf Leuten. Er hat sein eigenes Firmenauto und einen festen Kundenstamm, darunter einige Forschungsinstitute, den Hauptbahnhof, den Berliner Senat und das Kanzleramt. Tatsächlich ist er der Kanzlerin einige Male begegnet, was Regina veranlasst, vor Bekannten so zu tun, als seien der Ralf und die Angela ganz dicke.

Jedenfalls erfordert diese Art von Geschäft viele Früh-, Abend- oder Wochenendschichten, weshalb er, wie ihre Schwester Carola und deren Mann, nie bei Familientreffen anwesend sein kann. Nur eben mit dem Unterschied, dass längst niemand mehr nach Carola fragt. Dabei wäre es ganz interessant zu erfahren, was die den ganzen Tag so treibt.

»Und? Wie laufen deine Geschäfte?«, fragt Regina nun gehässig zurück. Giselas Kopf schnellt besorgt herum, denn mit dieser Frage begibt sich Regina auf Glatteis.

»Gut, danke.« Harald zupft sich mit Daumen und Zeigefinger an der Nase, eine lästige Angewohnheit nur. Für andere ein sicheres Zeichen für regelmäßigen Kokaingebrauch. Alle wissen, dass Harald ein Gangster ist, auch wenn nicht ganz klar ist, womit genau er eigentlich sein Geld verdient. Mit Drogenhandel möglicherweise, Hehlerei, Zuhälterei, Raub, Erpressung, Geldwäsche? Irgendetwas davon ist es ganz bestimmt, umsonst würde er nicht schon einmal zwei Jahre im Knast gesessen haben, da sind sich alle sicher. Und alle wissen, dass Harald weiß, dass sie es wissen. Und ihn darauf anzusprechen, sägt an den Grundfesten dieses fragilen Gebildes und könnte einen Eklat heraufbeschwören.

Was Harald tut, erfüllt ihn gleichermaßen mit Stolz und auch mit Scham. Er kann es nicht so recht erklären. Erzählen mag er es jedenfalls nicht. Dass Regina ihn so offen darauf anspricht, lässt ihn unsicher werden. Macht sie sich lustig über ihn?

»Was der Alte nur will?«, fragt Harald, der jede Art von Verlegenheit mit Burschikosität überspielt. Jetzt fällt ihm auf, dass er seine Goldkette zu Hause vergessen hat. Er kommt sich nackt vor auf der Brust. Asche fällt von seiner Zigarette auf seine Hose.

»Ich nehme an, wir werden es erfahren«, sagt Maria-Sophie. Haralds neue Frau hat in ihren Stilettos, mit seitlich ausgestreckten Armen und Tippelschritten wie eine Seiltänzerin, die zehn Meter über den Kies vom Jeep bis zum BMW überwunden, ohne dass ihr jemand zu Hilfe gekommen ist.

Allein ihr dabei zuzusehen kostet den Beobachter in der Villa einen ganzen Tagesvorrat an Nerven.

Soviel man von Maria-Sophie weiß, kommt sie aus einem ungarischen Adelshaus, wohnte ihr Leben lang in Baden-Baden, bis sie von Harald vor einem Jahr nach Sachsen verschleppt wurde. Sie erzählt gern von dem Reichtum ihrer Familie, welcher angeblich durch Enteignung und Vertreibung verloren gegangen ist. Die Wahrheit liegt wie immer irgendwo dazwischen, glauben die meisten in der Familie. Denn es gibt auch Gerüchte, ihr Vater habe sämtliches Geld im Casino von Baden-Baden durchgebracht.

Maria-Sophie ist etwa fünfzig und nicht die Mutter von Haralds beiden Kindern. Sie besitzt den Körper einer Dreißigjährigen, in die Kleidung einer Achtzehnjährigen gepresst, und den Geist eines verwöhnten Teenagers. Sie hat sich noch niemals Gedanken um irgendetwas machen müssen. Drei Ehemänner sind ihr angeblich schon weggestorben, unter tragischen Umständen, wie man hört. Einer muss wohl unter einem Kissen erstickt sein, ein anderer ist in der Wohnung unglücklich gestürzt, ein dritter kam von einer Wanderung nicht wieder, sodass man ihn erst als vermisst gemeldet und schließlich für tot erklärt hat. Doch Maria-Sophie hadert nicht mit dem Schicksal, verzweifelt nicht, sie ist eben eine Frohnatur. Dabei helfen ihr drei geerbte Vermögen, die ihr als trauernder Witwe zufielen. Sie ist ungern allein und glaubt noch immer an die Liebe. So ist sie bei einer Kur (oder einem zwielichtigen Geschäft, wie die meisten vermuten) an Harald geraten, hat sich von seinem Ruf beeindrucken lassen und ist ihm mit den für sie typischen Tippelschritten nach Sachsen gefolgt, mitten in die Landeshauptstadt mit ihren schönen Elbwiesen und Barock- und Renaissancegebäuden und dem einen oder anderen denkmalgeschützten Kopf.

Harald hält, wie alle anderen Dresdner auch, seine Stadt für die schönste der Welt und hat dabei wahrscheinlich recht, oder auch nicht, denn er ist noch nicht weit herumgekommen. Harald macht sich offenbar keine Gedanken darüber, was seinen Vorgängern geschehen ist. Und was auch immer die anderen Familienmitglieder darüber denken, es ist alles andere als nett. Nebenbei bemerkt findet Erwin den Körper von Maria-Sophie gar nicht schlecht und neidet seinem Bruder diese Frau. Was wiederum verständlich ist, denn Erwins Frau Gisela ist neunundfünfzig, und das im Körper einer Neunundfünfzigjährigen.

»Der Kleine will mir wohl nicht Guten Tag sagen?«, fragt Maria-Sophie spitzmündig, als hätte die Hitze ihre Lippen schrumpfen lassen.

Regina sieht sie vorwurfsvoll an. »Der Kleine schläft noch.«

»Aber er spielt doch.« Maria-Sophie hält mit affektiert gespreizten Fingern die Krempe ihres Hutes fest und geht mit geschlossenen und seitlich gedrehten Knien etwa zwei Zentimeter in die Hocke, um besser unter das Wagendach blicken zu können. Dabei hält sie mit der anderen Hand ihre kleine Handtasche an den Körper gepresst. Jetzt wird klar: Sie spricht von Tom.

Warum sie Rocco völlig ignoriert, ist schnell erklärt. Rocco ist in einem Alter, in dem Kinder für Maria-Sophie unsichtbar sind. Sie weiß mit solchen kleinen Kindern nicht umzugehen, da sie unberechenbar sind, unerwartet handeln und keinerlei Wert auf Etikette und Kontostände legen. Einmal hat sie einem schreienden Kind im Supermarkt fünfzig Euro geboten, damit es still ist. Das Kind war gerade drei Jahre alt. Dessen Mutter hat, anstatt dafür zu sorgen, dass das Kind die Klappe hielt, ihr einen furchtbar langen und sehr hysterischen Vortrag gehalten, der erst endete, als Maria-Sophie ihr den Fünfziger anbot, damit sie den Mund hielt. Deshalb hatte Maria-Sophie beschlossen, Kinder erst als reale Lebewesen wahrzunehmen, wenn sie etwa die fünfte Klasse besuchen.

Tom blickt nun träge auf. Irgendwie hat er registriert, dass er in den Fokus einiger Anwesender geraten ist. Eine seiner Augenbrauen hebt sich ein wenig. Wie alle Jugendlichen in seinem Alter gebärdet er sich, als habe er schon alles auf der Welt gesehen. Als könne man ihm nichts vormachen. Und genau genommen hat er auch alles auf der Welt schon gesehen, auf YouTube. Picklig, lang und dünn ist er. Und beim Gehen schafft er es kaum, alle Gliedmaßen sinnvoll zu koordinieren. Das Gesicht ist beinahe noch das eines Kindes. Und er benimmt sich auch oft genug noch so. Seine Haare, die er zu einer hohen modernen Tolle aufgeföhnt trägt, machen ihn noch mal zehn Zentimeter größer, als er sowieso schon ist.

Nun stellt er seine Füße ins Freie und steigt aus dem Auto. Dieser Vorgang nimmt eine gewisse Zeit in Anspruch, in etwa so, wie wenn man einen Zollstock auseinanderklappt. Irgendwann ist er zur vollen Länge aufgerichtet, und nun muss Maria-Sophie zu ihm aufblicken.

»Hallo, Tante Maria-Sophie«, sagt er mit tiefer Stimme und reicht artig die Hand. Maria-Sophie sieht darüber hinweg, dass der Anstand anderes gebietet, nämlich dass der Jüngere zwar zuerst grüßt, doch erst die Hand gibt, wenn sie vom Älteren dargeboten wird. Wahrscheinlich glaubt sie, dass sie sowieso fast ein und dieselbe Generation sind.

»Hallo, Onkel Harald«, wendet Tom sich seinem Onkel zu.

»Tom, altes Haus.« Harald haut ihm kameradschaftlich auf die Schulter. Dabei weiß er nicht, wie er mit ihm umgehen soll. Er selbst hat nur zwei Töchter, und mit ihm selbst war in diesem Alter sowieso niemand umgegangen. Außerdem unterstellt er dem Jungen, dass dieser viel gebildeter und intelligenter ist als er selbst. Harald hat Hemmungen, ein echtes Gespräch mit Tom anzufangen, um nicht vor allen Anwesenden die Grenzen seines Intellekts ausloten zu müssen.

Der Junge nimmt den derben Schlag emotionslos zur Kenntnis, auch wenn er ihn beinahe aus dem Gleichgewicht bringt. Hier irgendwo muss das Meer sein, denkt er. Hören kann er es, auch Kindergeschrei und Möwengekreisch, oder umgekehrt. Ob man hier Pokémons finden kann, fragt er sich, denn es scheinen viele Menschen am Strand zu sein, den Geräuschen nach zu urteilen. Doch allein würde er nicht losziehen. Schon gar nicht, ohne das Smartphone geladen zu haben. Hunger hat er, stellt er fest, und Durst. Aber so weit war er schon herangereift, dass er die Lage ganz gut einschätzen konnte. Keiner der Erwachsenen würde jetzt bereit sein, sich um ihn zu kümmern.

Er fragt sich allerdings, warum noch niemand den Alten im Rollstuhl und die Krankenschwester auf der Veranda bemerkt hat. Wahrscheinlich, weil alle mit sich selbst beschäftigt sind. Wie immer. So wie er es schon schmerzhaft am eigenen Leibe zu spüren bekommen hat. Dass es doch ein ganz angenehmes Wochenende werden kann, überlegt er noch. Dass es aber auch schön wäre, bald wieder heimzukommen. Ob er den Alten auf der Veranda nach einer Steckdose anhauen kann? Ob …?

Ein Gedanke lässt sein Gesicht aufblühen wie ein zartes Blümchen auf einer Wiese. Seine Augenbrauen heben sich, die Pupillen und die Nüstern weiten sich, seine Mundwinkel erfahren Entspannung, wandern nach oben, seine Synapsen, gerade noch damit beschäftigt, die Abwehr zu sortieren, die Ressourcen zu verteilen, Gegenangriffspläne zu schmieden, den Bau der Verteidigungsanlagen voranzutreiben, ziehen sich umgehend aus dieser Realität zurück, um in die echte, nein, um in die andere Realität zu wechseln. Eine Realität, die seit einigen Monaten Dinge für ihn bereithält, die es vorher noch nicht gegeben hat. Dinge, die in direktem Zusammenhang mit der weiblichen Anatomie stehen. So sieht er seine Klassenkameradinnen plötzlich mit anderen Augen. Nein, es sind dieselben Augen, nur richten sie sich auf andere Dinge. Auf Rundungen vor allem. Seit Kurzem fragt er sich ernsthaft, wie das wohl funktioniert mit dem Sex. Dank des Internets weiß er schon sehr lange sehr viel, doch die brennenden Fragen, was wirklich daran ist und warum alle immer so wild darauf sind, hat ihm noch niemand beantwortet. Tom räuspert sich. Sein Stimmbruch liegt eigentlich hinter ihm, aber er kann sich noch nicht zu hundert Prozent darauf verlassen.

»Äh ... Onkel Harald, kommen denn ... äh ... Tante Ute äh ... und ... äh ... Onkel Sven nicht?«

Harald hebt die Schultern und schiebt die Unterlippe vor. »Doch, die müssten eigentlich ...«

Das Timing ist wirklich so perfekt, als hätte erneut ein Dramaturg die Hände im Spiel. Ein sonores Motorengeräusch ist zu vernehmen, das Prasseln aufgeworfener Kieselsteine, dann ein gequältes Jaulen. Im selben Augenblick pfeffert ein weinroter VW-Bus durch das Tor und rast direkt auf den Brunnen zu. Der Fahrer, es ist besagter Onkel Sven, legt eine Vollbremsung hin, und die Räder graben sich tief in den Kies. Die Stoßstange kommt dem Brunnenrand gefährlich nahe, berührt ihn ... doch nicht. Der Transporter wippt zurück.

»Erster!«, ruft Sven durch das offene Fenster und haut dreimal auf die Hupe.

Augenblicklich beginnt eine Sirene zu heulen. Alle sehen sich suchend um. Brennt es irgendwo?

Nein, Rocco ist aufgewacht. Gerade noch im Tiefschlaf, stemmt er sich nun in seinem Kindersitz gegen die Gurte. Sein niedlicher Mund ist weit aufgerissen, die Augen zusammengekniffen. So brüllt er sich die Seele aus dem Leib. Regina hechtet in den BMW, um ihrem Sohn in dieser schweren Stunde zur Seite zu stehen. Sie will ihm die Stirn streicheln, ihm gut zureden. Hätte ich doch nur Plüschkuh und Spielzeugauto, denkt Regina verzweifelt. Nach einigen Augenblicken, in denen Rocco an sich selbst zu ersticken droht, entscheidet sie, es ist Zeit für das letzte Mittel der Wahl.

Regina weiß selbst nicht mehr genau, wann es geschehen ist, doch irgendwann hatte sie begonnen, Rocco mit Schokolade zu bestechen.

Man muss das verstehen, nie hatte sie einen Moment Ruhe vor ihrem Sohn. Sie war ständig in Habachtstellung. Dauernd warf er etwas um, zerstörte etwas oder machte gefährliche Dinge. Wenn er schlief, schlief auch sie, denn er schlief nie allein und forderte ihre Anwesenheit mit endlosem Sirenengeplärr ein. Eines Tages aber war es verdächtig still in der Wohnung. Panisch rannte sie durch alle Zimmer, vermutete ihren Sohn in schlimmster Gefahr. Sah ihn mit scharfen Messern spielen, feuchten Fingern an der Steckdose oder in der Waschmaschine eingesperrt. Doch er hatte nur das Fach mit den Süßigkeiten gefunden. Reginas Hirn, längst nicht mehr so aufnahmefähig wie früher und schon gar nicht in der Lage, logische Schlussfolgerungen zu ziehen, nahm in diesem epischen Moment nur diese zwei offensichtlichsten Informationen auf: Rocco hat Schokolade in der Hand. Rocco ist still. Das genügte.

Rocco ist gar nicht anspruchsvoll. Er besteht nicht auf teurer Markenschokolade. Hauptsache, es ist braun und süß.

Natürlich erreicht Regina damit nur, dass Rocco nun immer schreit, wenn es ihn nach Schokolade gelüstet. Diese Kausalität ist ihr durchaus bewusst. Doch sie verdrängt das und hofft darauf, dass sich das eines Tages geben wird, spätestens, wenn er achtzehn ist und auszieht.

Niemand in der Familie wagt, Regina auf die Sinnlosigkeit ihrer Methode hinzuweisen, denn sie reagiert sehr empfindlich auf dementsprechende Hinweise. Möglicherweise ist Rocco auch deshalb in keinem Kindergarten angemeldet, weil Regina weiß, dass irgendeine Besserwissererzieherin ihr garantiert erklären wird, wie schädlich Schokolade für das Kind ist.

Stattdessen sucht Regina im Internet nach hilfreichen Tipps, die mit ihrer Handlungsweise konform gehen. In Zeiten wie diesen, da jeder sich zu jedem Thema in irgendeinem Forum auslassen kann, findet sich immer jemand mit der richtigen Meinung. *Schokolade – na und?*, nennt sich eine Gruppe. *Was geht dich mein Kind an?*, eine andere. Es ist wirklich nicht schwer, man muss nur lange genug suchen.

Letztendlich ist es nicht von der Hand zu weisen: Rocco ist still, wenn er Schokolade bekommt. Das war ein Ergebnis, und allein das zählte. Man muss nur alles aus der richtigen Perspektive betrachten. Wahrscheinlich wird sich Rocco irgendwann auch nicht mehr mit Schokolade abspeisen lassen. Dann wird sie zu anderen Mitteln greifen. Es muss ja nicht gleich ein Smartphone sein. Ein NintendoDS genügt bestimmt für den Anfang.

3 Inzwischen ist noch ein zweiter VW-Bus, ein weißer, in gemächlichem Schritttempo angekommen. Sven, der aus seinem Bus ausgestiegen ist, stellt sich dem weißen Bus in den Weg und streckt die Siegerfaust in die Luft. Sein Mund verformt sich wie unter einer großen Anstrengung, er zeigt Zähne und Siegeswillen, obwohl er doch nur feste aufs Gaspedal getreten ist. Seine Frau Ute hat dieses Gesicht bei anderer Gelegenheit schon des Öfteren gesehen und findet, er sieht dann aus wie ein Nacktmull, der aus Versehen ans Tageslicht geraten ist.

Sven trägt seine Haare ganz kurz, um die kahle Stelle oben auf dem Kopf zu verbergen, eine Logik, die sich, außer ihm, keinem erschließt. Eigentlich ist er blond, nun sieht es von Weitem aus, als trage er eine Vollglatze. Er ist vierzig, ein wenig untersetzt, aber eigentlich nur im Vergleich zu seinem Schwiegervater Harald. Genau genommen ist er durchschnittlich groß und geht auch regelmäßig ins Fitnessstudio. Mit seinen Jungs trifft er sich jedes Heimspielwochenende am Dynamostadion. Die Auswärtsspiele kann er als Familienvater nicht mehr besuchen, und außerdem hat er in gut einem Dutzend Stadien in Deutschland und in Bern Stadionverbot. Grundsätzlich ist er gegen jede Gewalt. Wenn jedoch wirklich jemand so doof ist, mit einem Hansaschal oder einer Fahne von Magdeburg oder irgendeines anderen Scheißvereins durch die Stadt zu laufen, braucht er sich nicht zu wundern, wenn er eins auf die Nase bekommt. Sven findet das nur gerecht, denn andersrum ist es ja auch so. Hooligan würde er sich nicht nennen. Er ist einfach nur ein Dynamo-Fan. Einmal jedoch hat er sich im Fernsehen erkannt, da stand er breitbeinig auf zwei Sitzen, ein Pyro in der Hand schwenkend. Die Sprecherin sagte, das Spiel hat wegen wiederholter Hooligan-Ausschreitungen unterbrochen werden müssen, und da ist dann Sven sogar ein wenig stolz gewesen. Übrigens hat daraufhin die SG Dynamo Dresden eine Geldstrafe von mehreren Zehntausend Euro zahlen müssen, doch das war Sven egal. Erstens war es nicht sein Geld, und zweitens dürfen sie nicht Fußball spielen, wenn sie nicht wollen, dass es Ausschreitungen gibt. Dieses Argument klingt nach vier, fünf Bierchen noch viel logischer.

Aus dem weißen Bus steigt nun Jussi, ein schmaler, drahtiger Mann mit dunklen Haaren, die ihm bis in den Nacken reichen. Er ist ein Finne, den Tante Ida vor achtzehn Jahren nach Dresden geholt hatte. Sie wissen es selbst nicht mehr genau, wie sie sich kennengelernt haben, und streiten deshalb manchmal darüber. Wobei Ida ihren Mann nur aufziehen will und nicht merkt, wie ernst es ihm damit ist. Jedenfalls verliebte sich Jussi in Ida, die sehr fraulich war, wie auch ihre Halbschwester Ute. Harald nennt seine Töchter liebevoll Walküren. Aber nur in Gedanken.

Jussi ist so eine Art Superspezialist in einer Forschungseinrichtung in Dresden. Er sitzt ständig über Mikroskopen, züchtet Viren, die er auf Mäuse überträgt, und rechnet. Biologie hat nämlich viel mit Mathematik zu tun. Einen Großteil seiner wertvollen Zeit verschwendet Jussi jedoch mit der Bettelei um Forschungsgelder. Sein Glück ist, dass er an etwas arbeitet, das weltweite Aufmerksamkeit erregt.

Was er genau macht, erklärt er niemandem, denn seiner Meinung nach versteht das sowieso keiner. Wenn die anderen gefragt werden, was Jussi arbeitet, sagen sie, er forsche an Aids. Das ist so himmelschreiend falsch und doch richtig zugleich, aber Jussi gibt sich keine Mühe mehr, das aufzuklären.

Jussi fühlt sich im Großen und Ganzen wohl in Deutschland, auch wenn ihm der Winter sehr fehlt. Doch außer zu seiner Frau hat er kaum soziale Kontakte zu Deutschen. Der Umgang mit den Deutschen fällt ihm nicht leicht. Sie jammern immer nur, findet er. Anstatt sich zu freuen. Ständig hat er das Gefühl, sie sind beleidigt oder griesgrämig oder haben Geldsorgen. Oder alles zusammen. Sie beschweren sich über träge Kinder und verbieten ihnen aber allerorts zu spielen. Sie protestieren gegen Autobahnen, Windkraftanlagen und Atommüllendlager, aber nur, wenn sie direkt vor ihrer Haustür gebaut werden. Sie sind immerzu am Meckern, schimpfen über alles Mögliche und am liebsten über die anderen. Niemand bedankt sich, jede Leistung scheint selbstverständlich.

Am meisten leidet Jussi aber unter dem deutschen Humor. Er versteht ihn einfach nicht. Die Witze der Deutschen klingen in seinen Ohren dumm und oberflächlich, und selbst das Gelächter ist aufgesetzt. Jussi ist regelrecht angewidert davon, er möchte sich am liebsten die Hände auf die Ohren pressen und schreien.

Finnische Witze gehen anders. Finnische Witze erschließen sich einem erst in ganz langen Winternächten. Da hört man sich einen an und zieht sich dann zum Nachdenken zurück. Wenn also ein Finne in der Sauna plötzlich laut auflacht, wundert sich niemand, denn man weiß: Er hat gerade den Witz vom Vorabend verstanden.

Außerdem neigen die Deutschen dazu, ständig in Jussis kleine Sprechpausen hineinzureden. Jussi hasst das, deshalb hält er auch alle Deutschen für unhöflich, grob, selbstgerecht und ungebildet.

In der Auffahrt der Villa lässt Jussi nun alle Anwesenden links liegen und geht direkt auf Sven zu. »Das war kein Rennen!«, sagt er mit seinem leicht abgehackten Akzent.

»Ich habe aber gewonnen«, erwidert Sven.

»Es – war – kein – Ren – nen!« Jussi betont jede Silbe. Finnland ist ein kleines Land. Dass Timo Mäkinens Blut auch durch seine Adern fließt, ist sehr wahrscheinlich, wie auch das Blut von Ari Vatannen, Luha Kankkunen, Tommi Mäkinen, Jari-Matti Latvala, Mika Pauli Häkkinen, Valtteri Bottas und Kimi Räikkönen.

»A – ber – ich – ha – be – ge – won – nen.« Auch Sven betont die Silben.

»Wir haben Kinder im Auto und tragen Verantwortung und Schluss! Das war kein Rennen.« Jussi wartet Svens Reaktion gar nicht erst ab, kehrt um und widmet sich nun der angeheirateten Sippe. Er macht die Runde und reicht reihum die Hand. Er lächelt, nickt knapp mit dem Kopf. Sie sind ihm alle fremd, obwohl er sie schon so lange kennt. Keiner von ihnen hat sich je die Mühe gemacht nachzufragen, aus welchem Ort in Finnland er kommt, keiner hat je nach seiner Verwandtschaft gefragt, geschweige denn, dass auch nur einer von ihnen Interesse an Finnland gezeigt hätte. Sie sprechen langsam und deutlich mit ihm, als sei er zurückgeblieben oder schwerhörig, obwohl er besseres Deutsch spricht als sie.

Maria-Sophie hat noch kein einziges Wort an ihn gerichtet, obwohl er in Dresden beinahe monatlich mit ihr zu tun hat. Zu Harald, dem Großvater seiner Kinder, hat er nie ein Vertrauensverhältnis aufbauen können. Wenn er ihn mit den Kindern besucht, sitzen sie auf der Terrasse, trinken Bier und haben noch nie jemals andere Themen besprochen als das Wetter und Fußball. Wobei Harald geflissentlich ignoriert, dass Jussi Fußball völlig egal ist und er das Wetter in Deutschland einfach nur herrlich findet (abgesehen vom Winter). Die Deutschen haben keine Ahnung von schlechtem Wetter. Doch Jussi hat seinen Frieden mit sich gemacht. So was muss man tun, sonst führt das zu nichts Gutem. So stellt er sich ab und an vor, wie er in völliger Abgeschiedenheit einer Hütte im tief verschneiten finnischen Winterwald ein Familienmitglied nach dem anderen auf ziemlich blutige Weise um die Ecke bringt.

Ida, Jussis Frau, hält derweil, noch im Auto sitzend, eine Ansprache an ihre Nachkommenschaft. Sie ist eine resolute Frau. Sie spricht von Anstand und Benehmen, spricht davon, wie man grüßt, was man anfassen darf und was nicht, redet von angemessener Lautstärke, dass niemand gehauen, gebissen, gekniffen, getreten, gezerrt, gemobbt, bespuckt, bespritzt und festgebunden wird. Es soll keine Zusammenrottungen geben, niemand soll sich ungefragt zu weit entfernen, niemand geht ohne Erlaubnis an den Strand, erst recht nicht ins Wasser. Es wird nirgends hinaufgeklettert und herabgesprungen, Türen werden benutzt ebenso wie Treppen. Beeren werden nicht von den Sträuchern gegessen, Obst nicht von den Bäumen. Tiere werden nicht gejagt, nicht gelockt, nicht gefangen, nicht getötet, auch nicht Schmetterlinge und Käfer. Keine fremden Zimmer werden betreten. Jeder soll Kleidung tragen, nur mit Sonnencreme geschützt ins Freie. Barfuß zu gehen ist verboten, ebenso Ball zu spielen. Es wird nicht geschrien oder gepfiffen. Es werden keine Fallen gebaut, keine Löcher gegraben, erst recht keine Tunnel. Und während sie spricht und dabei überlegt, was sie noch nicht angesprochen hat, werden die Businsassen immer unruhiger. Denn je mehr Ida verbietet, umso höher steigen die Erwartungen und die Begehrlichkeiten.

»Habt ihr das alles verstanden?«, fragt Ida nun.

Ein vielfach gebrülltes Ja kommt als Antwort. Wir alle wissen: Das hat nichts zu bedeuten. Sie hätten zu allem Ja gesagt, nur um endlich hinaus ins Freie zu gelangen. Ida weiß das auch, doch was soll sie sonst machen? Wenigstens kann ihr niemand vorwerfen, nichts gesagt zu haben, und sie kann immer wieder darauf zurückgreifen. »Hab ich dir nicht gesagt« ist die am meisten benutzte Wortfolge der nächsten Tage. Nun platzen sämtliche Türen des Wagens auf und eine Unmenge Kinder strömen aus dem Bus.

Genau genommen sind es fünf, doch sie verursachen Lärm wie eine ganze Horde. Das lässt sogar Rocco sein Geheul vergessen. Sein niedliches kleines Rotzgesicht erstarrt, die Augen sind weit aufgerissen und selbst die dicken Kullertränen verharren in ihrer Bahn. So etwas sieht er nicht oft.

Die aus dem Bus gestürmten Kinder sind: Conny, fünf, Vincent, acht, Lena, zehn, Mika, zwölf, und zum Schluss noch Linda. Ein bezauberndes Wesen von sechzehn Jahren. Über Linda ist zu sprechen. Sie ist das älteste Kind von Ida und Jussi, noch kindlich im Geiste, deutlich weniger erwachsen als Tom. Sie lernt ein bisschen langsamer als andere und bestaunt die Welt mit offenen Augen und meist auch offenem Mund. Die Natur hat es gut gemeint mit ihr. Sie hat die dralle Weiblichkeit ihrer Mutter geerbt und hat diese bereits in einem sehr frühen Alter entfaltet. Beim Schwimmunterricht in der zweiten Klasse sorgte sie in der Umkleidekabine für pures Entsetzen unter den Mädchen. Ihr kindliches Gemüt lässt sie allerdings völlig unbedarft mit ihren Reizen umgehen. Ihre offenen Kulleraugen, das freundliche Lächeln und die riesige Oberweite haben schon manchem gesetzten Herrn den Schweiß auf die Stirn getrieben.

Das ist ihrer Mutter Ida natürlich nicht verborgen geblieben, deshalb sorgt sie sich besonders um ihre große Tochter und beäugt misstrauisch die Umgebung, vorzugsweise die männliche Umgebung. In ihren Augen sind Männer sowieso alle Schweine und manche ganz besondere Schweine.

Ida ist ohnehin sehr misstrauisch, regelrecht besorgt,

vermutet immerzu das Schlimmste, und sie lässt sich auch nicht einreden, dass sie paranoid ist. Natürlich unterhält jeder Staat eine geheime Polizei, um die Bürger heimlich zu überwachen. Erst vor einem halben Jahr war in ihrer Nähe eine Anlage installiert worden, die ganz augenscheinlich nur dem Zweck diente, die Telefonate im Viertel abzuhören. Immerhin hatte sie etwas dagegen tun können, mit einfachen Mitteln. Und war es nicht Beweis genug, dass am nächsten Tag die Handys nicht mehr richtig funktionierten? Und was ist mit dem Wohnmobil, das seit Monaten am anderen Ende der Straße steht, niemals bewegt wird, in dessen Fenster man nicht hineinsehen und dessen Halter man nicht ermitteln kann?

Für sie gingen alle Männer fremd, selbst Jussi, der ruhige, harmlose Finne, was sie ihm bis jetzt bloß noch nicht nachweisen kann. Doch irgendwo muss er sich ja herumtreiben in der Zeit, die er jetzt fast täglich später nach Hause kommt. Und deshalb versucht Ida ihrer Tochter tagtäglich einzutrichtern, dass es wichtig ist, nicht mit jedem zu sprechen, sich immer ordentlich anzuziehen, kein Rad mehr ohne Slip zu schlagen oder ohne BH Seil zu hüpfen.

Linda wiederum versteht das nicht. Sie hört sich die Reden ihrer Mutter zwar ohne Widerrede an, aber starrt dabei völlig gedankenlos durch sie hindurch.

Nun verteilen sich die Kinder über das große Grundstück. Eigentlich ist es ein Anwesen, mit Strandkiefern auf sandigem Boden, dichten Hecken als Abgrenzung, grasüberzogenen sanften Hügeln, Holzstapeln für den Kamin, Obstbäumchen, die eher zur Zierde als zur Ernte dienen, und einem verwitterten Schuppen. So viel also zu diesen Kindern, und bis auf Linda können wir sie jetzt getrost wieder vergessen.

Ach, Moment, da ist doch noch eines, in Onkel Svens Bus sitzt noch ein Mädchen und schläft. Sylvia, sieben Jahre alt, und wenn sie irgendwann erwacht, wird sie sich nahtlos in den Pulk der anderen Kinder eingliedern.

4 Tom beobachtet das Kindergewusel mit demonstrativ gelangweiltem Gesicht. Enttäuscht steht er abseits und verflucht sein Schicksal und sein mieses Leben, das offenbar noch schlimmere Dinge bereithält als nur die heimtückischen Angriffe professioneller koreanischer Online-Gamer. Was soll er nur hier? Zu den Kindern zählt er sich nicht mehr, zu den Erwachsenen noch nicht. Dabei fühlt er sich erwachsener als die Erwachsenen. Seine Mutter hat sich wieder einmal gedrückt vor dem Sippentreffen, ihm aber eingebläut, ja nichts über ihren Job zu sagen. Am liebsten würde er sich das ganze Wochenende über in seinem Zimmer verkriechen und mit seinem Smartphone spielen.

Doch hier ist er am Meer. Und tief in seinem Inneren sagt ihm etwas, dass es unverzeihlich sei, am Meer zu sein und sich in einem Zimmer hinter seinem Smartphone zu verstecken. Er fühlt sich von diesem Meer angezogen, die Stimmen locken, das Möwengeschrei, das Branden der Wellen, der Salzgeruch in der Luft. Aber welche Figur würde er da abgeben? Diese lange, dünne Gestalt mit dem seltsam schleichenden Gang, mit seinen großen Schritten, bei denen er die Füße nur wenige Millimeter vom Boden abhebt, mit seinen Armen, die wie Fremdkörper schlackernd am Körper hängen, mit seinem gekrümmten und alabasterweißen Oberkörper und den nach vorne hängenden Schultern, als schleppe er alle Last des Lebens in einem schweren Rucksack mit sich herum. Tom, allein inmitten einer Sippe voller unausstehlicher Menschen. Können Freud und Leid so nahe beieinanderliegen? Oh, armer Tom, es geht noch viel schlimmer, möchte man ihm sagen, noch viel, viel schlimmer. Sieh dich nur um.

Tom sieht sich um. Und genau in diesem Moment scheint sich etwas zu rühren in dem weißen VW-Bus. Da sich die Schiebetür des Busses auf der ihm abgewandten Seite befindet, sieht er nur den schmalen Streifen unterhalb des Busses. Ein von einer Sandale bekleideter schmaler Fuß betritt den Kies, der zweite Fuß folgt. Jetzt bewegen sich die Füße, verschwinden kurz hinter dem Rad und endlich: Ein Mädchen kommt hinter dem Bus hervor. Tom atmet langsam aus.

Das Mädchen, es heißt Vanessa, ist blond, dünn und eindeutig nicht mit der Weiblichkeit von Kusine Linda gesegnet. Gerade dreizehn geworden (und somit erwachsen), kann sie mit dem Krawall der Kleinen absolut nichts anfangen. Gerade erst hatte sie den Chat mit ihren Freundinnen beendet, besser gesagt unterbrochen, denn sie hat gelernt, dass die allgemeinen Konventionen erfordern, ab und an das Smartphone beiseite zu lassen, wenn man nicht riskieren will, dass es von der Mutter konfisziert wird, was mindestens so gemein ist wie die Todesstrafe, wenn nicht sogar noch gemeiner.

Sie ist ein wundervolles Wesen, grazil, elegant, fast sphärisch, schmal an den Fesseln, kein Gramm Fett zu viel am Körper, die schmale Nase wie eine römische Göttin, das Kinn einer Amazone, ihr Haar wellig fließend, ihr Gestus der einer Kaiserin, ihr Gang der eines Supermodels, ihr Make-up verleiht ihren Wangenknochen eine leichte Röte und betont ihre wunderschönen Augen.

Also, genau genommen ist sie groß und dünn, wie ein in die Länge gezogenes Kind, trägt Kleidung nach der neuesten Mode, zerfetzte enge Hosen und ein Oberteil aus diversen flatternden Stofflagen und einen breiten Gürtel ohne Funktion. Ihr Haar gleicht einer wilden Brombeerhecke. Ihr Gebaren ist ein wenig linkisch und ein bisschen affektiert. Ihr Gang sieht aus, als hätten ihre Beine nicht drei, sondern mindestens fünf Gelenke. Ihr Make-up wirkt wie mit der Schrotflinte ins Gesicht geschossen. Ihr Mund knallrot, die Augen schwarz umrandet, das Rouge eine Mischung aus Violett und Türkis mit Glitzer. Doch Tom sieht sie mit anderen Augen, denselben übrigens, mit denen er sich morgens im Spiegel anblickt.

Auch Vanessa sieht sich jetzt um. Betrachtet mit ausdrucksloser Miene und einer skeptisch hochgezogenen Augenbraue die Erwachsenen und bedenkt die Kinderschar mit einem abfälligen Blick. Sie hat für sie alle nichts übrig, gar nichts, niente, nullo, nada. Sie wirft einen Blick auf das Haus, die Kiefern, die Düne, die Hecke und den blauen Horizont. Würde man sie jetzt fragen, was sie denkt, würde sie mit einem schnippischen Achselzucken antworten: Keine Ahnung, is mir egal, lass mich verdammtnochmal in Ruhe, ich hab grad voll Stress, ja?!

Dann bleibt ihr umherschweifender Blick an Tom hängen. Endlich. Und es darf verraten werden: Ihr Herz hüpft in diesem Augenblick mindestens so hoch wie Toms. Eine Sekunde lang ist sie in Versuchung, mit ausgebreiteten Armen kreischend auf ihn zuzustürmen, so wie sie jeden Morgen vor der Schule ihre besten Freundinnen begrüßt. Doch sie unterdrückt den Impuls und schickt ein stilles Dankgebet ans Universum, dass dieses Wochenende nun doch keine einzige Pein für sie wird. Bestenfalls kann sie nun einem Erwachsenen zur Pein werden (sie weiß auch schon, wem).

Ihre Miene allerdings verrät nichts von ihren inneren Turbulenzen. Auch Tom zeigt sein Pokerface. Und nun?

Sie sehen sich an, und dann, als hätte jemand einen Elektromagneten eingeschaltet, gehen sie einen Schritt aufeinander zu, und noch einen, und noch einen, bis sie voreinander stehen.

Es ist ein seltsamer Moment. Schön und irgendwie besonders. Ein Moment, in dem zwei junge Menschen ihre Smartphones vergessen. Ein Moment von Jugend und Romantik, ein erster Vorgeschmack von Liebe. Niemand bemerkt diesen magischen Moment, niemand außer den beiden. Etwas verändert sich in ihnen. In ihren Gehirnen werden ganze Denkzentren abgeschaltet, Pokémons und Barbiepuppen tappen plötzlich im Dunkeln. Dafür gehen in anderen Abteilungen die Lichter an, kleine Lämpchen beginnen zu blinken. Tom denkt an Hügel, liebliche Hügel, sanfte Anhöhen, schattige Täler. Vanessa denkt an Justin Bieber, an geföhnte Haare, an Toms Haare, an Tom, der aussieht wie ein hochgewachsener Justin Bieber und … na ja, an Nudeln. Sozusagen.

Nun haben sie den ersten Schritt getan, jetzt gilt es, cool

zu bleiben, ohne abweisend zu wirken, nun heißt es, sich zu öffnen, ohne gleich alles zu zeigen. Eine kaum zu bewältigende Aufgabe. Eine Qual. Man sollte jetzt etwas sagen. Wie viel einfacher ist es doch mit Whatsapp, denken sich beide. Da ginge das so:

Tom: Lach-Emoticon

Vanessa: Lach-Emoticon, Fragezeichen

Tom: Lach-Emoticon, Ausrufezeichen

Vanessa: Grinse-Emoticon, Daumenhoch

Tom: Daumenhoch, Fragezeichen, Zwinker-Emoticon

Vanessa: Tortenpiktogramm, Zwinker-Emoticon, Zwinker-Emoticon

Tom: Blumenpiktogramm, Raketenpiktogramm, Kronenpiktogramm, Lippenstiftpiktogramm, Pfirsichpiktogramm, Bananenpiktogramm

(Vanessas nächste Nachricht ließe eine Weile auf sich warten, und Tom würde sich und seinen blöden Humor verfluchen, denn mit Pfirsich und Banane war er bestimmt zu weit gegangen.)

Vanessa: Genier-Emotji, Strandpiktogramm

Tom: (schreibt) Jtzt?

Vanessa: (schreibt) Lgsch!

Und so fänden sie sich am Strand wieder, nachdem sie auf dem Weg dahin noch mindestens siebzig Nachrichten hin- und hergesendet hätten.

Doch das reale Leben hält kein Emoticon bereit, mit dem man eine Konversation beginnen kann. Endlich reißt Tom sich zusammen und überwindet seine Angst, sich lächerlich zu machen.

»Gehiiiiii…«

Toms Stimme fährt Achterbahn und hört sich an, als rutsche dem DJ die Nadel über das Vinyl.

In diesem Augenblick bereut Tom seinen Mut zutiefst. Es bleibt ihm nur die Flucht nach vorn, er räuspert sich und betet, dass seine Stimme nicht noch einmal versagt.

»Gehen wir zum Strand?«, bringt er schließlich heraus und läuft rot an.

»Logisch«, sagt Vanessa.

So laufen sie dem Rauschen der Wellen entgegen. Und niemand bemerkt ihren Abgang.

»Jemand muss Uwe vom Bahnhof abholen! Ohne ihn fangen wir nicht an«, sagt da eine Frauenstimme. Es ist nicht laut gesprochen. Aber lauter, als die Wellen rauschen, allemal, lauter als die fernen Möwenschreie und das Kindergekreisch und lauter auch als der auflandige Wind, der über die Düne hinter der Villa streicht, feinen Sand mit sich nimmt und sich in den Kiefern verfängt. Es ist wirklich ein ganz herrlicher Sommertag.

Die gedämpfte Stimme erreicht, was Ida nicht einmal mit einem ihrer berüchtigten Zweifingerpfiffe schafft, dass sie nämlich ausnahmslose Aufmerksamkeit aller Anwesenden auf sich zieht. Alle Köpfe drehen sich in Richtung Villa. Sogar Rocco, der gerade sorgfältig seine Schokoladenhände am Kindersitz abwischt, sieht auf.

Vor der großen Eingangstür steht eine Frau in einem schwer zu schätzenden Alter. Jünger als Erwin und Harald scheint sie auf jeden Fall. Sie trägt eine altmodische Schwesterntracht, die aussieht, als käme sie aus einem Kostümverleih. Sehr weiß ist das Kleid, gestärkt, regelrecht steif, die Falten liegen perfekt, der Wind beißt sich an ihnen die Zähne aus. Zu der Tracht gehört ein weißes Leibchen mit Taschen zum Hineingreifen. Auf dem Leibchen leuchtet ein kleines rotes Kreuz.

Die Schwesterntracht betont die Weiblichkeit der Trägerin. Die Tatsache, dass kein bisschen Haut zu sehen ist, wirkt geradezu elektrisierend auf die anwesenden Männer. Das Häubchen auf dem hochgesteckten Haar, in dem keine Strähne aus der Reihe tanzt, krönt das Ganze. Der Saum des Kleides reicht bis über die Knie, und das, was man von ihren Beinen noch sieht, ist weiß bestrumpft. Ihre Schuhe glänzen weiß und haben halb hohe Absätze, die wahrscheinlich einzig dazu dienen, knallende Geräusche in langen, blank gebohnerten Gängen zu verursachen.

Diese Frau ist wie eine Erscheinung, wie ein schön verpacktes Geschenk. Keiner kennt sie, keiner hat von ihr gewusst. Die Krankenschwester steht kerzengerade da, das Kinn ein wenig vorgereckt, die Augenbrauen streng gezupft.

Sie wirkt, als sei sie durch ein Zeitportal hierhergereist, erinnert an eine Figur aus Thomas Manns ›Zauberberg‹. Doch das denkt keiner der Anwesenden, denn keiner von ihnen kennt diesen Roman. Ihr Gesichtsausdruck jedenfalls sagt, dass ihr nicht gefällt, was sie sieht.

Vom alten Joseph, der im Rollstuhl im Schatten der Veranda sitzt, hat übrigens immer noch keiner Notiz genommen, außer Tom, aber der ist nicht da. Tom sitzt neben Vanessa am Strand und überlegt gerade, ob er sich selbst und das Mädchen überraschen soll, indem er den Arm um Vanessas Schulter legt.

»Nie im Leben ist die eine Krankenschwester«, zischelt Ute ihrem Mann Sven zu. Sie ist nämlich eine, sogar eine sehr gute. Ute ist OP-Schwester und sagt den Chirurgen, wo es langgeht. Alles hat sie schon gesehen, und sie kennt jeden, Patienten, Personal, Krankheiten. Sie erkennt auf den ersten Blick, ob jemand gut ist oder schlecht, ob er was aushält oder nicht, und sie hat sich noch nie geirrt. Noch nie! Sie erkennt einfach sofort, ob jemand Krankenschwester ist oder nicht.

»Was soll die denn sonst sein?«, fragt Sven leise. Etwas an dieser Frau spricht ihn an. Etwas an ihr lässt ihn sogar sein Sudoku-Problem für einen Moment vergessen.

Man muss wissen: Sven ist ein begeisterter Sudoku-Rätsler. Er gibt dies sogar als sein Hobby an. Selbst vor seinen Freunden. Sein Ruf als Hooligan ist dadurch nicht in Gefahr. Im Gegenteil: Das Sudoku lässt ihn in den Augen seiner Kumpel beinahe wie einen Intellektuellen erscheinen.

Doch die Sache ist komplizierter. Das Sudoku-Spiel ist längst kein Hobby mehr. Was als kleiner Spaß zwischendurch begann, um sich am Frühstückstisch mit niemandem unterhalten zu müssen, ist zu einer Manie ausgeartet. Er verbraucht mindestens ein Expertenheft in der Woche, verharrt wie versteinert über den quadratischen Kästchen, vergisst Brötchen, Kaffee und die Arbeit, bis sich ihm endlich eine Lösung erschließt. Niemals gibt er ein Rätsel auf. Die läppischen Sudokus in den Sonntagsbeilagen der Zeitung rührt er gar nicht an. Und es treibt ihn zum Wahnsinn, Ute dabei zu beobachten, wie sie sich eines dieser lächerlichen Sudokus vornimmt, zur Denkhilfe winzige

Zahlen in die Ecken schreibt, aber die einfachsten Lösungen nicht sieht. Manchmal glaubt Sven, Ute mache das absichtlich, um ihn zu ärgern. Bis vor Kurzem hätte Sven sich noch als Meister bezeichnet, als Großmeister sogar. Und insgeheim träumte er schon seit Langem davon, bei einer Sudoku-Weltmeisterschaft anzutreten. Aber in letzter Zeit zweifelt er an seinen Fähigkeiten. Trägt er doch immer öfter falsche Zahlen ein, ohne nachvollziehen zu können, warum er das getan hat. Das macht ihn wütend, geradezu jähzornig, lässt ihn unkonzentriert sein und veranlasst ihn letztlich dazu, Rennen mit Jussi zu fahren.

Unabhängig von der Sudoku-Sache hat Sven auch noch ein anderes Problem. Er trägt es schon seit langer Zeit mit sich herum, genauer gesagt seit seiner frühesten Pubertät. Damals hatte er noch gehofft, es würde sich mit zunehmendem Alter von selbst erledigen.

Doch wenn es eine Weisheit gibt, die für alle Menschen dieser Welt gilt, dann ist es diese: Kaum ein Problem erledigt sich von allein.

Sven geht mindestens einmal im Monat zu einer Prostituierten. Das hat gar nichts mit Ute zu tun, sagt er, eigentlich tut er seiner Frau damit noch einen Gefallen, irgendwie. Wäre er sonst nicht noch unausgeglichener?

Trotzdem plagt ihn das schlechte Gewissen. Dieses generiert sich nicht allein aus der Tatsache, dass er überhaupt zu Prostituierten geht, sondern dass es immer dieselbe Prostituierte ist. Mit Sandy, so nennt sie sich, hat er schon allerhand ausprobiert und hat sich dabei einige Male dem Gefühl genähert, nach welchem er schon so lange sucht.

Aber diese Frau da auf der Veranda, die lässt das Blut in

ihm kochen. Die lässt Gefühle in ihm aufkommen, die rein gar nichts mit Liebe zu tun haben und an denen sich ein paar gewiefte Psychologen jahrelang abarbeiten könnten.

»Was ist denn mit Vater?«, raunt Erwin, der den Alten nun endlich entdeckt hat. Dass dieser im Rollstuhl sitzt, Mund und Nase mit einer Sauerstoffmaske bedeckt, verwundert ihn. Es ereilt ihn sogar ein schlechtes Gewissen, und das ist für einen Politiker ungewöhnlich. Ist ihm unter all der Post, die ungeöffnet daheim auf einem Stapel lag, vielleicht eine wichtige Information durch die Lappen gegangen?

»Der markiert doch nur!«, raunt Harald sachverständig zurück. Er glaubt den Vater besser zu kennen, weil er eben drei Jahre seines Lebens mit ihm alleine verbracht hat, auch wenn das nun gute sechs Jahrzehnte her ist. Natürlich weiß er genau, dass er den Alten deshalb nicht besser kennt als Erwin. Doch dem Drei-Jahre-Argument hat Erwin nichts entgegenzusetzen, und das bereitet Harald eine gewisse Freude.

Erwin atmet erleichtert auf, denn offensichtlich weiß sein älterer Bruder auch nichts Genaueres über Vaters Zustand. Davon abgesehen verletzt ihn Haralds sachverständige Äußerung tiefer, als man glauben sollte.

Denn natürlich beneidet er seinen Bruder um diese drei Jahre. Dass der Vater den kleinen Harald und seine Mutter dann wegen seiner Geschäfte verließ und unter anderem Erwins Mutter schwängerte, ist nur ein schwacher Trost. Denn Erwins Geburt wartete Vater gar nicht erst ab und verschwand über Nacht in den Westen. Das war noch zehn Jahre vor dem Mauerbau. So bezog er all sein Wissen über den Vater allein aus dem, was die Mutter ihm berichtete. Und obwohl dies, wie man sich denken kann, nicht gerade das Beste war, hatte Erwin sich ein ganz passables Bild von seinem Erzeuger zurechtgezimmert. Immerhin brachte sein Vater ihm bei seinen Besuchen im Osten stets Schokolade, Spielzeug und Comics mit. Er schien reich zu sein. Noch lange nach seiner Abreise roch es in der Wohnung nach Westkaffee und amerikanischen Zigaretten. Erwin begann sich einzubilden, Vater wäre nicht einfach nur abgehauen, sondern spielte als Doppelagent die Amerikaner gegen die Russen aus und umgekehrt. Er erschien dem kleinen Burschen im Geiste als eine Mischung aus Robin Hood und Till Eulenspiegel, der die Reichen beraubte, sich den Obrigkeiten entgegenstellte und die Staatsmacht der Lächerlichkeit preisgab. Ein Held sozusagen. Das ließ den kleinen Erwin ruhig schlafen.

Und noch jetzt, nach so vielen Jahren der Enttäuschung, ist etwas von diesem Bild in Erwin zurückgeblieben. Insgeheim bewundert er die Chuzpe seines Vaters, sich im hohen Alter noch ein solches Anwesen zuzulegen, das zu einem Gauner wie ihm gar nicht passte und das besser jemandem gehören sollte, der es sich ehrlich verdient hat, einem Adligen zum Beispiel oder einem angesehenen Politiker.

Auf den Gedanken, dass der Weggang des Vaters bei Harald ein lebenslanges Trauma verursachte, ist Erwin kein einziges Mal gekommen. Die Tatsache, dass alles, was Harald in seinem Leben macht, nur verzweifelte Versuche sind, seinem Vater zu imponieren, erschließt sich dem emotional schlichten Gemüt Erwins nicht.

Auch Haralds Bemühungen, sich ihm in den letzten Jahren anzunähern, sich mit ihm zu treffen, betrachtet Erwin als eine Schwäche seines älteren Bruders. So lässt er Harald immer ein wenig herankommen, um ihn dann mit scheinheiligen Ausreden wieder abzuweisen. Das verschafft ihm ein Gefühl der Stärke und Überlegenheit, und er mag diesen Zustand, auch wenn ihm seine Gemeinheit bewusst ist.

Ehrlich gesagt, weiß Erwin eigentlich gar nicht, was Harald will. Sie haben nicht viel gemeinsam, teilen ein paar magere Erinnerungen und leben zwei völlig verschiedene Leben. Ihre einzige offensichtliche Gemeinsamkeit ist die Abscheu dem dritten Bruder gegenüber. Uwe.

Wir erinnern uns. Die Krankenschwester steht auf der Veranda und hat freundlich, aber bestimmt darum gebeten, dass jemand Uwe abholen möge.

»Nun?«, sagt Schwester Agnes auffordernd.

»Was, nun?«, fragt Ida, die diesen Tonfall nicht leiden kann. Ida mag es nicht, bevormundet zu werden. Ich bin ein freier Mensch, denkt sie, auch wenn fünf Kinder gegen diese Behauptung stehen. Ida weiß das, und das macht sie zornig. Es ist ein unterschwelliger Zorn, ein Brodeln.

»Ob jemand Uwe vom Bahnhof holt?«, wiederholt Jucci und schwingt in Gedanken eine stumpfe Axt. Die wenigen Minuten, die die Krankenschwester auf der Veranda gesprochen hatte, sind ihm wie eine Ewigkeit vorgekommen, eine Ewigkeit in einer Hölle aus unangenehmen Situationen. Die Ignoranz aller Anwesenden treibt ihn zur Weißglut. Will denn niemand der Aufforderung der Frau nachkommen? Wie lange sollen sie noch dastehen? Wie peinlich soll das Ganze noch werden? Mordgelüste wallen in ihm hoch. Irgendeine verschneite Landschaft täte es auch, denkt Jussi, es muss nicht unbedingt Finnland sein. Hauptsache Schnee. Oder weißer Kies.

Das Gesicht der altmodischen Krankenschwester verhärtet sich, aber noch immer reagiert niemand. Sie beugt sich vor und stützt sich auf das Geländer der Veranda.

»Ich warte, bis alle Eingeladenen anwesend sind, ehe ich Sie hier begrüßen kann. Ich möchte schließlich nicht alles zweimal erzählen. Uwe muss vom Bahnhof abgeholt werden«, sagt sie gereizt und sieht auf eine kleine Damenarmbanduhr an ihrem Handgelenk. »Er müsste jeden Augenblick ankommen.«

»Wie die mit uns redet«, zischelt Gisela. Zwar ist sie vom Auftreten dieser Person irgendwie beeindruckt, doch jemand, der jünger ist als sie, hat einfach nicht so mit ihr zu reden. Es genügt vollkommen, wenn Erwin so mit ihr spricht.

»Was ist denn mit Vater?«, fragt Erwin nun laut. »Trägt er einen Mundschutz?«

Ute gibt ein abfälliges Geräusch von sich. Meine Güte, Erwin müsste das doch eigentlich wissen, als Senator. Aber was ist von einem CDU-Mann schon zu erwarten? Nicht ohne Grund wählt sie Grün.

»Das ist eine Sauerstoffmaske.« Die Sauerstoffflasche hinten am Rollstuhl ist eindeutig zu erkennen.

»Der schmiert wohl ab?«, fragt Sven.

»Sven!«, mahnt Regina, die nebenbei, ohne es zu bemerken, einen Kinderriegel nach dem anderen an ihren

Sohn verfüttert. Bei Rocco bleibt das nicht ohne Wirkung. Etwas dräut sich zusammen wie ein grässliches Unwetter. In der Ferne hört man es grollen.

Die altmodische und möglicherweise unechte Krankenschwester stemmt jetzt die Fäuste in die Hüften. »Nun?«, fragt sie noch einmal.

»Die hat nicht so mit uns zu reden!«, erregt sich Gisela, und es fehlte nicht viel, dass sie mit dem Fuß aufstampft.

Jussi ist es leid. Er hebt die Hand.

»Ich fahre.«

Alle drehen sich zu ihm um und starren ihn an. Der Finne winkt ab. Eine Kettensäge wäre jetzt gut, denkt er. Aber vielleicht wäre die zu effektiv. Er wirft sich in seinen Bus, knallt die Tür zu, lässt den Motor an und fährt vom Gelände. Draußen, auf dem kaum erkennbaren Weg, huscht ihm ein Eichhörnchen vor die Räder. Jussi versucht, es zu überfahren, doch es kann im letzten Augenblick entkommen. Es klettert blitzschnell an einem Baumstamm hoch, verharrt dort und sieht ihm nach.

Nun tut es Jussi leid. Am liebsten wäre er ausgestiegen und hätte sich entschuldigt, was natürlich albern ist.

Hätte er es mal lieber getan.

Mit der Abfahrt des weißen VW-Busses ist an der Villa vollkommene Stille eingekehrt. Die Krankenschwester hat sich in den Schatten zurückgezogen, hält ihre Hände auf dem Rücken verschränkt. Joseph, der Alte, sitzt regungslos in seinem Rollstuhl, die Sauerstoffmaske auf dem Gesicht. Ob seine Augen offen sind, lässt sich nicht genau erkennen. Vielleicht ist er eingeschlafen, vielleicht beobachtet er aber auch alles. Um es herauszufinden, müsste man näher treten, doch das wagt keiner der Anwesenden. Nun entsteht ein Schweigen, welches Jussi wahrscheinlich umbringen würde, so peinlich ist es. Wäre Tom dabei, würde ihm das Geräusch auffallen, das der Alte beim Atmen von sich gibt. Tom würde das wahrscheinlich cool finden, denn der Alte hört sich an wie Darth Vader.

Tom, ich bin dein Urgroßvater …

Die Stille breitet sich aus. Vögel zwitschern und verstummen dann, vielleicht sind sie auch einfach nur davongeflogen, weil es ihnen langweilig geworden ist. Die Kinder toben durch den Garten, entfernen sich in die hintersten Winkel. Sven weiß, dass er die Schwester anstarrt, kann aber seinen Blick nicht von ihr lösen. Ute hat sich zu Ida gesellt, doch die beiden Frauen wechseln kein Wort. Sie starren in Richtung der See, die sich hinter der Düne befindet. Sie sind Halbschwestern, fühlen sich aber wie Ganzschwestern. Sie müssen nicht reden. Beide spüren sie … Nostalgie vielleicht. Wehmut, Sehnsucht nach ihrer Jugend. Hätte ich nur …, denkt die eine, wäre ich nur … die andere.

Für diejenigen, die das nicht kennen: Dies ist das Ostseegefühl. Es stellt sich irgendwann bei jedem ein. Man müsste viel öfter hier sein. Einfach nur am Strand stehen, auf das Meer hinausschauen, egal, ob es blau, grün oder grau ist.

Harald betrachtet die Spitzen seiner Stiefel, als hätte er sie noch nie gesehen. Automatisch greift er nach der nächsten Zigarette. Typisch der Alte, denkt er, lässt uns hier antreten. Nun stehen wir hier, wie bestellt und nicht abgeholt. Wie lang mag es dauern, bis Jussi Uwe aufgesammelt hat? Vielleicht hat er sich auch einfach nur verdrückt, schlauer Bursche, dieser Finne. Hat Aids geheilt. Wissenschaftler, denen kann man das Wasser nicht reichen.

Maria-Sophie wirft freundliche Blicke in die Runde, die von niemandem erwidert werden. Sie muss sich wie eine Ausgestoßene fühlen. Niemand nimmt sie ernst, jeder weiß, wie schnell Harald seine Frauen austauscht. Doch Maria-Sophie scheint es nicht zu stören, ihr Lächeln verblasst nicht. Entweder ist sie eine wunderbare Schauspielerin oder einfach naiv.

Giselas Blick wandert zu ihrem Enkel Rocco. Was nur aus dem werden soll, überlegt sie, meint damit aber den Kindersitz, der nie wieder sauber werden wird. Was denkt sich Regina dabei, den Jungen mit Schokolade zu mästen? Bestimmt ist das nur der reine Protest. Immer auf Contra zu ihrem Vater. Hat sich absichtlich dumm angestellt beim Studium. Hat sich, nur um ihren Vater bloßzustellen, von einer Reinigungsfachkraft schwängern lassen. Nichts gegen Handwerker, nichts gegen Reinigungsleute. Die haben einen schweren Job, und unser Land braucht Dienstleister wie sie. Aber, bitte schön, was will Regina mit einem Fenster- und Toilettenputzer?

Regina träumt vor sich hin. Eine ganze Packung Kinderriegel hat sie Rocco schon überlassen. Sie sieht gar nicht hin. Ganz automatisch nimmt sie die Riegel heraus, wickelt sie aus und steckt sie dem Burschen in den Mund. Wenn ich ein solches Haus besäße, denkt sie. Dann wäre alles ganz anders. Ein schönes Auto nur für mich und ein Haus und einen Pool und ein Kindermädchen. Dann hätte ich keine Probleme.

Aber wegen der doofen Carola ist es mal wieder anders gekommen. Doch das ist nur so ein Automatismus, denn das denkt sie schon, seit sie denken kann. Wann immer etwas schiefläuft in ihrem Leben, sucht sie die Schuld bei ihrer Schwester. Es ist eindeutig, dass Carola Vaters Lieblingstochter ist, so wie Tom sein Lieblingsenkel ist.

Erwin versucht mit Kennermiene den Wert des Hauses einzuschätzen. Als Stadtbaurat kennt er sich aus. Er kümmert sich in Berlin so um einiges. Nicht nur Kleinkram, sondern richtige Dinger, mit ein paar Millionen Euro Wert und ein, zwei Projekte mit noch zwei Nullen mehr dahinter. Wenn er noch ein bisschen schraubt, werden es sogar vier Nullen. Dieses hier lässt sich ziemlich genau eingrenzen. Zwischen drei und elf Millionen wohl, vielleicht auch achtzehn. Ab und an wirft er verstohlene Blicke auf die Veranda und bereut es sofort. Denn er ist sich sicher, dass die Krankenschwester seine heimlichen Blicke bemerkt.

Das Wetter ist noch immer herrlich, die Luft riecht nach der See, den Kiefern und nach Sonnenöl. Die Brise ist angenehm, nicht zu warm und nicht zu kühl. Es könnte ein schönes Wochenende werden, eine Möglichkeit, die noch keiner von ihnen ernsthaft in Betracht gezogen hat. Und außerdem ist Jussi noch nicht einmal fünf Minuten weg.

Doch irgendetwas ist. Dieser Alte im Rollstuhl. Eine düstere Aura umgibt ihn. Als lauerte er im Schatten, bereit, ihnen sofort alles Schöne und Angenehme zunichte zu machen. Etwas ist. Etwas liegt in der Luft. Jeder spürt, dass dieses Wochenende ganz anders werden würde als gedacht.

Dass Joseph sich ab und an seltsam benimmt, wissen Erwin und Harald. Dass er sie nicht begrüßt, passt zu ihm. So, wie er mal mit dem einen und mal mit dem anderen ein paar Jahre lang nicht spricht. So, wie er ihnen manchmal Geld schickt und manchmal nicht. So, wie er sie einmal ins teuerste Hotel Berlins eingeladen hat zu seiner Geburtstagsfeier und ein Jahr später zu McDonald's. Dieser Auftritt hier ist garantiert geplant, die Heimlichtuerei, die zur Schau gestellte Hinfälligkeit.

Trotzdem es ist anders diesmal. Stirbt er? Ist er vielleicht schon tot, fährt es beiden fast gleichzeitig in den Kopf. Nein, sonst würde das Sauerstoffgerät nicht fauchen.

Doch dass er sterben wird, irgendwann, bald, steht jetzt außer Frage. Beide wissen, dass es eines Tages so weit kommen würde. Josephs Gebrechlichkeit jedoch ist ihnen erst jetzt bewusst geworden. Den agilen, störrischen, eigenbrötlerischen Alten im Rollstuhl sitzen zu sehen hat ihnen einen größeren Schrecken eingejagt, als sie es gegenseitig zugeben würden.

Keiner in der Familie mag Joseph, das ist kein Geheimnis. Joseph ist kein Familienmensch. Er gratuliert zu keinem Geburtstag, macht niemals Geschenke. Wenn er zum Geburtstag einlädt, erwartet er, dass man erscheint. Er ist unfreundlich und spricht nie viel. In seiner Gegenwart hat man immer das Gefühl, manipuliert und benutzt zu werden. Wofür eigentlich?

Seine Söhne glauben, dass sich ihr Vater letztlich immer bereichern wollte. Sie trauen ihm nicht. Was sie aber nie daran gehindert hat, ehrgeizig um seine Anerkennung zu buhlen, selbst jetzt noch, mit über sechzig Jahren. Dass sein Ableben nur noch eine Frage der Zeit ist, macht allerdings alle betroffen, selbst die lärmenden Kinder, die sich freiwillig eines nach dem anderen wieder einfinden auf dem weißen Kies. Auch sie spüren, dass irgendetwas anders ist.

Oder sie haben einfach nur Hunger und Durst.

Stille liegt über dem Platz. Niemand spricht, niemand versucht, die Leere mit Smalltalk zu füllen, niemand sagt etwas über das Wetter, keiner erwähnt den neuen BMW, den riesigen Jeep, den tiefergelegten Bus von Sven. Das Heimchen probiert es noch einmal mit seinem Stridulationsgeräusch und erzielt einen ganz guten Effekt.

So hätte es noch lang bleiben können. So lange, bis alle Zeit genug gehabt hätten, mit sich und dem Leben ins Reine zu kommen, sich mit sich selbst auseinanderzusetzen, was allen wirklich gutgetan hätte. Aber so eine Stille hält eben nun mal nicht lang.

»Rocco muss groß!«, ertönt die laute, klare Stimme des Jungen.

Regina reagiert sofort, denn sie weiß: Bei Rocco gibt es keinen zweiten Alarm. Sie zerrt den Burschen aus dem Auto, trägt ihn zum Haus. Jetzt ist ihr egal, was mit dem Alten ist. Rocco braucht eine Toilette. Und würde sich ihr jetzt diese blöde Krankenschwester in den Weg stellen, dann würde sie sie einfach zur Seite rammen. Schon bewegt sich die Frau auf sie zu.

»Ihr Zimmer ist die Treppe hinauf, das erste rechts, es hat ein eigenes Bad!«, erklärt sie Regina. Und tatsächlich, mit dem Zeigefinger streicht sie dem Jungen über die Wange. Rocco bleibt der Mund offen stehen. Selbst Regina erstarrt. Das ist ihr nicht geheuer. So reagiert sonst keiner auf den Jungen.

»Danke«, haucht sie ergriffen und hetzt durch die Eingangstür. Und obwohl sie in geradezu panischer Eile ist, muss sie angesichts der Pracht, die sich ihr im Inneren der Villa darbietet, kurz innehalten. Eine breite Treppe aus schwarzem Marmor führt im eleganten Schwung aus der Eingangshalle nach oben, die Wände sind schlicht und weiß, wie auch das Äußere der Villa, aber die Gemälde, die an ihnen hängen, zeigen viele Landschaften, prunkvolle Schiffe, Leuchttürme, stürmische Wellen und prächtige Stillleben. Genau auf den Punkt, wunderschön, ohne kitschig zu sein. Oder eben kitschig und trotzdem wunderschön. Außerdem antike Möbel, die sich wunderbar ins Ambiente fügen oder das Ambiente erst schaffen, Regina ist sich nicht so sicher, wie man das ausdrückt. Beim Durchqueren der Halle erhascht sie einen Blick in die Küche, ein riesiger Raum, der bis zur Decke mit prachtvollen Kacheln gefliest ist. Der große Herd residiert in der Mitte des Raumes, darüber hängt ein Abzug, aus Messing gehämmert, an dem unzählige gusseiserne Pfannen und Kochbesteck hängen. Es ist der Traum einer jeden Frau, selbst einer wie Regina, bei der es nichts zu essen gibt, was man nicht in der Mikrowelle erwärmen kann. Durch Glastüren kann man anscheinend direkt auf die Terrasse gehen, und von dieser wiederum hat man einen grandiosen Blick auf die See. Reginas Schritt verlangsamt sich wieder. Das alles hier ist einfach nur …

Rocco macht ein verdächtiges Geräusch. Regina hält ihn etwas von sich weg und wirft ihm einen kritischen Blick zu. Der Junge macht ein Gesicht wie Donald Trump auf den Wahlkampfplakaten: Rocco first. Regina beschleunigt ihren Schritt wieder und jagt die Treppe hinauf. Sie nimmt die erste Tür rechts. Herrlich, denkt sie beim Anblick ihres Zimmers, einfach herrlich, doch zu mehr ist jetzt keine Zeit. Während sie dem Jungen schon die Hosen runterzerrt, kickt sie die Tür zum Bad auf, reißt den Klodeckel auf und wirft den Jungen auf die Schüssel. Keine Sekunde zu früh.

5 Joseph, siebenundachtzig Jahre alt, ist ein Spitzbube. Ein Halunke. Ein Verbrecher. Genau genommen ein richtiger Gangster. Er ist auch nicht siebenundachtzig Jahre alt, sondern älter, ein paar Jährchen, aber auf die kommt es nun wirklich nicht mehr an. Im Jahr 1923 wurde er in Dresden geboren, in der Diakonissenanstalt mit Blick zur Elbe. Einem Krankenhaus voller Nonnen. Mit langen Röcken und weißen Hauben knallten sie auf ihren harten Schuhsohlen durch die Gänge und rochen nach Stärke und Mottenkugeln. Sie liefen aufrecht, als trügen sie Stapel unsichtbarer Bücher auf dem Kopf. Die Fußböden glänzten, die Fenster waren blitzblank geputzt, die Bettbezüge steif und wunderbar sauber, jedes Gerät, jedes Bettgestell, jede Türklinke war poliert und desinfiziert. Josephs Mutter Waltraud, eine geplagte kleine Frau, die eher zufällig in dieses Krankenhaus geraten war, fühlte sich wie im Himmel.

Eigentlich wollte sie Besorgungen machen. Sie brauchten Seife, und die gab es günstig direkt von einer Seifensiederei. Dafür nahm die arme Frau einmal in der Woche gern den weiten Umweg. Unterwegs aber hatte sich bei ihr der Schleimpfropf gelöst, und die Fruchtblase war geplatzt. Das war ein peinlicher Moment gewesen, da es mitten auf dem Gehsteig geschehen war. Verlegen hatte sie sich umgesehen. Gleich würde ein Schutzmann kommen und verlangen, dass sie das wieder sauber machte, was mit ihrem Bauch recht umständlich geworden wäre. Doch ehe Waltraud sichs versah, wurde sie von zwei älteren Frauen untergehakt und ins Krankenhaus gebracht. Zuerst war ihr das gar nicht recht. Hier hingen überall Kreuze an den Wänden, und Josephs Mutter hatte ein schlechtes Gewissen, weil sie seit vielen Wochen, wenn nicht gar Monaten, nicht mehr gebetet hatte. Nun schien es ihr, als fordere sie etwas vom lieben Gott, das ihr gar nicht zustand.

Zum Glück machte sich der liebe Gott nicht selbst ans Werk, das übernahmen die Nonnen. Josephs Mutter wurde gar nicht viel gefragt. Sie folgte einfach den Anweisungen. Ihr hatte niemand erzählt, was nun geschehen würde, Lehrgänge dafür gab es damals nicht. Wie und wo ihr Kind herauskommen sollte, wusste sie zwar schon, war sie doch auf einem Bauernhof groß geworden und hatte den Schweinen und Kühen dabei zugesehen. Die hatte auch niemand vorbereitet. Deshalb war Waltraud dann doch etwas überrascht von dem erstaunlich schmerzhaften Geburtsvorgang. Aber sie wagte es nicht zu schreien, fürchtete sie doch, die Nonnen bei der Arbeit zu stören.

Joseph war kein großes Kind und machte es seiner Mutter leicht. Die Hebamme zog das Kind heraus, befreite es von Schleim und Blut und säbelte ganz unsentimental die Nabelschnur durch. Dann gab sie dem Burschen einen festen Klapps auf den Hintern, mit dem vagen Gefühl, dass er sich diesen noch redlich verdienen würde.

So war er angekommen, der Joseph, und wurde seiner

Mutter erst überreicht, nachdem er abgewaschen und in sauberes Leinen eingewickelt worden war. Waltraud durfte sich noch ein wenig ausruhen, doch sehr bald wurde ihr nahegelegt, sich wieder auf den Heimweg zu machen. Das war ihr auch recht, denn das Essen für Josephs Vater war noch nicht gekocht, und der arme Mann musste ja essen.

Josephs Vater Alfons war ein kleiner, schmaler Mann. Er stammte aus ärmlichen Verhältnissen, genau wie seine Frau. Vom Land waren sie gleich nach der Hochzeit die zwanzig Kilometer in die Stadt hineingezogen, wo Alfons eine Stelle als Kohlenschaufler und -schlepper gefunden hatte. Heutzutage wären das nur ein paar Autofahrminuten entfernt, doch damals war der Normalbürger noch nicht so mobil. Und da Alfons sechzig, siebzig Stunden in der Woche arbeitete, hätte er genauso gut auch in Amerika wohnen können, so weit weg schien ihm die Heimat.

Alfons war es durchaus recht, Abstand zu schaffen zu seinem herrischen Vater und dem ewig betrunkenen Schwiegervater, mitsamt deren stinkenden Gehöften, voller Schweinemist und Hühnerdreck, den ungeheizten kleinen Zimmern mit niedrigen Decken und den Aborten, die nichts anderes waren als kleine Holzhütten über selbst geschaufelten Löchern.

Alfons hatte ein einziges Mal in seinem Leben Glück gehabt. Nein, Moment, zwei Mal, denn es ist ihm als glücklicher Umstand anzurechnen, dass die auserkorene Ehefrau ihm sogar zugetan und ansehnlich dazu war. Ein viel größeres Glück aber war, dass der große Krieg just in dem Moment zu Ende ging, als Alfons eingezogen werden sollte. Man brauchte ordentlich Kanonenfutter, damit der Feind nicht umsonst die vielen Granaten werfen musste. Wenn täglich zehntausend Soldaten starben, mussten zehntausend neue Soldaten nachrücken. Irgendwoher mussten die ganzen Zahlen für die Statistiken kommen, mit denen die Generäle sich brüsten konnten.

Alfons war ein einfacher, ungebildeter Mann und ein Kind seiner Zeit, in der man etwas galt, wenn man eine Uniform trug. Deshalb wusste er auch nicht, ob er froh oder enttäuscht darüber sein sollte, dass der Krieg aus war. Es wäre imposant gewesen, in Uniform durch die Straße zu marschieren. Ja, ein feines Leben wäre das gewesen, als Soldat. Manchmal starrte Alfons seufzend aus dem Fenster und malte sich Siegerparaden aus, die man ihm widmete, denn mit ihm, das war so sicher wie das Amen in der Kirche, hätten sie den Krieg im Handstreich gewonnen.

So blieb dem Alfons nichts anderes übrig, als abends in der Kneipe den anderen davon zu erzählen, wie er es dem Franzos' gezeigt hätte. Dass ihm das alles vorenthalten worden war, stimmte ihn melancholisch, weshalb er regelmäßig einen über den Durst trank.

Bei dieser Gelegenheit ist der Alfons dann auch Kommunist geworden. Wie genau das geschehen war, ließ sich nicht mehr nachvollziehen. Aber es war einer dieser melancholischen Abende in der Kneipe, er war betrunken und voller Sehnsucht nach dem Krieg gewesen und hatte viele Geschichten erzählt. Am nächsten Tag trug er ein Parteibuch bei sich.

Das war ein seltsames Erwachen.

»Sieh, Mann, das hab ich in deiner Jacke gefunden«,

hatte Waltraud gesagt und das Parteibuch auf den Tisch gelegt. Dort, wo sie herkam, hatte man schon mal einen Kommunisten totgeschlagen. Einfach so. Und den Schweinen zum Fraß vorgeworfen.

»Es ist recht so!«, hatte Alfons gesagt, denn er konnte ihr nicht gestehen, dass er nicht wusste, wie er zu dem Ausweis gekommen war. Und da er nun einmal dabei war, besuchte er fortan die Treffen und lauschte den Reden, die vom sinnlosen Morden an den Fronten handelten. Von der Umverteilung der Güter, von der Ungerechtigkeit eines Arbeiterdaseins, vom Kapital der Reichen und der Leibeigenschaft der Arbeiter. Davon, dass man sich nicht täuschen lassen sollte von der nur scheinbaren Stabilität, bald würde auch dieses System zusammenbrechen. Davon, dass die Weimarer Republik schwach war und Deutschland nach dem Vorbild der Sowjetunion ein kommunistischer Staat hätte werden sollen. Ein Reich unter der Herrschaft des Volkes.

In den Ohren des Kohleschaufler und -schleppers Alfons klang das richtig und wichtig. Alles klang richtig, wenn es nur versprach, ihn aus seinem kleinen, unwürdigen und illusionslosen Leben zu führen. Alfons' Aufgabe war es, auf dem Kohleplatz seiner Firma Kohlen und Briketts in große Säcke zu schaufeln und auf einen Pferdekarren zu werfen. Mit diesem Karren fuhren sie dann die Kohle aus, wobei Alfons nur hinten, oben auf den Kohlen, und auf dem Heimweg spät am Abend auf einem ordentlich zusammengelegten Stapel leerer Säcke sitzen durfte. Der Platz auf dem Kutschbock war Heinrich, dem Vorarbeiter, vorbehalten.

Heinrich war hinterhältig und gemein, dabei groß und stark wie ein Bär, fasste aber niemals mit an. Er schikanierte Alfons, wo es nur ging. Und hätte er gewusst, dass Alfons ein Roter war, er hätte ihn kaltgemacht, und zwar im wahrsten Sinne des Wortes. Er hätte ihn mit bloßen Händen erwürgt. Manchmal ließ er Alfons nach Feierabend noch den Platz fegen und den Kohlestaub aufschippen, damit man ihn pressen konnte, und die Kohlestücke auflesen, die der Heinrich unter der Hand an arme Leute verkaufte. Auch Alfons musste seine Kohle bei Heinrich kaufen. Dieselbe Kohle, die er zuvor aufgelesen hatte.

Alfons war froh, eine Arbeitsstelle zu haben, und er war ein guter Kerl. Er beklagte sich nie und ertrug alles mit buchstäblicher Gottergebenheit, denn es war ja so, dass Gott alles so arrangiert hatte. Er tat es, weil es damals eben nun mal so war. Und er tat es für seine Frau und später dann für sein Kind Joseph. Wenn es ihm schon nicht gut ging, dachte er tapfer, sollte es wenigstens sein Sohn einmal besser haben. Er sollte mehr haben von seinem Leben als eine kleine, dunkle Wohnung in einer der Dresdner Mietskasernen und eine halbe Bockwurst beim Sonntagsausflug.

Aber da war noch etwas an Alfons. Etwas Dunkles.

Die Leute mieden Alfons. Im Waggon der Pferdebahn wichen sie ihm aus, auf dem Gehweg traten sie beiseite. Im Geschäft starrten sie ihn an. In der Bank hob der Kassierer die Hand, damit Alfons nicht zu nah an den Bankschalter trat, um seinen kargen Lohn einzuzahlen. Bei der Musterung für das Heer hatte ihn der Stabsarzt unwirsch durchgewunken, nachdem er jedem der jungen Männer vor und nach Alfons die Hoden abgetastet und die Pobacken hatte spreizen lassen. Von der öffentlichen Wasch- und Badeanstalt wurde er immer wieder abgewiesen mit dem deutlichen Hinweis auf ein emailliertes Schild »Für Personen mit ekelhaften oder ansteckenden Krankheiten verboten«, obwohl er gar keine Krankheit hatte. Einzig die Freunde in der dunklen Kneipe schienen ihn nicht zu meiden.

Alfons bemerkte natürlich das abweisende Verhalten und fragte sich immerzu, woran es wohl lag. Obwohl die Lösung buchstäblich auf der Hand lag, kam er nicht darauf. Was Alfons nicht bemerkte und auch nicht verstand: Er war schwarz, voller Kohlestaub. Immer. Überall. Seine Kleidung war schwarz, seine Strümpfe, seine Schuhe, seine Unterhose, sein Unterhemd, die Weste, das Hemd, sein Zylinder. Er hatte einen schwarzen Hals, schwarze Augenringe, schwarze Ohren, schwarze Haare, schwarze Hände, schwarze Fingernägel. Nach der Arbeit sah er manchmal aus wie die Karikatur eines Mohren. Und egal, was er tat, egal, wie sorgfältig er sich wusch, immer war er schmutzig. Selbst wenn er zwei Stunden in der Badewanne lag, sich mit Kernseife schrubbte und der harten Bürste, egal, wie oft er das Wasser wechselte, sobald er hinausstieg und sich abtrocknete, war das Handtuch schwarz – und sie hatten nur das eine. Was er anfasste und berührte, die Möbel, die Bettdecke, die Türklinken, das Geschirr, das Brot, Zuckerstücke, seine Frau und natürlich auch seinen Sohn, alles war innerhalb von Minuten schwarzfleckig.

An dem Tag, als Joseph geboren wurde, hatte man ihm einen Boten geschickt. Alfons war abgehetzt im Krankenhaus eingetroffen und stand aufgeregt und zitternd, den

Zylinder, von dem feiner Staub rieselte, an der Krempe in den Händen drehend, auf der Frauenstation, katzbuckelte vor der Oberschwester und wurde dann vorgelassen, sah die Hebamme an und die erschöpfte Mutter.

»Joseph heißt der Junge«, sagte Waltraud, und Alfons ging, um sein Kind zu sehen. Joseph war ein guter Name, meinte er. Und ein wenig wurden ihm die Augen feucht. Sein Sohn war das. Seinen Lenden entsprungen. Ein gutes Leben sollte er haben. Ein guter Junge sollte er sein. Joseph wischte sich über das Gesicht und verschmierte seine Tränen. Die Hebamme reichte ihm den Jungen, eingewickelt in ein weißes Tuch. Alfons nahm den Säugling umständlich, wusste nicht, wo er anfassen sollte und wo nicht, und hielt ihn wie eine kostbare Vase. Sofort war das Tuch mit schwarzen Handabdrücken bedeckt, und die Stirn des kleinen Joseph zierte ein Abdruck wie von schwarzem Lippenstift. Die Hebamme nahm Alfons das Kind wieder ab, trug das Bündel mit ausgestreckten Armen vor ihrer weiß gestärkten Brust, wechselte mit der Mutter vielsagende Blicke. Dies war der erste und einzige Moment, in dem der Vater seinen Sohn jemals berührte.

Denn etwas war geschehen. Der Anblick der schwarzen Handabdrücke auf dem unschuldigen weißen Leinen, in welches sein Sohn gewickelt worden war, hatte ihm die Augen geöffnet. Jetzt verstand er, warum die Leute ihn mieden. Wortlos verließ er das Krankenhaus, um zu seiner Arbeit zurückzukehren.

Den ganzen Weg über grübelte er, fand aber keinen Ausweg aus seinem Dilemma. Er brauchte das wenige Geld, um seine Familie zu ernähren, und eine andere Möglichkeit als das Kohleschaufeln gab es für ihn nicht. So beschloss er in diesem Moment, als er den Platz betrat und die Schippe wieder zur Hand nahm, seinen Jungen nie wieder zu berühren, damit er rein blieb, damit Joseph ein besseres Leben haben würde, ohne angestarrt und gemieden zu werden.

Was er mit diesem Entschluss wohl bei dem Jungen anrichtete? Was dachte sich der kleine Kerl dabei, dass er von seinem Vater nicht berührt wurde? Sicher, Joseph erhielt von der Mutter ausreichend körperliche Zuwendung. Aber er konnte sich die Zurückhaltung des Vaters einfach nicht erklären. Glaubte er doch tief in seinem Inneren, dort, wo die Psychosen wachsen und die Minderwertigkeitskomplexe, sein Vater mochte ihn nicht, ekelte sich vor ihm und sei sich sogar zu schade, seinem Sohn Backpfeifen zu verpassen. Und wenn nicht einmal ein so kleiner, schmutziger, unwichtiger Mann es wert befand, seinem Sohn eine reinzuhauen, was war dieses Kind dann überhaupt wert?

Genau genommen hätte Joseph gern hundert, wenn nicht gar tausend Backpfeifen eingesteckt für nur eine einzige zärtliche Berührung. Nein, vielmehr noch, allein die Backpfeifen hätten ihm genügt. Und verdient hätte er sie allemal gehabt.

Also wuchs Joseph als Einzelkind und beinahe wie eine Halbwaise auf. Meist kam der Vater nach einem langen Arbeitstag erst heim, wenn Joseph bereits frisch gewaschen und abgeseift in seinem Bettchen lag. Da sah er ihn durch den Türspalt und wagte nicht, nach ihm zu rufen, da er fürchtete, der Vater würde so tun, als hörte er ihn nicht.

Joseph sah, wie die Mutter sich um den Vater bemühte, wie sie freundlich zu ihm war, wie sie ihm zu essen machte, den Kaffee kochte oder Bier aus einem Krug ausschenkte, den sie jeden Tag in der Kneipe an der Ecke auffüllen ließ. Wie sie die Wäsche mit Inbrunst wusch, wie sie den Haushalt führte, Wasser holte und heizte, wie sie Lebensmittel beschaffte und Seife, immer wieder ganz viel Seife. Wie sie schrubbte und wischte und bohnerte. Wie sie die alten Herdhandschuhe überzog, wenn sie Vaters Arbeitskleidung am Samstag in den Waschtrog warf und sie stundenlang walkte, drehte und klopfte, anscheinend ohne dabei müde zu werden. Wie sie schnaufte dabei und sich manchmal mit den Handrücken die Augenwinkel wischte, als wäre ihr Seifenlauge ins Auge gespritzt.

Doch was der kleine Joseph für Inbrunst hielt, waren Wut, Verzweiflung und Ohnmacht. Waltraud war keine besonders kluge Frau. Sie hatte es mit guten Zensuren in der dörflichen Volksschule immerhin bis zur sechsten Klasse gebracht, war immer fleißig gewesen und hatte in ihren Träumen auf einen Prinzen gehofft, der sie aus dem erbärmlichen Dorfleben herausholen würde. Natürlich wusste sie, dass das niemals geschehen würde. Als Alfons schließlich in ihrem achtzehnten Lebensjahr bei ihrem Vater um ihre Hand anhielt, war sie es dann auch zufrieden. Sie wollte einen Mann, der anpacken konnte, und einen, der etwas darstellte. Alfons trug seinen besten Anzug, und sein Hemd blitzte weiß. Eine Stelle könne er bekommen, in Dresden, hatte er stolz berichtet, mit Aufstiegsmöglichkeiten. Das war nicht einmal eine Lüge, denn genauso hatte man es ihm gesagt. Konnte Alfons ahnen, dass er nur auf den Karren aufsteigen durfte?

Aber Alfons war ein guter Mann. Er trank nie zu viel, brachte das Geld nach Haus, ackerte bis zum Umfallen. Und das viele Jahre lang.

Waltraud liebte Sauberkeit über alles. Sie ekelte sich vor Staub, vor Spinnweben, vor Krümeln, vor Fingerabdrücken, vor schmutzigen Hemdkragen und grauen Gardinen. Manchmal, wenn es ihr gelang, ein paar wertvolle Minuten von ihrem arbeitsreichen Tag übrig zu haben, machte sie bei schönem Wetter einen Umweg und ging ein Stück an der Elbe spazieren. Dort hatten die Angestellten der Großwäschereien auf den Wiesen die weiße Wäsche zum Bleichen ausgelegt, und Waltraud ergötzte sich an dem Anblick, dem Duft, dem sauberen Weiß. Und jedes Mal übermannten sie ungewohnte, seltsam heiße Gefühle, die sie verwirrten.

Der kurze Aufenthalt im Krankenhaus anlässlich Josephs Geburt hatte etwas mit ihr gemacht. Als sie all die Sauberkeit und Reinheit sah, das glänzende Metall, die Fußböden, von denen man hätte essen können, als sie den Geruch des gestärkten Leinens und des Ethylalkohols wahrnahm, da war ihr, als habe man ihr einen kurzen Blick ins Himmelreich geschenkt. So musste es im Paradies sein. Ab dem Zeitpunkt litt sie noch viel schlimmere Qualen.

Und genau wie Alfons seinen gutmeinenden, wenn auch sehr tragischen Entschluss fasste, nachdem er seinen neugeborenen Sohn in Händen gehalten hatte, so traf auch Waltraud eine Entscheidung. Wenn schon in ihrer Wohnung nichts sauber zu halten war, wenn sie ihre Kleidung nicht vor dem Schmutz schützen konnte, den Alfons tagtäglich nach Hause brachte, dann blieb ihr nur ein Rückzugsort. Eine kleine, saubere Insel, die nur ihr gehörte, zu der nur sie Zugang hatte. Sie selbst war diese Insel, ihr Kopf, ihr Körper, der dem Schmutz keinen Einlass mehr gewähren würde. Weshalb sie Alfons nach Josephs Geburt verwehrte, was man allgemein als eheliche Pflicht ansah.

6 Als Jussis VW-Bus zurückkehrt, seine Räder leise knirschend auf dem Kies zum Stehen kommen, ist der Hof leer. Niemand ist zu sehen außer den Kindern, die wie ein Mückenschwarm pulsierend im Garten herumtoben.

Jetzt steigt Jussi aus dem Bus aus und wirft die Tür zu. War sein Kopf auf dem Weg zum Bahnhof noch voll wilder Mordgelüste, so herrscht nun eine große Leere. So sehr hat Uwes Anblick ihn verblüfft. Was er sieht, bringt sein Weltbild völlig durcheinander. Unschlüssig steht er nun und sieht sich um. Alle scheinen im Haus zu sein. Nur der Alte in seinem Rollstuhl ist noch da, abgestellt auf der Veranda. Aber er ist nach wie vor nicht ansprechbar. Wenn er nicht schon gestorben ist in der Hitze. Doch darf man an ihm einfach so vorbeigehen wie an einem Blumentopf oder einem Porzellanhund?

Eine Windböe fährt durch die Fontäne des Brunnens in der Auffahrt und weht sie zu Jussi. Der Finne wird mit einem feinen, feuchten Nebel bedeckt. Er blinzelt und leckt sich die Lippen. Nein, dieses Wasser schmeckt nicht nach Salz, eher ein wenig nach Chlor. Als lähme diese Erkenntnis seine Gedanken, ist er nun gar nicht mehr in der Lage, etwas zu entscheiden. Er verharrt, und hinter ihm öffnet sich die Schiebetür seines Busses.

Im Haus sind noch alle schwer beschäftigt. Nachdem Regina notgedrungen den Bann gebrochen hat, wies die Krankenschwester jedem Familienmitglied spürbar unwillig die Zimmer zu. Irgendetwas passte ihr nicht, das sah man ihr an. Wahrscheinlich hätte sie lieber auf Uwes Erscheinen gewartet, um danach erst alle ins Haus zu lassen. Doch jetzt konnte sie ihnen den Zutritt ja schlecht verwehren. Und so waren sie einer nach dem anderen, am Alten im Rollstuhl vorbei, mit ihren Koffern in den Händen, hineinmarschiert. Jeder hatte einen heimlichen Blick auf Joseph geworfen, verstohlen und neugierig, ob der Alte ein Lebenszeichen von sich gab.

»Tag, Vater!«, hatte Erwin halblaut gesagt. Um Harald zu beeindrucken, der wortlos am Vater vorbeimarschiert war.

Es gibt eine Unmenge Räume in der großen Villa. Während die Frauen damit beschäftigt sind, ihre Koffer auszupacken (alle, außer Regina, die immer noch vor Rocco auf Toilette kniet und ihm Geschichten vorliest, damit er entspannt seinen Geschäften nachgehen kann), schlendern Harald und Erwin mit den Händen in den Hosentaschen durch die Gänge und fragen sich, was das alles wohl gekostet haben mag und – viel wichtiger! – was es jetzt noch wert ist.

Jedes Zimmer ist prächtig ausgestattet, mit bequemen Betten, Massagesesseln, Kaminen, mit riesigen Fenstern zum Meer und mit großen Fernsehern, falls man den Blick aufs Meer einmal satthaben sollte. Besonders lang sinnieren die beiden Männer über den Toiletten. Selbst Stadtbaurat Erwin, der durchaus zwischen einem einfachen

Klo und einer exklusiven Designertoilette unterscheiden kann, ist verblüfft über diese Meisterwerke der Technik, wie sie eigentlich nur in Japan hergestellt werden können. Diese Toiletten veranstalten mit dem menschlichen Gesäß alles, was man sich nur vorstellen kann, wenn man weiß, wie man sie richtig programmiert.

Rocco ist übrigens auf seinem warmen, leicht vibrierenden Sitz längst eingeschlafen, während Regina liest und liest.

Nachdem sich die Halbbrüder an den Toiletten sattgesehen haben, kehren ihre Gedanken zu ihrem Vater zurück. Nur zu gerne würden sie wissen, warum er im Rollstuhl sitzt, apathisch, unter einer Sauerstoffmaske. Gibt es Aussicht auf Besserung, oder war das der Anfang vom Ende? Natürlich wünschen sie ihrem Vater ein langes Leben, wenn auch siebenundachtzig Jahre schon eine sehr lange Zeit sind. Vor allem aber fragen sich beide, was es mit dieser Krankenschwester auf sich hat. Manipuliert sie den Alten? Ist sie es, die das Geld zum Fenster hinauswirft? Hat er sie womöglich heimlich geheiratet? Das würde dem Alten gut zu Gesicht stehen. Seine Söhne vorführen, sie am Reichtum schnuppern lassen, um sie dann, als letzte Boshaftigkeit, zu enterben.

»Wenn ich Sie alle noch einmal vor das Haus bitten darf!«, ruft in dem Moment die Krankenschwester aus der Eingangshalle, als könne sie die Gedanken der beiden Männer lesen, die sich auch prompt ertappt fühlen. »Umgehend!«

So tröpfeln die Familienmitglieder einer nach dem anderen die Treppe hinunter, noch beeindruckt vom zur Schau gestellten Luxus, in einem Zustand zwischen Freude und Skepsis, Verblüffung und Wut und dem wohligen Wissen, all das ein ganzes Wochenende lang kostenlos nutzen zu dürfen.

»So hat die nicht mit uns zu reden! Das musst du ihr sagen«, zischt Gisela ihrem Mann zu, als sie im großen Saal vor der Treppe zusammentreffen. Gisela macht das aus Prinzip. Der Druck muss immer aufrecht erhalten bleiben, ist ihre Devise. Sie weiß schon, was sie als Nächstes tun wird. Sie wird sich ins Bad einschließen und sich eine Stunde lang in die Badewanne legen, die eigentlich ein Whirlpool ist. Da kann ihr die Ostsee gestohlen bleiben. »Und ich werde hier keine Sekunde in der Küche verbringen, dass du das weißt!«

Als ob sie das je täte, denkt Erwin und nickt. Außerdem ahnt er, dass keiner von ihnen die Küche betreten wird. Der Alte wird alles durchorganisiert haben.

An der Tür stößt er mit Harald zusammen. Keiner der Männer lässt dem anderen den Vortritt, weshalb sie gleichzeitig hinausdrängeln.

Draußen empfängt sie wieder die Hitze. Erst jetzt wird ihnen die unauffällig arbeitende Klimaanlage im Haus bewusst, die man weder hört noch riecht, und Erwin korrigiert in Gedanken den ohnehin schon hohen Preis der Villa um eine weitere halbe Million nach oben. Stumm passieren sie den Alten im Rollstuhl, der schon wieder oder immer noch auf der Veranda steht. Josephs Augen sind noch immer geschlossen, er atmet oder wird beatmet. Harald zögert kurz, als er an seinem Vater vorbeigehen will, wird aber von Erwin weitergeschoben, besser gesagt gestoßen, denn er stürzt beinahe über den Treppenabsatz ins Kiesbett.

Harald fängt sich schnell und tut so, als sei nichts geschehen.

»Na, dann bin ich mal gespannt, was der …«, brummt er und verstummt dann. Ihm verschlägt es buchstäblich die Sprache. Ihm und allen anderen.

7

Vor ihnen steht Uwe, verlegen grinsend. Mit einem schäbigen Rucksack auf dem Rücken, den er vor Jahren beim Kauf einer Bierkiste als Werbegeschenk bekommen hat, und einem Plastikbeutel von Aldi in der Hand.

Uwe ist kleiner als Erwin und Harald. Seine Statur entspricht eher der seines Vaters. Im Gegensatz zu diesem, der stets auf ein sehr gepflegtes Erscheinungsbild achtete, lässt Uwe sich gehen. Seine Haare sind meist zu lang, was nicht daran liegt, dass er das so mag, sondern weil ihm das Geld für den Frisör zu schade ist. Er ist auf unsportliche Art schmächtig und läuft leicht gebückt, mit etwas zu kurzen Schritten. Sein Hemd, welches er übrigens schon seit zwanzig Jahren besitzt, spannt sich über einem deutlich sichtbaren Bauchansatz. Seine Beine stecken in einer abgeschnittenen, ausgefransten Jeans, was aber keinesfalls einem modischen Zweck dient. Im Gegenteil: Die Hosen hängen wie ein Sack an ihm herab, sind schäbig, schmuddelig und ausgeblichen. An seinen Füßen trägt er Sandalen, sehr alte Sandalen, die er einmal gefunden hat, und Socken, die er bis weit über die Wade hinaufgezogen hat, sodass nur etwa zwanzig Zentimeter nackte weiße Haut unterhalb des Knies zu sehen sind. Gott sei Dank, mehr nicht.

Uwe, der jüngste Sohn Josephs, hat es nie zu irgendetwas gebracht. Er ist Hartz-IV-Empfänger. Das allein muss noch nichts bedeuten, weiß man ja schließlich nicht, welche Umstände dazu führten. Ihn deswegen zu verachten wäre ungerecht. Trotzdem verachtet ihn seine Familie, wenn man den Haufen von Egoisten, die sich vor der Villa versammelt haben, so bezeichnen kann. Uwe nennt sie seine Familie und freut sich auf jedes Treffen mit ihnen. Sonst hat er ja kaum jemanden.

In ihren Augen ist er einfach nur ein faules Schwein. Und in diesem Falle haben sie sogar recht.

Uwe ist fünfzehn Jahre jünger als Erwin. Er hat mehrere Lehren, Aus- und Umbildungen begonnen, unter anderem als Dreher und Zerspaner, als Maler, als Koch, als Heizer, als Hausmeister, als Reinigungskraft, als Pflegekraft, als Bürokaufmann, als PC-Kaufmann, als Lagerist. Nichts davon hat er länger als ein paar Monate ausgehalten. Zu nichts davon hat er wirklich Lust gehabt. Nach anfänglicher Scheu hat er dann rasch gelernt, Arztbesuche, Atteste, Kuren und Rehamaßnahmen strategisch so einzusetzen, dass es ihm möglich war, staatlich finanzierte Ausbildungsprogramme in die Länge zu ziehen, aber ohne jemals einen Abschluss zu bekommen, um dann umgehend mit einer Berufsunfähigkeitsbescheinigung direkt in ein neues Rehabilitationsprogramm aufgenommen zu werden. Er entwickelte ein ausgeprägtes Gespür dafür, mit welcher Masche man bei den jeweiligen Sachbearbeitern der verschiedenen Ämter am besten an soziale Sonder- und Zusatzleistungen kommt. Sei es ein Wohngeldzuschuss, Lebensmittelgutscheine, Stromgeldvorschüsse und Kleiderkammermarken. Auf Kosten des Staates bekam er einen Kühlschrank, eine Waschmaschine, ein Bett, einen Kleiderschrank, einen Herd, einen PC. Jedes Mal, wenn ein Beamter seine Wohnung betrat, um etwas zu pfänden, die Wohnsituation zu überprüfen oder einen Missbrauch nachzuweisen, gelang es Uwe, statt einer Klage einen Bezugsschein für die Möbelkammer zu bekommen. Er war ein regelrechter Meister darin geworden. An ihm haben sich schon Dutzende von Sachbearbeitern die Zähne ausgebissen. In hartnäckigen Fällen greift Uwe in seine Trickkiste. Er hat dann ein paar besonders anstrengende Tics auf Lager und trägt seit Jahren zu den Amtsterminen ungewaschene Kleidung, die er extra für diese Gelegenheiten in luftdicht verpackten Tüten aufbewahrt.

Uwe ist also jemand, der alles dafür tut, um nichts tun zu müssen, aber trotzdem genug Geld zum Leben zu haben. Genauso gut hätte er seine Fähigkeiten darauf verwenden können, etwas Richtiges zu tun. Wahrscheinlich wäre er sogar richtig erfolgreich geworden. Aber das würde nicht in Uwes Weltbild passen. Lieber setzt er seine Ausdauer und seinen Ehrgeiz dafür ein, keine Ausdauer und keinen Ehrgeiz haben zu müssen. Und er ist zufrieden damit, denn Uwe glaubt, dass er ein gutes Leben führt.

Bis auf gelegentliche Abstecher zum Aldi sitzt er den ganzen Tag am Computer, also von elf Uhr vormittags bis zwei Uhr nachts. Er trinkt Cola, weil er zu träge ist, um sich Kaffee zu kochen. Nach der Cola trinkt er Bier, und zwar immer das Bier, das gerade am billigsten ist. Er ernährt sich von Toast, Würstchen aus eingeschweißten Packungen, Keksen und Tiefkühlpizzen, und sein einziges

Zugeständnis an die moderne Esskultur ist, dass er Letztere vorher im Backofen erwärmt. Seinen Vitaminbedarf deckt er mit getrockneter Petersilie, die er auf alle Pizzen streut. Das und den Gang zu Aldi, die Treppe hinunter und wieder hinauf in den fünften Stock bezeichnet er als sportliche Betätigung, gibt ihm das Gefühl, gesund zu leben. Und allein darauf kommt es doch an. Auf ein gutes Gefühl.

Uwe ist Single, und die Frauen der Familie glauben an seinem Verhalten erkennen zu können, dass er seine Jungfräulichkeit niemals verloren hat. Uwe selbst sieht das anders, doch dazu muss man sagen: Uwe bewertet anders. Gegen Ende seiner Schulzeit hatte er einem Mädchen seiner Klasse einmal zwischen die Beine greifen dürfen. Bei ihm zählt das. Genauso wie der einmalige Besuch bei einer Prostituierten.

Darüber hinaus hat er niemals auch nur versucht, eine Frau kennenzulernen. Denn irgendwie ahnte er, dass es doch mit einigen Umständen verbunden ist, ein solches Wesen glücklich und zufrieden zu stimmen. So verzichtet Uwe auch ohne Skrupel auf Sex. Als er schon vor langer Zeit einmal Aufwand und Nutzen gegengerechnet hat, ist er darauf gekommen, dass es sich nicht lohnt. Nur um auf dem neuesten Stand zu bleiben, recherchiert er täglich auf einschlägigen Seiten im Internet, und dass er kein Rassist ist, beweist er damit, dass es ihm völlig egal ist, welche Nationalität und Hautfarbe die jungen Frauen in den kurzen Filmchen haben.

Vielleicht genau wegen dieses Mangels an sozialem Umgang mit anderen und besonders mit Frauen neigt Uwe dazu, rechtes Gedankengut wie ein Schwamm aufzusaugen. Es erscheint ihm alles ganz logisch, was die Leute da so erzählen, und ein Volk muss sich verteidigen können, und dem Volk sollte es zuerst gut gehen und erst danach allen anderen. Ein Volk sollte seine Tradition haben und stolz auf seine Geschichte sein dürfen, findet Uwe, und dass ein Volk nicht ständig mit seiner Vergangenheit behelligt werden darf. Ausländer sollen im Ausland bleiben. Und es müssen viel drastischere Strafen eingeführt werden, dann gibt es auch keine Verbrechen mehr. Warum die Regierung diese einfache Logik nicht versteht, fragt er sich, und was sie nur davon hat, das deutsche Volk gegen ein anderes einzutauschen. Dass beide Kriege nur durch Verrat verloren worden waren, das war ein Fakt, weil alles andere Uwes kleine Seele zutiefst beleidigt hätte. Uwe weiß über alles Bescheid, und es ist ihm hoch anzurechnen, dass er so bescheiden ist und niemanden in seiner Familie daran teilhaben lässt.

Auch wenn Uwe sich niemals selbst körperlich beteiligt an Märschen, Konzerten, Kundgebungen, Überfällen (einfach, weil es ihm zuwider ist, sich körperlich zu betätigen), so macht er doch aus seiner Gesinnung keinen Hehl. In seinem Zimmer hängt eine Reichskriegsflagge, die er aber abnimmt, wenn seine Mutter zu Besuch kommt. Mit seiner Homepage DIE WAHRHEIT ist er zum Sprachrohr der besorgten Bürger mutiert (dieselben, die ihn noch vor wenigen Monaten als Schmarotzer verabscheut hätten).

Er nutzt die sozialen Medien, die bereitwillig als Plattform für derlei zur Verfügung stehen, und er trollt seine Gegner, belästigt und beleidigt sie unter Pseudonym, bis sein Zugang gesperrt wird und er sich einen neuen zulegen muss. Er teilt fleißig, was seine Führer verbreiten. Er wird nie müde, Beweise für deren Theorien im Internet zu suchen, und findet dort eine ganze Menge davon. Alles aus ganz sicheren Quellen. Alles mit Fakten hinterlegt, manchmal sogar in GROSSSCHRIFT und mit ganz vielen Ausrufezeichen.

Er hat auch schon eine Menge treue Fans, die regelmäßig seine Beiträge liken und kommentieren und sich auch niemals über seine Rechtschreibung mokieren. Einer seiner treuesten Fans ist Sieglind. Uwe kennt Sieglind nicht, ihr Profilbild ist eine Deutschlandfahne, doch in seiner Fantasie ist Sieglind ein rassiges Vollweib, mit blonden Haaren und samtener Haut. Sieglind ist beinahe immer die Erste, die den Like-Button drückt, die ihm Mut zuspricht oder ihn gegen die staatlich geförderten linksgrünversifften Gutmenschentrolle verteidigt, die ihn immer wieder glauben machen wollen, er müsste an seiner Rechtschreibung arbeiten, um deutsch zu sein.

Tatsächlich hätte der deutsche Verfassungsschutz längst ein Auge auf ihn werfen müssen, denn Uwe könnten ein gutes Dutzend Tatbestände zur Last gelegt werden. Doch er ist im Netz unsichtbar und wird auch niemals gestellt, weil er ein echter Computerfreak ist und niemand beim BND in der Lage ist, seine Spur zu verfolgen (oder einfach niemand Bock dazu hat).

Uwe ist der Sohn einer Frau aus Erfurt. Diese Frau war die größte Enttäuschung in Josephs Leben. Viele Enttäuschungen hat Joseph nicht hinnehmen müssen, weshalb diese eine wohl noch viel schwerer wog.

Joseph hat sich, so gut es ging, um Uwe gekümmert, hat

ihm Geld zukommen lassen und ihm aus der Ferne wie ein unsichtbarer guter Geist geholfen, wo es nur möglich war, und damit offenbar genau das Gegenteil von dem erreicht, was eigentlich sein Ziel war.

Nun aber ist alles anders. Uwe ist rasiert, hat sich die Haare geschnitten, sein Hemd und auch die ausgeleierten Hosen wirken sauber und gebügelt, der Reißverschluss vom Rucksack ist repariert, und die Aldi-Tüte, in der er seine Habe trägt, wirkt ganz neu. Er steht da, und die ganze Familie starrt ihn an, sogar die Kinder glotzen. Sie kennen Uwe kaum oder gar nicht und sehen ihn nur an, weil ihre Eltern ihn ansehen. Als sie aber nach ein paar Sekunden ahnen, dass nichts weiter geschehen wird, hauen sie wieder ab.

»Habt ihr auch alle den Brief bekommen?«, fragt Uwe in die wieder peinliche Stille hinein (die Jussi wünschen lässt, er besäße ein Maschinengewehr) und zeigt seinen Brief vor. Der Zustand des Briefes passt allerdings wieder voll ins Bild. Er ist vergilbt, zerknittert, voller fettiger Fingerabdrücke und Flecken, von denen niemand wissen will, woher sie stammen.

Niemand antwortet ihm, denn eigentlich sehen alle auf die Frau an seiner Seite. Denn damit hat keiner von ihnen gerechnet: Uwe hat eine Frau mitgebracht. Eine Frau, die seine Hand hält. Und sie scheint keine Sozialarbeiterin zu sein. Das lässt sie alle verstummen und für einen Moment ihren Frust und ihre geheimen und offenen Zwistigkeiten vergessen.

8 Mit diesem Moment hat Petra gerechnet. Sie hat sich sogar extra dafür angezogen. Petra ist ein Jahr älter als Uwe, sieht aber bedeutend jünger aus. Sie ist gut trainiert, sehr schlank und sportlich, beinahe ein bisschen zu mager. Aber vielleicht machen das ihre Haare. Petra trägt ihre Urlaubs- und Feiertagsfrisur. Ein riesiger blonder lockengekräuselter Mopp, der so eindrucksvoll ist, dass die meisten Menschen kurzzeitig in Ehrfurcht erstarren.

Petra besaß diese Haare nicht gleich vom ersten Tag ihres Lebens, da war sie glatzköpfig wie die meisten Babys. Doch schon nach wenigen Monaten haben die Haare zu sprießen und sich zu kräuseln begonnen, und egal, was man versuchte, sie wehrten sich und lebten ihr eigenes Leben.

Anfangs sah das bei der kleinen Petra sehr niedlich aus, und wäre sie in der BRD geboren worden und nicht in der DDR, sähe man sie wohl heute noch auf der Verpackung von Kinderschokolade oder Zwieback abgebildet. Petra gewöhnte sich an ihre Haare und ertrug den Spott der anderen Kinder (Negerlocke!, Negerlocke!) geduldig, denn bei Erwachsenen bewirkten ihre Haare etwas ganz anderes. Die kleine Petra war in jedermanns Augen einfach nur niedlich, knuffig, putzig, und man verzieh ihr einfach alles.

Davon profitierte sie bereits in der Krippe und im Kindergarten, wo sie bei Streitereien von den Erzieherinnen stets in Schutz genommen wurde, während ihre Streitgegner gemaßregelt wurden. In der Schule entwickelte sie sich schnell zur mustergültigen Jungpionierin, wurde bei Appellen immer nach vorn geschickt und war den Lehrern liebstes Kind und den anderen Kindern ein Dorn im Auge. Da Lehrer damals noch Respektspersonen waren, fand sich Petra in einer Art Blase wieder, in der sie unbehelligt durch die Schule schwebte.

Als Petra in die Pubertät kam, veränderte sich ihr Verhältnis zu ihren Haaren. Sie wurde nicht mehr beschützt, denn sie war nun groß und nicht mehr so niedlich, und wenn doch, dann auf eine andere Art und Weise. Und vor allem gab es die DDR nicht mehr, und mit ihr war der Respekt vor dem Lehrkörper verloren gegangen.

Dann gab es eine Zeit, in der Petra ihr Haar verfluchte und nicht nur einmal kurz davor war, sich einfach alle Locken abzurasieren. Doch sie bewies Charakter, behielt ihr Haar, und besser noch, sie versuchte nicht mehr, es zu verbergen. Warum sollte sie etwas aufgeben, das sie von den meisten unterschied. Sollte doch jeder wissen, wer sie ist, dachte sie trotzig, sollte doch jeder sie erkennen. So kannte sie auch tatsächlich jeder in ihrer Gegend, in der Schule und später beim Studium.

Sie hatte nicht viele Freunde, doch sie war einfach jemand, den man kannte, nein, kennen musste, und das öffnete ihr so ziemlich jede Tür. Man fand sie bei jeder Party, bei jedem Rave, bei jeder noch so unterirdischen Technoveranstaltung.

Doch Petra wäre nicht Petra, wenn sie damit zufrieden gewesen wäre. Noch vor Ende ihres Studiums, nachdem sie unzählige Male an Typen geraten war, die gar nicht sie kennenlernen, sondern einfach nur einmal mit »der Frau mit den vielen Haaren« ins Bett gehen wollten, beschloss sie, dem ein Ende zu setzen. Sie wollte normal sein, wollte ein Mensch unter vielen sein. Also band sie sich einen straffen Zopf und erschrak fast vor sich selbst, als sie ihr Spiegelbild sah. Unscheinbar, unauffällig sah sie plötzlich aus, schmal, bleich, es gab nichts an ihr, woran sich der Blick festmachen konnte. Sie war sozusagen mit einem Mal unsichtbar geworden. Als sie ihr Haar wieder öffnete, war sie wieder sichtbar. Dieses Phänomen machte sie sich fortan zunutze, und das mit allen Konsequenzen, wie man später sehen wird.

Mit Mann und Familie hat es bei ihr nicht so recht geklappt in all den Jahren. Und so führt Petra ein stilles, wenn auch sehr sportliches Dasein. Sie geht täglich laufen, schwimmen, Rad fahren oder ins Fitnessstudio. Ab und an nimmt sie an einem Triathlon oder einem Marathonlauf teil. Sie befindet sich meist unter den besten Amateuren, doch sie läuft nie ins Ziel, bricht immer kurz vor Schluss ab und versteckt sich in der Menschenmenge. Petra ist also charakterstark, intelligent, schnell und sportlich, schlank und geschickt und sogar schön, auf gewisse Art.

Warum sie sich nun ausgerechnet für den arbeits-, elan-, kraft-, geistlosen und unattraktiven Uwe entschieden hat, könnte man schnell erklären – aber nicht an dieser Stelle.

Uwes Hand hängt wie erstarrt mit dem zerknitterten Blatt Papier in der Luft. Keiner interessiert sich dafür. Für ein paar Augenblicke steht Uwe unschlüssig da und weiß nicht, was er machen soll. Dann hellt sich sein Gesicht plötzlich auf, ihm ist etwas Wichtiges eingefallen. Doch sei es ihm verziehen, er ist es nicht gewohnt.

»Das ist übrigens Petra«, sagt er und zeigt auf Petra, damit auch wirklich niemand glaubt, der VW-Bus hieße so. Petra hebt die Hand und winkt freundlich. Sie wirkt ungezwungen und freut sich, einfach nur hier zu sein. Sie scheint das Ganze wie eine Seifenoper zu betrachten.

»Tuarkualb tbielb Tuarkualb, Dielktuarb tbielb Dielktuarb«, sagte sie, doch niemand reagiert, noch immer sind alle völlig entgeistert. Jussi horcht auf, doch schnell kapiert er, es ist kein Finnisch, das er gerade gehört hat. Absurderweise ist Rocco der Einzige, der versteht, was Petra sagt.

Uwes Hand sinkt nun wieder nach unten, man könnte meinen, er wäre enttäuscht angesichts seiner Brüder, die ihn beide offensichtlich noch mehr hassen, als sie sich gegenseitig schon hassen. Von Harald weiß Uwe, dass dieser seit einigen Monaten immer mal wieder versucht, Kontakt zu Erwin zu knüpfen, sich mit ihm zu treffen, um sich vielleicht auszusprechen.

Uwe weiß auch, dass Erwin diesen Offerten meist ausweicht. Eigentlich müsste es ihn verletzen, dass er in Haralds Aussöhnungsplänen offenbar keine Rolle spielt. Doch entweder ist Uwe ein sehr guter Schauspieler, oder aber er denkt sich, dass es zwischen ihm und Harald gar nichts auszusprechen gibt.

Uwe ist augenscheinlich einfach froh, hier sein zu dürfen, und lächelt verlegen. Die Ablehnung, die ihm von seinen Brüdern ganz offen entgegenschlägt, erkennt er nicht. Ganz im Gegenteil. Er genießt offensichtlich ihre Nähe, fühlt sich als Teil der Familie.

Was Uwe von seinen Brüdern weiß, erfährt er übrigens von seiner Mutter. Sie ist im Gegensatz zu Erwins und Haralds Müttern noch am Leben, was die wesentlichste Voraussetzung dafür ist, dass Uwe Informationen von ihr bekommt. Seine Mutter ist eine kleine, kranke Frau, die fast so gut wie nie aus ihrer Wohnung kommt.

Uwes Mutter hat ein kleines Alkoholproblem, und mit klein ist natürlich groß gemeint. Das Problem hat sie schon lange. So lange, dass Uwe von Glück sprechen kann, dass sie es nicht noch viel früher angefangen hat, denn dann hätte man sich ernsthafte Sorgen um den ungeborenen Uwe machen müssen. Woher also diese kleine Frau mit ihren Nieren- und Leberproblemen die Informationen über Erwin und Harald bezieht, ist Uwe unklar, doch das stört ihn nicht, denn er hat sich noch nie ansatzweise Gedanken darüber gemacht. So hat er sich nie gefragt, ob sie gelegentlich noch Kontakt mit seinem Vater pflegt (was sie nicht tut). Oder ob sie seinen Brüdern nachforscht (was sie tut). Und aus welchen geheimen Quellen sie ihre Informationen bezieht (das wird noch nicht verraten).

»Da wir nun vollzählig sind …«, ist auf einmal die Stimme der Krankenschwester zu vernehmen. Wie aus dem Nichts ist sie auf der Veranda erschienen, und wie ferngesteuert drehen sich alle nach ihr um. Nur die Kinder nicht, die haben sich allesamt schon wieder verdrückt, eines steht übrigens seit einer Ewigkeit gefesselt an einem Baum und hat schon längst keinen Spaß mehr.

Die Schwester steht nun neben Joseph, hat eine Hand auf seine Schulter gelegt und lächelt dabei gütig wie ein Diktator. Erwin und Harald erscheint das wie eine Besitzergreifung. Eifersucht auf ihren Vater macht sich in ihnen breit, besser gesagt potenziert die sowieso schon ewig vorhandene Eifersucht aufeinander.

Doch, um das noch einmal zu betonen, die Krankenschwester übt auf beide Männer einen gewissen Reiz aus, und es ist landläufig bekannt, dass Männer in solchem Zustand schnell von ihrem üblichen Verhalten abweichen.

Und während die beiden eher zufällig nebeneinanderstehen, entwickelt sich in beiden noch eine dritte Kategorie von Eifersucht. Obwohl sie beide in gesetztem Alter sind, erwacht der Kampfgeist in ihnen. Wenn ich sie nicht bekommen kann, so denken beide Männer mit Blick auf die anwesende jeweilige Ehefrau, dann soll der andere sie auch nicht kriegen. Dabei, und das ist ein Umstand, der seit Millionen von Jahren von Männern gerne übersehen wird, gibt es nicht den geringsten Anhaltspunkt dafür, dass die Krankenschwester für derlei Avancen überhaupt zur Verfügung steht.

»Endlich finde ich Gelegenheit, mich richtig vorzustellen. Ich bin Schwester Agnes. Ich bin gelernte Krankenpflegerin, und ich betreue Joseph seit seinem schweren Schlaganfall vor sechs Monaten. Ich lernte Joseph in dem Krankenhaus kennen, in dem er behandelt wurde. Er fand wohl Gefallen an mir und bat mich, meinen Dienst zu quittieren, um ihn weiter zu pflegen, ganz privat sozusagen, da er die Atmosphäre im Krankenhaus als nicht besonders förderlich für seine Genesung empfand.«

Wie sehr die Pflege der Frau zur Genesung beigetragen hat, sieht man ja, denkt Erwin grimmig und überlegt bereits, welcher der ihm bekannten Anwälte sich wohl am besten eignet, um die Frau zu verklagen. Nur für den Fall, fügt er diesem Gedanken noch hinzu, dem Pflegepersonal kann man doch heutzutage auch nicht trauen, und ertappt sich schließlich dabei, wie er Agnes, statt ins Gesicht, auf die Oberweite starrt. Ein kurzer Blick zur Seite genügt ihm zu wissen, dass Gisela das auch schon registriert hat.

»Nach ersten Fortschritten, die uns hoffnungsvoll stimmten«, fährt Schwester Agnes fort, »hat sich Josephs Gesundheitszustand in den letzten Wochen leider rapide verschlechtert. Konnte er bis vor Kurzem noch sprechen und sogar einige Schritte gehen, ist er nun nicht mehr ansprechbar, kann nur noch unter der Sauerstoffmaske atmen, wird über eine Magensonde ernährt und hat seine Körperfunktionen nicht mehr unter Kontrolle. Mich um diese Angelegenheiten zu kümmern ist meine Aufgabe. Joseph will niemandem zur Last fallen und kommt natürlich für alle Kosten selber auf.«

Schwester Agnes legt eine kleine Kunstpause ein, die Erwin genügt, um festzustellen, dass »auf Josephs Kosten« eigentlich gleichbedeutend ist mit »auf Erwins Kosten«. Denn alles, was der Alte jetzt ausgibt, schmälert das Erbe. Harald dagegen denkt nicht so weit und ist zufrieden. Er findet es beispielhaft, wenn jemand etwas auf seine Kosten nimmt.

»Vor diesem schweren Rückfall«, fährt Schwester Agnes fort, »äußerte Joseph, dass es sein sehnlichster Wunsch ist, noch einmal seine Familie zu sehen, seine Söhne, die er, ich zitiere, ›viel zu nachlässig behandelt habe‹. Er bereut vieles in seinem Leben, am meisten jedoch, dass er sich zu wenig um sie gekümmert hat. Natürlich weiß er, dass sich das Rad der Zeit nicht zurückdrehen lässt, sosehr er sich das auch wünscht. Einer seiner letzten klar geäußerten Gedanken war, dass wir alle hier in seinem neuen Haus ein schönes Wochenende verbringen sollten und er mit dem Gefühl der Versöhnung von uns gehen kann. Von keinem seiner Söhne erwartet er, dass sie ihm sein unentschuldbares Verhalten verzeihen würden. Es ist ihm jedoch ein wichtiges Anliegen, sein ausdrückliches Bedauern zu äußern.«

Das hört sich an wie einer meiner Formbriefe, knurrt Erwin in Gedanken. Harald ist gerührt und wischt sich über die Augen, tut aber so, als sei es der Schweiß, der ihn blinzeln lässt. Uwe kann mit derlei nichts anfangen. Er hat den Alten nie wirklich als seinen Vater gesehen. Ein anderer Gedanke nimmt jedoch langsam Gestalt an. Wenn nämlich sein Vater wirklich stirbt und ihnen die Bude und vielleicht auch noch eine Menge Geld hinterlässt, würden all seine Ansprüche auf Sozialleistungen neu geprüft und wahrscheinlich hinfällig werden. Irgendwie will ihm dieser Gedanke nicht behagen. Zaghaft hebt er die Hand.

Schwester Agnes sieht das und blickt Uwe streng an. »Die Ärzte bezweifeln zwar«, spricht sie in einem Tonfall, der Uwe die Hand herunternehmen lässt, »dass er überhaupt noch etwas von dem wahrnimmt, was um ihn geschieht. Doch wollen wir alle so miteinander umgehen, als weile er noch im vollen Besitz seiner geistigen Kräfte. Denn niemand weiß wirklich genau, was zwischen Himmel und Erde geschieht. Lassen Sie uns also eine harmonische Zeit verbringen. Mit gutem Essen, gutem Wein, dem Blick auf die wunderbare Ostsee, anregenden Gesprächen und dem Austausch von Gedanken. So heiße ich Sie alle noch einmal im Namen von Joseph willkommen. Fühlen Sie sich wie zu Hause, und wann immer Sie eine Frage oder ein Anliegen haben, wenden Sie sich an mich!«

Schwester Agnes breitet ihre Hände einladend aus, dann beginnt sie animierend zu klatschen, und ein jeder (außer Erwin, der sowieso automatisch mitmacht, wenn jemand klatscht) fühlt sich genötigt mitzuklatschen.

»Wenn Joseph nicht mehr handlungsfähig ist, wer verfügt dann über seine Geschäfte?«, fragt Ute, die sich mit so etwas auch auskennt, in den zögerlichen Applaus hinein, der daraufhin augenblicklich verstummt. Nur Rocco klatscht noch ein wenig länger, bis Regina ihm die Hände festhält.

Schwester Agnes hat dafür sogleich eine Antwort parat. »Auch dafür hat Joseph noch gesorgt und hat mich als seinen Vormund bestimmt.«

Das war ein Satz, den konnte man auch einfach mal so stehen lassen. Agnes ist zufrieden angesichts der versteinerten Gesichter, schnappt sich den Rollstuhl, dreht ihn geschickt herum und bringt den Alten ins Haus.

9 Josephs Vater also, Alfons, der fleißige kleine Mann, schuftete und schuftete. Josephs Mutter, Waltraud, putzte, was immer sie putzen konnte. Sie liebte ihren Alfons und zeigte ihm das, indem sie Essen kochte, Wäsche wusch und ihm auch sonst jeden Wunsch von den Lippen ablas. Aber sie wich ihm aus. Sie tat es nicht offensichtlich, sondern entwickelte dabei eine wunderbare Geschicklichkeit, machte daraus eine Art Tanz. Wie eine Fee schwebte sie durch die Wohnung, wenn er daheim war. Blieb immer in Bewegung und tat alles dafür, ihm nicht zu nahe zu kommen. Wenn Alfons versuchte, sich ihr zu nähern, sie an sich zu ziehen, wie er es früher manchmal getan hatte, gelang es ihr im letzten Augenblick zu entkommen. Sie drehte sich elegant, duckte sich unter seinen Armen, sprang auf. Niemals brüskierte sie ihn, immer ließ sie ihn in dem Glauben, etwas Eiliges erledigen zu müssen, sei es in der Küche oder im Waschhaus. Hausfrauenarbeit eben, und davon hatte Alfons keine Ahnung. Er ergab sich schließlich seinem Schicksal und glaubte sogar, das sei der normale Lauf der Dinge, dass eine Frau ein Kind bekam und daraufhin unantastbar wurde. Was klagten nicht die Kameraden im gelblich düsteren Kneipenlicht über ihre Weiber, die spröde und zänkisch geworden waren.

Zwar fragte er sich schon, wie es denn anderen Eheleuten gelang, mehrere Kinder zu bekommen. Schenkte man den Kneipenkameraden Glauben, nahmen sie sich von ihren Frauen, was ihnen zustand. Wir wollen Alfons zugutehalten, dass er niemals auch nur auf den Gedanken kam, ebenso vorzugehen. Er dachte darüber auch nicht ständig nach, er hatte ja wenig Zeit mit seinen sechzig, oft siebzig Arbeitsstunden in der Woche. Wenn er dann heimkam, manchmal durchaus mit der Absicht, seine Frau auf ihre ehelichen Pflichten anzusprechen, stellte sie ihm eine große Schüssel mit warmem Wasser hin, damit er sich Hände und Gesicht waschen konnte, und richtete ihm einen Teller mit Stullen und manchmal etwas Bratensoße und einen Krug mit Bier her. Da dachte er, dass es ihm so schlecht nicht gehe und dass es eigentlich gut und gerne immer so bleiben könne. Was es aber nicht tat.

Natürlich blieben Alfons die politischen Änderungen nicht verborgen, die um ihn herum geschahen. Es gab schwere Prügeleien, wenn die Nationalsozialisten auf die Kommunisten stießen oder umgekehrt. Parteiversammlungen wurden regelmäßig überfallen, und was anfangs mit ein paar gebrochenen Stuhl- und Nasenbeinen einherging, endete später in Schießereien. Plötzlich tauchten Maschinengewehre auf, immer öfter marschierten Männer in Uniform. Die Leute gafften oder bekundeten Sympathien. Nach starken Männern, die durchgreifen, wurde gerufen, wobei jeder eine andere Vorstellung davon hatte, was das bedeuten sollte.

Alfons hielt sein Parteibuch gut versteckt. Er fragte sich, in welche Richtung das Pendel wohl ausschlagen würde, las interessiert die öffentlich ausgehängten Zeitungen und hörte sich an, was die Leute sagten, denen er die Kohlen in den Keller schleppte. So kann es nicht weitergehen, diese verdammten Roten haben uns den Krieg verdorben, er war doch schon fast gewonnen. Und die Juden, sagten die Leute, rauben uns alle aus.

Alfons hatte schon mit Juden zu tun gehabt, und bisher war ihm noch gar nicht aufgefallen, wie viel Unglück sie über ihn brachten. Manches muss einem eben gesagt werden, sonst bemerkt man es gar nicht. Die Leute sagten auch, dass es nicht angehen kann, dass einer wie Alfons, der beinahe im großen Krieg gedient hätte, sein Leben lang Kohlen schleppen muss. Genau das sagten die Kommunisten auch und dass der brave, fleißige Mann nicht ausgenutzt werden darf und dass die Kapitalisten die Verbrecher sind.

Vorarbeiter Heinrich allerdings schimpfte auf die braune Bande. Egal, ob national oder nicht, sagte er, sozialistisch sei ein Unding und man müsse sie allesamt an die Wand stellen, diese Halunken, und den irr um sich blickenden kleinen Kerl erst recht. Als dann Wahlplakate aushingen und um Alfons' Stimme buhlten, wusste er nicht, was er machen sollte. Er entschied sich fürs Nichtstun und Heraushalten und ging nicht wählen. Als es mit Hitlers Sieg im März dreiunddreißig richtig übel wurde für Kommunisten, verbrannte Alfons kurzerhand seinen Parteiausweis, besorgte sich ein braunes Hemd und eine Hakenkreuzbinde. Zur zweiten Wahl im November ging er dann und wählte Hitler, da es ja absehbar war, dass der gewinnen würde, denn es gab auf der Einheitsliste niemanden sonst zu wählen.

Ein Volk, ein Führer. Alfons schauderte in Vorfreude auf ein herrliches Leben.

Sein Sohn Joseph beobachtete das mit Misstrauen. Er kannte seinen Vater als stillen Mann, der schweigsam seine Suppe löffelte, manchmal leise seufzte, ohne zu sagen, wo der Schuh drückte. Selten sprach sein Vater zu ihm. Dann ermahnte er ihn, in der Schule gut aufzupassen, oder drohte mit einer Tracht Prügel, die er aber niemals bekam, egal, wie übel er sich aufführte. Nun sah Joseph aber, wie sein Vater auflebte, wie er plötzlich ein Herr wurde, obwohl er bei Weitem der dreckigste unter den Braunhemden war, zumindest äußerlich, denn innendrin waren einige von ihnen noch viel dreckiger.

Warum er das tue, fragte Joseph einmal seinen Vater an einem Sonntag, der nicht mehr wie früher für Ausflüge genutzt wurde, sondern jetzt dazu diente, Stärke zu zeigen, für das Reich, das Volk, die Rasse und für Gott. Warum er Menschen verprügele und Scheiben von Geschäften einwerfe, fragte Joseph, dem sich kein Sinn daraus erschließen wollte, zumal niemand etwas mitnahm aus den Geschäften.

»Manche Leute muss man eben zu ihrem Glück zwingen«, hatte daraufhin sein Vater erwidert.

Aber Joseph verstand nicht, wie man glücklicher werden konnte, wenn einem eine Horde Männer die Schaufensterscheibe zertrümmerte oder das Nasenbein brach. Ihm war nicht geheuer, dass Vater so etwas guthieß, obwohl er doch immer ein ehrlicher Mensch gewesen war.

Joseph, sehr jung, klein und schmächtig, gemieden von seinem Vater und noch nicht weit herumgekommen in der Welt, nahm sich fest vor, stets seines eigenen Glückes Schmied zu sein und dies nicht abhängig zu machen von Organisationen und Regierungen und ohne sich einem Haufen wütender dummer Menschen anzuschließen, denen man eigentlich nicht auf der Straße begegnen mochte.

Für Hitler selbst hegte Joseph allerdings eine Zeitlang herzliche Gefühle, erinnerte der ihn mit seinem Bärtchen doch sehr an seinen Vater, der sich mit kohleschwarzen Daumen und Zeigefinger immerzu die Nase schnupfte. Und manchmal schien ihm Adolf näher zu sein als sein eigener Vater, denn im Gegensatz zu diesem war Hitler allgegenwärtig. Von Plakaten, von Bildern, von der Kinoleinwand glotzte ihm der Mann entgegen. Allein schon bei der Begrüßung wurde sein Name tausendfach gebrüllt. Hitler war allgegenwärtig, während sein Vater ihm meist nur am Wochenende erschien. »Heil Vater« rief er jeden Morgen in der Schule, wenn die ganze Klasse dem Lehrer ihren Hitlergruß entgegenbrüllte, und nie bekam es jemand mit. Doch seinen Vater beschwor er damit nicht herbei.

Joseph war sehr intelligent und entwickelte ein Faible für Dinge. Keine speziellen, wenn es nur die Dinge anderer Leute waren. Am liebsten wäre ihm ihr Geld gewesen. Er hätte also Politiker werden müssen oder Großkapitalist, doch für beides fehlten ihm die finanziellen Voraussetzungen. Er wählte einen anderen Weg. Joseph begann zu stehlen. Er stahl, was er bekommen konnte. Er überlegte nicht, was er gebrauchen könnte. Anders gesagt: Er konnte alles gebrauchen. Immer ging er klug vor, nie wurde er übermütig, nie wurde er zu gierig, er war immer schlau genug, nicht zu viel zu nehmen, ging nie zweimal an derselben Adresse stehlen, auch wenn das Angebot noch so verlockend war.

Etwas später begann er zu fälschen. Er fälschte die Ergebnisse seiner Klausuren und seiner Zeugnisse, und zwar so gut, dass er Eltern und Lehrerschaft überzeugte. Nicht, dass sie ihn für ein Genie hielten, ganz und gar nicht. Er war noch viel gewitzter. Er gab sich Zweien und Dreien, kopierte mittelmäßige Aufsätze, tat sich beim Sport nie hervor, trug sich mäßige Weit-, Hochsprung- und Laufergebnisse ein. Wurde sein Name aufgerufen, antwortete er von Tag zu Tag leiser, bis die Lehrer gar nicht mehr aufsahen und hinter seinen Namen ein Häkchen machten. Er sorgte also dafür, dass sein Name völlig unterging in der Mitte. Regelrecht unsichtbar war er für die Lehrer, er war so durchschnittlich, wie man nur sein konnte. Seine Anwesenheit fiel gar nicht mehr auf, demzufolge wurde auch seine Abwesenheit nicht bemerkt. Anfangs verschwand er zwei Stunden vor Unterrichtsende. Als ihn am nächsten Morgen niemand darauf ansprach, blieb er einen ganzen Tag weg. Und als das auch keinem auffiel, ließ er von da an immer gleich mehrere Tage ausfallen, erschien nur noch ab und an, rempelte dann einen der Größeren an, um sich in aller Öffentlichkeit eine Backpfeife einzuhandeln. Ein Trick, damit man sich in der Schule später erinnerte, ihn gesehen zu haben. Und ein bisschen konnte er sich dabei auch einreden, es sei die Hand des Vaters gewesen, die seine Wange glühen ließ. Hauptsächlich nutzte Joseph die gewonnene freie Zeit, sich ausgiebig in der Stadt herumzutreiben, zu horchen, zu schauen, zu beobachten. Er erfuhr, wo es Kohlen gab und Kartoffeln, Fleisch, Kerzen, Wachs, Kaffee, Stoffe, Tabak und Seife, wo man Meldescheine, Antragsformulare, Urkunden und Krankheitsbescheinigungen herbekam. Nicht, dass er all das selbst brauchte, aber er kannte Leute, die genau so etwas benötigten und die bereit waren, ihm Geld für die Beschaffung zu geben.

Joseph kleidete sich unauffällig, bewegte sich geschmeidig, sprach tonlos, sah den Menschen kaum in die Augen. Niemand merkte sich sein Gesicht. Niemand war in der Lage, ihn näher zu beschreiben. Er war so konturlos, dass selbst das Deutsche Jungvolk und die Hitlerjugend vergaßen, um ihm zu buhlen.

Die Mutter fragte niemals, wo all das Zeug herkam, das er zusammenstahl. Joseph war nämlich auch so schlau, nichts davon heimzubringen. Nie aß er von gestohlenem Brot oder Kuchen, um sich nicht dadurch verdächtig zu machen, dass er vor der Zeit satt war. Niemals rührte er auch nur eine der Zigaretten an, die er organisiert hatte. Niemals trug er andere Schuhe als jene, die ihm Mutter gekauft hatte. Niemals andere Hosen als die, die sie für ihn nähte.

So ging das einige Jahre. Josephs Eltern machten sich Sorgen darüber, welchen Beruf der Junge einmal ergreifen sollte. Für ein Studium langte das Geld nicht, und überhaupt wollte Alfons nicht, dass sein Sohn zu diesen elitären akademischen Wichtigtuern gehörte. Joseph selbst schwieg dazu, hatte er doch längst an seiner Karriere gearbeitet. Nur war es eben kein Beruf, den man seinen Eltern mal so nebenbei am Kaffeetisch mitteilte. Zumal es gar keine wirkliche Berufsbezeichnung gab für das, was er tat. Kleinkriminell war er allenfalls aufgrund seiner Körpergröße zu nennen. Was er tat, war längst nicht mehr klein, hatte er sich immerhin schon ein Lager mieten müssen, um sein Diebesgut unterzubringen. Nach außen getarnt als Geschäft für Badezimmerkeramik, barg das Lager alles, was das Menschenherz begehrte. Genau genommen war Joseph reich. Er besaß mehr Geld, als sein Vater in seinem ganzen Leben besitzen würde. Er hatte mehr Lebensmittel gesammelt, als er in seinem ganzen Leben würde essen können. Trotzdem war es nicht genug. Mit Gier hatte das nichts zu tun, denn es gab einen anderen Grund, warum er noch mehr, noch viel mehr Geld benötigte. All seine Mühen hatten eine tiefgreifende Ursache.

Joseph wusste um die Gesinnung seines Vaters. Er wusste, was für ein überzeugter Nazi Alfons war und wie sehr es diesen nach Zucht und Ordnung verlangte, nach Regeln und Gesetzen. Sein Vater war darauf aus, alles auszumerzen, das nicht dazu passte. Wenn er also seinen Vater beeindrucken wollte, dann ging das nur mit gigantischem Reichtum. Joseph brauchte kein Häuschen, eine Villa musste es sein. Kein Garten, sondern ein Grundstück. Keine Geldbündel, sondern Goldbarren. Keine Zigarren, sondern Tabakplantagen. Keine Kutsche, sondern ein Gestüt. Kein Boot, sondern ein Elbdampfer. Er war auf dem besten Wege dahin.

Und dann begann der Krieg. Das war Joseph recht und zuwider zugleich. Wenn man es geschickt anstellte, konnte man im Krieg seinen Reichtum mehren. Und Joseph war geschickt. Mit Kriegsbeginn verdoppelte er die Preise seiner Waren, was manchem übel aufstieß. Sie wandten sich von ihm ab, nur um nur wenige Wochen später wieder vor seiner Tür zu stehen, weil es anderswo nichts mehr gab. Jetzt zahlten sie sogar den dreifachen Preis.

Josephs Geschäfte liefen also glänzend, und das Kriegsglück war den Deutschen hold. Joseph hätte also glücklich sein müssen, war es aber nicht.

Was ihm Sorgen bereitete, war die Tatsache, dass ein Krieg Soldaten brauchte. Und ein Soldat wollte er auf keinen Fall sein. Auch wenn den Soldaten ein gewisses Heldentum angedichtet wurde. Joseph wollte auch kein Held sein, denn selbst wenn man nicht tot war oder wenigstens ein Körperteil verloren hatte, denn das schien eine Grundvoraussetzung für Heldentum zu sein, so sollte man doch wenigstens eine ganze Menge Menschen umgebracht haben, wenn möglich feindliche. Nein, so viel wusste Joseph, durch seine Hand und seinen Willen sollte niemand ums Leben kommen müssen, erst recht nicht, wenn man ihm etwas stehlen oder verkaufen könnte.

Doch mit seinem nächsten Geburtstag und dem Abschluss der Schule rückte die Einberufung bedrohlich näher. Wenn er schon nichts dagegen tun konnte, so wollte er es wenigstens so lange wie möglich hinauszögern. Da kam ihm das Schicksal zu Hilfe.

10

Eine Stunde nach ihrer Willkommensansprache ruft Schwester Agnes zum Abendessen. Zügig finden sie sich alle auf der Terrasse ein. Agnes, die nicht nur für lebenserhaltende Maßnahmen an Joseph verantwortlich ist, hat eine lange Tafel angerichtet, an deren einem Ende Joseph in seinem Rollstuhl mit halb geschlossenen Augen vor sich hin vegetiert, ohne eine Regung zu zeigen.

Der Blick von der Terrasse ist atemberaubend und an sich schon eine Millionen Euro wert. Über die Düne hinweg sieht man die Ostsee, dunkelblau im Osten, golden im Westen, die Sonne nähert sich dem Horizont, bald wird sie zischend im Meer versinken. Davor sieht man auf den Strand, der noch voller Urlauber ist. Alles arme Leute, die sich mit Zelten, Ferienwohnungen, Campingwagen und Finnhütten begnügen müssen. Aber sie wirken trotzdem ganz zufrieden, lachen und sind entspannt. Im Unterschied zu den Leuten auf der Terrasse.

Möwen stehen im Rüttelflug wie Raubvögel im Wind, stürzen sich auf das, was die Urlauber am Tag für sie übrig ließen, und die eine oder andere versucht es noch mal mit den Zigarettenkippen. Nach dem ersten Ekel haben sie Geschmack daran gefunden. Die Wellen brechen sich malerisch, etwas Wind geht, Segelschiffe kreuzen.

An der langen Festtafel gibt es keine Platzkarten, und es entsteht ein verhaltenes Gerangel zwischen Harald und Erwin um den freien Platz neben dem Vater. Der Platz auf der anderen Seite ist von Schwester Agnes besetzt. Harald tritt forsch auf, geniert sich nicht, nach der Stuhllehne zu greifen und den Stuhl an sich zu reißen. Er gewinnt das Duell, und da sich daraufhin seine gesamte Sippe auf dieser Seite der Tafel platziert, fühlt Erwin sich gezwungen, weiter und weiter zurückzuweichen. Haralds Blick trifft ihn, die Mundwinkel zu einem leicht spöttischen Grinsen verzogen. Dieser Punkt ging an ihn.

Erwin will sich nicht eingestehen, dass er verloren hat, und würde Harald gern erklären, dass dieser Sieg allein seinem mangelnden Anstand und purer Unverschämtheit zu verdanken ist. Kann er aber nicht, ohne damit zuzugeben, dass er ebenfalls um den Platz gekämpft hat. Dass er nur einen Platz entfernt von Joseph hätte sitzen können und dazu noch neben Schwester Agnes, geht ihm erst auf, als Uwe dort Platz nimmt. Dieser hat leicht verschüchtert eine Weile abseits gestanden. Neben diesen setzte sich Petra, und sofort hat sich die gesamte Stuhlreihe mit Kindern gefüllt. Auch Tom und Vanessa sind von ihrem Strandbesuch zurück, was aber niemand registriert. Eine magische, noch unerforschte Kraft hat sie rechtzeitig herbeigerufen, wie nur Kinder sie spüren, wenn es etwas zu essen gibt.

Nun sitzt Erwin ganz am Ende des langen Tisches, aber dummerweise nicht genau an der Stirnseite, seinem Vater gegenüber, was eigentlich noch besser gewesen wäre, wie es ihm siedend heiß einfällt.

Dort sitzt Rocco und klopft hungrig und ungeduldig mit dem Löffel auf seinen Teller. Er müsste das nicht tun, denn er ist schon drei Jahre alt. Er tut es aber doch, und wenn sich jemand die Mühe machen würde zuzuhören, würde er den raffinierten Rhythmus erkennen. So aber klirrt es einfach nur in den Ohren der Anwesenden.

»Rocco!«, mahnt Regina. »Rocco!« Sie hält dem Burschen die Hand fest, weshalb er mit der anderen Hand nach der Gabel greift und weiterklirrt. Erwins Nerven fransen aus wie alte Schnürsenkel. Der Junge hat noch immer Schokolade im Mundwinkel.

»Tatoffel!«, ruft er, obwohl er durchaus in der Lage ist, das Wort richtig auszusprechen.

»Du bekommst gleich!«, mahnt Regina.

»TATOFFEL!«, bekräftigt Rocco seinen Wunsch, und Erwin weiß, er wird sie nicht essen, wenn er sie bekommt. Er wird sie quetschen, zermatschen, malträtieren, mit Ketchup kontaminieren und dann liegen lassen.

Agnes eröffnet zwanglos die Tafel. Eigentlich hat sie noch etwas sagen wollen, aber ihre gereizte Miene verrät, dass das Gezeter des Jüngsten ihre Pläne durchkreuzt hat.

Bestimmt ärgert sie sich wie alle anderen, dass es Rocco durch sein Auftreten immer wieder gelingt, sich Vorteile zu verschaffen, und sie ärgert sich, dass sie nicht durchgreift. Und wie die allermeisten anwesenden Erwachsenen denkt sie sicher, dass es eigentlich nicht ihr Problem ist. Zum Glück, denkt sie noch, Gott sei Dank.

Alle greifen zu, und es gibt wirklich eine Menge zu greifen. Eine Cateringfirma hat ganze Arbeit geleistet und so ziemlich alles aufgetischt, was das Herz des durchschnittlichen Bundesbürgers begehrt. Teller werden gierig gefüllt, Blicke huschen ungeduldig herum und beobachten immer genau die Schüsseln, aus denen gerade von jemand anderem geschöpft wird. Berge von Essen türmen sich auf den Tellern, als ob sie tagelang nichts gegessen hätten. Rocco bekommt seine Kartoffel, pikt sie mit der Gabel an, beißt ab, sie fällt auf den Boden.

»Rocco!«, mahnt Regina, gibt ihm eine zweite Kartoffel, ehe der Junge in Tränen ausbrechen kann. Rocco nimmt und zermatscht sie. »Tetschup!«, befiehlt er und bekommt rote Pampe über die Kartoffel geschüttet.

Erwin sieht weg, streckt den Arm nach den Schüsseln aus, die Gisela ihm eine nach der anderen diagonal über den Tisch reicht. Es ist noch genug drin, um mindestens zwei Schweine satt zu kriegen, doch aus Prinzip nimmt Erwin sich so viel, dass es kaum auf seinem Teller Platz hat. Das Essen schmeckt, stellt Erwin verstimmt fest, und Rocco neben ihm haut mit der Gabel auf die Kartoffel.

»Wusst!«, will er jetzt, das heißt Wurst. Regina, die noch kaum zum Essen gekommen ist, langt über den Tisch, sticht nach einem Würstchen, gibt es Rocco, der es anbeißt und dann wegwirft.

»Vogel soll essen!«, kommentiert er, noch ehe seine Mutter intervenieren kann. »Nudeln!«, krakeelt Rocco nun, und automatisch greifen vier Hände nach der entfernt stehenden Schüssel. Nun schaufelt Regina Nudeln auf Roccos Teller, immer, wenn sie damit aufhört, schreit der Junge nach mehr. Sollte sich nicht auch eine Großmutter mal um ihr Enkelkind kümmern?, denkt Regina, doch ihre Mutter zeigt keinerlei Anzeichen von Interesse.

Die anderen stopfen sich das Essen hinein, sprechen durcheinander, mit vollem Mund, trinken, ohne sich zuzuprosten, immer an Joseph vorbei, der lediglich die Funktion eines Staubfängers zu haben scheint. Man schaut ihn anfangs immer an und vergisst ihn dann.

Schwester Agnes isst verhalten, mit spitzem Mund und kleinen Bissen, sie schenkt den Kindern ein freundliches Lächeln und taxiert die schlingenden Erwachsenen mit amüsiert angeekeltem Blick.

Harald hält sich zurück, ganz gegen seine Art. Er, der eigentlich immer frisst wie ein Scheunendrescher, vor dem noch der letzte Kloß nicht sicher ist, der sich noch die Petersilie ins Maul stopft und der Gans noch die letzten Fasern vom Knochen nagt. Er, der sich zuerst wie ein Sieger gefühlt hat, ist nun ein ausgemachter Verlierer, denn – der Vater stinkt.

Schwester Agnes scheint das überhaupt nicht zu stören, aber Joseph stinkt, wie ein Mensch nur stinken kann. Was bisher vom Winde verweht worden ist, was ein Städter bestenfalls mit frischer Landluft assoziiert, wenn es im Herbst von den Feldern in die Wohnviertel bläst, das dünstet nun direkt neben Harald aus und verleidet ihm alles Essen und jeden Schluck Wein.

Joseph stinkt nach Pferdesalbe, und der scharfe Pfefferminzgeruch vermischt sich mit dem Geruch von Schweiß, dumpfen Fäkalien und, ja, man muss es sagen, Verwesung. Entweder, denkt Harald, Vater ist schon tot oder wenigstens Teile von ihm. Etwas anderes konnte es nicht sein, es sei denn, irgendwo unter seiner Kleidung hält der Vater einen besonders penetrant stinkenden Käse versteckt.

Harald versucht, darüber zu lachen, er zwingt sich, das irgendwie amüsant zu finden, doch ahnt er, dass ihm von nun an jeglicher Käsegenuss für immer verdorben ist. Mürrisch sieht er zu Erwin hinüber, der sich angeregt mit seiner Tochter unterhält. Wahrscheinlich hat er es gewusst und hat ihn absichtlich dazu verleitet, diesen Platz überhaupt haben zu wollen, um ihn dann gönnerhaft abzutreten, damit er sich nun am anderen Ende des langen Tisches köstlich amüsieren kann, während er hier um Atem ringt.

»Du kannst dem Jungen nicht immer jeden Wunsch erfüllen!«, raunt Erwin seiner Tochter über den Tisch zu. Lange hat er es ausgehalten, hat sich verboten, sich etwas anmerken zu lassen. Er ist längst satt, aber sein Teller ist noch voll, und das ist ein echtes Problem. Seine Nichte Ute sieht ständig zu ihm herüber. Er weiß, sie wählt Grün und ist überhaupt öko. Eigentlich sollte ihm alles egal sein, doch sie wird es bemerken, wenn er Essen verschwendet, und wird ihm einen Vortrag halten über den Hunger in der Welt, der Überproduktion von Lebensmitteln und der damit einhergehenden Umweltzerstörung. Im Gegensatz dazu sitzt Harald neben dem Alten, tut es Agnes gleich und hält sich vornehm zurück. Irgendwie muss der Frust raus aus Erwin, das ist schließlich sein gutes Recht. Wenn er schon im Senat Anfeindungen von allen Seiten ausgesetzt ist, wenn schon der Untersuchungsausschuss auf ihn eindrischt wie ein Boxer auf den Sandsack, dann sollte er doch wenigstens in der Familie seine Ruhe haben dürfen.

Der Junge neben ihm erscheint ihm wie ein giftiger kleiner Troll, der es ganz gezielt auf seine Nerven abgesehen hat, an ihnen zupft wie an den Saiten einer verstimmten Gitarre, nein, eher wie an straff gespannten Einweckgummis, drrrr drrrr drrr drrr.

»Wie meinst du das?«, fragt Regina, misstrauisch die Augenbrauen runzelnd, alles in ihr schlägt Alarm. Es geht gegen sie und ihren Sohn, das bedeutet Kampf. Reginas Hand verkrampft sich ums Besteck. Eine kleine Pause entsteht, das nächste Wort entscheidet über Krieg und Frieden, noch könnte man das Schlimmste verhindern. Indem man einen Kaffee anbietet, wie es in seinem Büro seine Sekretärin in solchen Situationen tut.

Doch es ist nicht sein Büro. Und Rocco hat keinen Kaffee, nur eine Meinung. »Mag Nudel nicht!«, verkündet er lauthals und stößt unwirsch den Teller von sich, was sein Glas, das seiner Mutter und das seines Opas umstürzen lässt.

Erwin schiebt hektisch seinen Stuhl zurück, weicht dem Cocktail aus Rotwein, Weißweinschorle und Apfelsaft aus, der sich nun über den Tisch ergießt und über die Tischkanten schwappt. Die erzwungene hastige Bewegung entfacht endgültig Erwins Zorn, er holt tief Luft.

»Er sagt Brot, du gibst es ihm, er isst es nicht. Er sagt Wurst, bekommt sie und isst sie nicht, er sagt Käse, bekommt ihn und isst ihn nicht. Er will Nudeln, Kartoffeln, Reis und isst nichts davon. Er zermatscht alles, lässt es liegen!«

»Du weißt, wie er ist, wenn er etwas nicht bekommt!«, zischt Regina, fühlt sich bevormundet vor allen Leuten. Sie sieht sich um, hofft auf Unterstützung, doch alle halten sich bedeckt, geben vor, von den Feindseligkeiten nichts mitzubekommen.

»Das ist doch deine eigene Schuld!«, poltert Erwin. Er weiß, dass er damit zu weit geht.

»Was?«, fährt Regina heiser auf. »Ihr verwöhnt ihn doch nach Strich und Faden!«

Rocco patscht in der Brühe auf dem Tisch und trägt damit nicht direkt zur Entspannung bei.

»Wir machen das doch nur, weil du ihn so verzogen hast!« Erwin ist jetzt alles egal, er ist schlecht gelaunt, und da keine Untergebenen in der Nähe sind und keine Reporter, muss Regina daran glauben.

»Rocco satt!«, sagt Rocco und erhebt sich. Regina greift automatisch nach ihm und zwingt ihn zu bleiben. Er stemmt sich mit Händen und Füßen gegen seine Mutter, lacht angestrengt, noch hält er es für ein Spiel. »Wie soll ich ihn erziehen, wenn ihr mich immer unterwandert?«

»Du kannst uns nicht deinen Erziehungsauftrag zuschieben.« Das war schwach, Erwin weiß das, doch ihm fällt gerade nichts anderes ein. Und Gisela am Tisch schräg gegenüber, sonst seine treue Verbündete bei diesem Thema, verhält sich verdächtig neutral.

»Das muss ich mir nicht von dir gefallen lassen!«, faucht Regina. Ihr Verhältnis zu ihrem Vater ist sowieso nicht das beste, ist sie doch der Meinung, dass er ihre Schwester Carola schon immer bevorzugt hat. Auch ihre Argumente sind schon aufgebraucht. Rocco reißt sich los, streckt beiden die Zunge raus und flitzt davon.

Erwin möchte aufspringen und dem Burschen hinterher, ihm eine kleben, doch er weiß, er würde sich nur lächerlich machen. Stattdessen kommt er mit dem ultimativen Argument. »Ich bin dein Vater, ich kann so reden!«

Regina vergisst ihren kleinen Sohn und haut mit flacher Hand auf den Tisch. »Vater? Du bist immer nur Carolas Vater gewesen! Ich bin dir doch vollkommen egal!« Das war laut gewesen, zu laut, und alle Gespräche am Tisch verstummen. Noch die letzten Köpfe drehen sich zu ihnen um.

»Regina!«, mischt sich jetzt Gisela ein, ohne deutlich zu machen, ob ihr der Inhalt dieser Worte nicht gefällt oder nur die Lautstärke, mit der sie hervorgebracht wurden.

Erwin schweigt jetzt, und Regina hat ein Problem. Zieht sie sich schweigend zurück, geht sie als Verliererin vom Tisch und lässt ihren Vater als den beherrschten, weisen Politiker zurück. Lässt sie die Konfrontation weiter eskalieren, läuft sie Gefahr, sich als hysterische Kuh darzustellen, die den Kampf gegen den wortgewandten, kampferprobten Politiker im Bündnis mit seiner Frau verlieren wird.

Erwin ist getroffen. Man sieht es ihm nicht an, doch es gärt in ihm. Er könnte jetzt Einsicht zeigen. Ein wenig zumindest. Doch dass Gisela ihm so gar nicht zu Hilfe kommt, macht ihn wütend.

Es scheint zu knistern in der Luft. Alle Anwesenden halten den Atem an.

In diese gespannte Stille hinein moderiert Agnes.

»Die lange Fahrt, die Hitze und die Umstände unseres Treffens haben uns wohl alle ein wenig überreizt«, sagt sie betont mild. »Wollen wir uns ein wenig beruhigen. Ich werde Joseph zu Bett bringen und danach mit den Kindern noch einmal an den Strand gehen. Die Erwachsenen sollten den lauen Abend vielleicht nutzen, um das eine oder andere zu besprechen.«

Agnes erhebt sich, zieht Joseph mitsamt Rollstuhl vom Tisch weg und fährt ihn ins Haus. Die Gäste beugen sich wieder über ihre Teller, und keiner weiß etwas zu sagen. Jussi denkt an blutigen Schnee, Sven tagträumt von seinem letzten Sudoku, Ute fragt sich, ob Sven vielleicht hier endlich mal in Stimmung kommen würde, mit ihr ins Bett zu gehen, und Ida hat insgeheim nur Spott für Regina übrig, die mit ihrem verzogenen Bengel vollkommen überfordert zu sein scheint. Ab und an wirft sie einen misstrauischen Blick auf Uwe. Uwe muss immer wieder auf Lindas Busen starren, vor allem, weil sie sich vollkommen schamfrei unter demselben juckt, während sie mit halb offenem Mund über den Tisch starrt. Sie trägt ein T-Shirt, welches ihr vor einem Jahr schon zu eng gewesen ist, und genauso gut hätte sie auch nur angemalt sein können. Linda starrt übrigens Maria-Sophie an und wünscht sich, einmal so schön zu sein wie sie. Uwe will eigentlich gar nicht auf Linda starren, zwingt sich ab und zu, nach links und rechts zu blicken, und hofft, jemand würde irgendein Thema ansprechen, bei dem er mitreden könnte, ohne sich lächerlich zu machen. Doch von Hartz IV und Arbeitslosengeld 2, Wohngeld und Sozialhilfe will hier niemand etwas wissen, erst recht nicht von Arbeitsunfähigkeitsbescheinigungen.

So ertappt er sich wieder und wieder, wie er den Busen seiner Großnichte fixiert. Natürlich weiß er um die kategorischen Ansichten seiner Kameraden, wenn es um Typen geht, die sich an Kindern vergreifen. Aber angucken, versucht er sich zu beruhigen, darf doch nicht verboten sein. Aber sicher ist er sich da keineswegs. Er bemerkt es nie, wenn der prüfende Blick Idas ihn streift.

Die Älteren am Tisch sind gleichermaßen ungehalten über den anmaßenden Tonfall der Krankenschwester. Was der einfällt, derart von oben herab mit ihnen zu sprechen, als ob sie Kindergartenkinder wären und nicht selbst in der Lage, ihre Probleme zu lösen. Erwin gießt sich Wein nach. Harald atmet einigermaßen erleichtert durch, versucht, etwas von dem Essen nachzuholen, doch alles ist kalt geworden, der Mief seines Alten klebt ihm in der Nase, und ein Gedanke quält ihn wie Kopfschmerz, nämlich, ob am nächsten Morgen dieselbe Sitzordnung eingehalten werden muss. Maria-Sophie spielt aus Verlegenheit mit dem Smartphone unter dem Tisch. Sie überlegt sich, wie sie die nächsten Tage angeht. Keiner mag sie so richtig, irgendwie machen sich alle über sie lustig, das spürt sie. Doch denen wird das Lachen noch vergehen, denkt sie sich.

Gisela schweigt, starrt in das Weinglas. Sie ist hin- und hergerissen, will ihrer Tochter helfen, die tatsächlich ungerecht behandelt wird von Erwin. Andererseits stimmt es, was er sagt. Was soll nur aus dem Kind werden, wenn es jetzt schon so verwöhnt ist.

Petra, die mehr weiß als alle anderen zusammen, ist voller Vorfreude. Sie nippt an ihrem Wein, genießt die Atmosphäre, fühlt sich wie in einer echten Seifenoper. Da Fremdschämen für sie ein Fremdwort ist, kann sie sich der Situation ganz und gar hingeben.

Tom ist auch glücklich, er ist satt, und Vanessas Bein presst sich schon die ganze Zeit gegen seines. Dies verspricht einiges, er weiß zwar noch nicht, was, aber es ist doch mehr, als er sich erhofft hat. Sein Blut ist gerade dabei, komplett nach unten zu sacken und sich in einem bestimmten Körperteil zu stauen. In seinem Kopf herrscht ein angenehmes Chaos. Unangenehm wird es erst, als ihm einfällt, dass er irgendwann vom Tisch aufstehen muss.

Vanessa geht es ganz ähnlich, sie mag Tom. Sie mag ihn nicht so sehr, wie er sie mag, doch sie mag ihn immerhin so sehr, dass sie ihn als Versuchsobjekt auserkoren hat. Sie möchte nicht aufs Ganze gehen, will nur wissen, wie es ist, von einem Jungen berührt zu werden, einen richtigen Zungenkuss zu bekommen. Hauptsächlich will sie das, um vor ihren Freundinnen nicht mehr lügen zu müssen. Natürlich lügt sie. Schon seit zwei Jahren. Seitdem Tippi gesagt hat, sie hätte »es« mit einem Jungen schon mal getan. Da war es ihr einfach so herausgerutscht, dass sie »es« ebenfalls schon gemacht hat. Wie »es« denn gewesen sei, hatten Tippi und die anderen dann wissen wollen. Ganz normal, hatte sie geantwortet und ganz fest gehofft, sie würde niemandem erklären müssen, was »es« bedeutet. Daheim hatte sie sofort im Internet nachgeschaut und in wenigen Sekunden mehr gesehen, als sie jemals hätte sehen wollen. »Es« war ganz schön eklig und ehrlich gesagt eine Sache, die sie noch eine Weile herausschieben wollte. Außerdem hofft sie, dass ihre Mutter niemals von ihrer Lüge erfahren würde.

Tom kommt da wie gerufen. Sie mag ihn, er ist attraktiv, auf eine dürre, leicht picklige Art und Weise. Zwar interessieren sie seine Computerspiele nicht besonders, doch wenigstens ist er überhaupt an etwas interessiert. Das Einzige, das sie gerade nur tierisch nervt, ist das blöde Tischbein, wegen dem sie seit einer halben Stunde Haut an Haut links an Tom und rechts an ihrer Mutter Ute klebt.

Was für eine schreckliche Stille, kaum jemand bewegt sich. Nur Harald, der beinahe wie in Zeitlupe seine Gabel vom Teller zum Mund führt und wieder retour. Die Kinder wagen es nicht, sich zu rühren. Sie haben den lauten Disput zwischen Tante Regina und Opa (oder Großonkel) Erwin mitbekommen und spüren, dass dies mehr als nur ein Geplänkel war. Sie sind still, selbst die Kleinste, und spielen verlegen mit den restlichen Spaghetti auf ihren Tellern.

Endlich erscheint Agnes wieder mit einem Stapel Handtücher auf dem Arm und schart wie eine Rattenfängerin die ganze Kindergruppe um sich.

»Kommt, Kinder, wir wollen zum Strand. Niemand geht ins tiefe Wasser, niemand entfernt sich ohne meine Erlaubnis, niemand wirft mit Sand oder Tang. Und denkt daran: Quallen sind auch Lebewesen!« Die Kinder, sowieso schon vollkommen kirre vom langen Sitzen, springen begeistert und erleichtert auf, jede Abwechslung ist willkommen. Dass Quallen auch Lebewesen sind, haben sie noch gar nicht bedacht, das macht es noch viel reizvoller, mit ihnen zu werfen. Agnes hebt mahnend die Hand, und die Kinder verstummen.

»Eins, zwei, drei, vier, fünf, sechs!«, zählt Schwester Agnes und schließt Linda, als Älteste, mit ein. »Und ihr?«, fragt sie Tom und Vanessa. Auch die beiden erheben sich. Sie freuen sich mindestens genauso, doch natürlich können sie das nicht so zeigen, immerhin sind sie schon erwachsen, oder so ähnlich. Also tun sie so cool, wie es nur geht, mit ihren dünnen, schlaksigen Gliedmaßen, und stoßen beim Aufstehen beinahe mit den Köpfen zusammen. Agnes geht mit der Kinderschar schon einmal vor. Tom und Vanessa schieben sich an der langen Tafel vorbei. Tom will Agnes und den Kindern folgen, doch Vanessa bleibt stehen.

»Warte, muss was erledigen«, flüstert sie und huscht ins Haus. Tom wartet verlegen, vermutet Vanessa auf dem Klo. Was sagt man da, fragt er sich, wenn sie zurückkommt? War es schön? Erfolg gehabt? Ach, Tom, es gibt noch so viel zu lernen für dich.

Vanessa kehrt schneller zurück als gedacht. Sie nimmt ihn bei der Hand, und sie folgen Agnes und den Kindern. Doch auf halbem Weg zieht Vanessa Tom in die Dünen, was natürlich verboten ist, doch wozu gibt es denn die Trampelpfade?

Nun kehrt wieder Ruhe ein auf der Terrasse. Fünf, vier, drei, zwo, eins, zählt Erwin in Gedanken und sieht zu seiner Frau hinüber. Jetzt, denkt er.

Gisela schnaubt. »Was der blöden Kuh einfällt!«, sagt sie.

»Wollen wir uns alle beruhigen«, äfft Maria-Sophie Agnes mit einer spitzen und gehässigen Stimme nach, die ihr keiner zugetraut hätte. Dabei ist ihr die Krankenschwester gar nicht unsympathisch, sie will sich nur den anderen anbiedern.

»Mir ist das nicht geheuer.« Erwin nippt an seinem Glas. »Gar nicht geheuer!«

»Was willst du damit sagen?«, fragt Harald. Sein Magen schmerzt ein bisschen, hat er doch versucht, sein Essensdefizit in wenigen Minuten aufzuholen. Und noch immer steckt ihm Vaters Gestank in der Nase. Er ahnt, worauf

Erwin hinauswill, doch so albern es ist, Leute brauchen immer jemanden, der wagt auszusprechen, was sie selbst schon längst denken.

Uwe erhebt sich plötzlich. Alle sehen ihn an, so eine schnelle Bewegung hätten sie ihm gar nicht zugetraut.

»Ich will es gar nicht wissen«, sagt er mit dünner Stimme. »Ich gehe ein bisschen zum Strand!«

Petra sieht erstaunt zu ihm auf.

»Du gehst zum Strand? Einfach so? Allein?«, fragt sie, aber es soll ihr recht sein. Soll er spazieren gehen. Das kann ihm jedenfalls nicht schaden. Eigentlich ist er ja gar nicht so ein schlechter Kerl, denkt sie, und er wird ziemlich mies behandelt von seinen Brüdern.

Uwe zuckt mit den Achseln. »Mal nachdenken oder so.« Er wartet schüchtern lächelnd auf weitere Reaktionen, doch wie immer schien er eine völlig andere Sprache zu sprechen als seine Verwandten. Sie starren ihn nur an, als wären ihm Feenflügel gewachsen.

Deshalb dreht er sich einfach um und verlässt die Terrasse in Richtung Meer. Er übersieht den extra angelegten Weg, stolpert über das Dünengras, stapft durch den feinen Sand, quer über die Düne. Er verscheucht eine Vipera berus, eine Kreuzotter, die sich gerade gesonnt hat. Obwohl Kreuzottern lieber flüchten, beißt diese nach Uwe, verfehlt ihn jedoch. Es hätte sich nicht gelohnt. Um einen Menschen umzubringen, hätte es sowieso noch drei weitere Kreuzottern gebraucht.

»Riecht es hier irgendwie?«, fragt Jussi. In Gedanken hat er nun jeden hier am Tisch schon zwei-, dreimal abgeschlachtet. Hat sich vorgestellt, wie er, allein mit Messer und Gabel bewaffnet, über den Tisch springt, sich einen nach dem anderen vornimmt. Blut spritzt in hohen Fontänen, Köpfe fallen, Augen brechen. Bis es ihm langweilig wird.

»Wie, äh …«, beginnt Ute und unterbricht sich nun. Verlegen sieht sie auf den Tisch, dabei hatte sie gerade Petra angesehen.

»Ja?«, fragt Petra, dreht sich zu ihr, setzt sich gerade hin und versucht, möglichst offen zu erscheinen.

»Ich meine, wie habt ihr euch …?« Ute hat Schwierigkeiten, die Frage zu formulieren.

»Kennengelernt?«, fragt Petra. »Per Annonce!«, antwortet sie.

»Du meinst, wie in einer Zeitung?«

Liest Uwe Zeitungen?

»Eher wie im Internet«, korrigiert Petra.

Ute nickt, als wüsste sie Bescheid. Ida, die zwei Stühle weiter sitzt, nimmt ihr Glas und trinkt einen Schluck Wein.

»So ein Sexportal«, sagt Petra, und Ida sprüht den Wein durch ihre zusammengepressten Lippen über den Tisch, wo er sich als feiner Film auf Erwin legt.

Erwin starrt ins Leere, er hat gar nicht zugehört, wie immer, wenn Frauen reden.

»Ich meine, ist sie wirklich nur Vaters Pflegerin? Macht sie das überhaupt richtig? Erschleicht sie sich nicht nur das Erbe?«

»Hat schon mal jemand darüber nachgedacht, dass sie nur eine weitere …?« Sven hat manchmal solche Gedankenblitze. Davon lebt er, von solchen geistigen Ergüssen, die haben ihn bekannt gemacht. Zumindest in seinem Fachgebiet. Wenn nur die Sache mit dem Sudoku nicht wäre.

»Was?«, fragt Maria-Sophie interessiert.

»Nun, vielleicht …« Sven muss nun den Satz beenden, denn mindestens die Hälfte aller Anwesenden sieht ihn fragend an. »Nun, dass sie vielleicht noch eine weitere Schwester von euch ist?«

»Eine Schwester?«, fragt Harald verwundert.

»Warum nicht?«, hilft Gisela. »Sie könnte ein wenig älter sein als Uwe, dann würde es passen.«

»Riecht das denn niemand?« Jussi zieht die Luft durch die Nase und sieht sich fragend um.

»Vater roch furchtbar!«, brummt Harald leise. »Man könnte meinen, er hätte das Zeitliche schon gesegnet und gammele vor sich hin.«

»Harald!«, ermahnt Maria-Sophie.

»Na, was denn«, wehrt sich Harald schwach. Wie soll ich nur das Frühstück überleben, fragt er sich.

Diese Ignoranz ist Jussi zu viel, es ist ja auch zum Verzweifeln. Er steht auf. »Also, riecht denn das keiner?«

Nun riecht Sven es auch. »Ja! Das ist Feuer!«

Alle springen auf, Stühle kippen um, Gläser klirren.

»Rocco!«, rufen sie beinahe im Chor.

Es gibt ein heftiges Gedränge an der Tür, als alle gleichzeitig in das Haus stürzen. Allen voran Regina, die heftig mit den Ellbogen arbeitet und großzügig blaue Flecken verteilt. Harald und Erwin geraten wieder Schulter an Schulter aneinander. Doch die Menge drängt nach, sodass sie in die Küche katapultiert werden. Im Haus verteilen sie sich, trampeln nach links, nach rechts, treppauf, treppab.

»Hier!«, ruft Regina aus Josephs Schlafzimmer, das sich mangels eines Aufzugs im Erdgeschoss befindet. Nun kommen alle angerannt.

Regina steht da und starrt das Feuer an. Auf dem Parkett liegt ein Stück Papier und brennt. Nun bleiben alle in der Tür stehen und starren das Feuer an. Jussi ist der Einzige, der nicht das Feuer ansieht. Fassungslos betrachtet er die angeheiratete Verwandtschaft. Dann reagiert er.

Was ist nur mit denen los, fragt er sich, als er in die Küche rennt und eine Schüssel Wasser holt. Ist es der Alte im Bett, der sie abhält, den Raum zu betreten? Haben sie Angst vor ihm? Gibt es einen unsichtbaren Bannkreis? Jussi versteht diese Deutschen nicht. Zwar lebt er nun schon viele Jahre hier, doch alle Sitten hat er noch nicht erforscht. Aber es scheint etwas dran zu sein, dass man in diesem Land seine alten Eltern in fremde Obhut gibt und sich ihnen dann nicht mehr nähern darf. Anders kann sich Jussi das Verhalten nicht erklären.

Was er aus Finnland weiß: Ein Feuer sollte man löschen. Gaffen hat noch keine Katastrophe verhindert, auch wenn es immer wieder alle versuchen. Mit der Schüssel kommt er zurück. Nun muss er sich sogar noch den Weg durch die Tür bahnen.

»Darf ich!«, ruft er, »darf ich, kann ich mal, bitte, Entschuldigung!«

Endlich machen sie ihm Platz. Mit einem gezielten Wurf ist das Feuer gelöscht. Nun breitet sich die Pfütze aus, was auch nicht unbedingt das Beste für das Parkett ist, doch niemand stört sich daran. Erwin wagt sich als Erster ins Zimmer, Harald will dem nicht nachstehen. Nun tröpfeln sie alle hinein und stehen belämmert im Kreis um die Brandstelle. Joseph liegt in seinem Bett, das Sauerstoffgerät faucht leise.

»Rocco?«, fragt Regina. Es ist eher eine prophylaktische Frage, denn es gibt keine Indizien dafür, dass der Bursche sich im Raum befindet oder etwas mit dem Feuer zu tun haben könnte. Hinter Josephs Bett bewegt sich etwas. Der Junge sieht hervor. Mit großen Augen blickt er seine Mutter an, in der sich augenblicklich sämtliche mütterlichen Instinkte regen. Sie muss ihn schützen, denn noch ist nicht bewiesen …

Rocco kommt hinter dem Bett hervor, in seinen Händen hält er ein silbernes Feuerzeug. Zehn mehr oder weniger besorgte Gesichter blicken ihn an. Rocco ist unsicher. Mit seiner Mutter allein könnte er gut fertigwerden. Das denkt er nicht bewusst, aber unterbewusst sind alle Synapsen darauf trainiert, das Bestmögliche aus ihr herauszuholen, er hat sie schon ganz gut konditioniert, auch wenn an der einen oder anderen Sache noch gearbeitet werden muss. Nun aber muss sein Unterbewusstsein feststellen, dass es mit dieser Situation ganz und gar nicht umgehen kann. Angesichts der zehn Gesichter, die ihn jetzt wütend, vorwurfsvoll, angewidert, fassungslos anstarren, bleibt ihm keine Wahl. Er handelt wie ein in die Enge getriebenes Tier, er greift zur letzten Verteidigungswaffe. Rocco plärrt los.

»Schaff ihn raus!«, befiehlt Erwin.

Regina wagt keine Widerworte, schnappt sich das Kind,

windet dem Jungen das Feuerzeug aus den Fingern und presst es im Vorübergehen vorwurfsvoll an Haralds Brust. Dann verlässt sie den Raum.

Petra kann sich einen Moment lang nicht entscheiden, welches der Szenarien sich in den nächsten Minuten interessanter gestalten wird, und folgt dann Mutter und Kind.

Petra hätte auch gern mal ein Kind gehabt. Manchmal, wenn sie durch ihre Stadt läuft und das Wetter schön ist, beobachtet sie die jungen Mütter mit ihren Kindern auf den Spielplätzen. Dann sieht sie, wie drollig die Kleinen sind und wie entspannt die jungen Mütter sich unterhalten. Das sind die Tage, an denen sie wehmütig ist und sich ein anderes Leben wünscht. Umso besser ist es nun, das hier zu sehen. Die aufgedrehte Kinderbande da draußen, von der Ida und Ute glauben, sie hätten sie unter Kontrolle, in Kombination mit diesem Kind hier, Rocco, schien sehr vielversprechend. Einer wie der kann mal Bundeskanzler werden oder Massenmörder oder ein Ökofreak oder ein Sektenguru oder auch nur ein Ingenieur oder etwas ähnlich Langweiliges. Das weiß man ja nie. Diese Regina, denkt Petra, rennt doch offenen Auges ins Verderben. Jedes Mal, wenn sie dem Willen des Kindes nachgibt, erreicht sie nur, dass es noch mehr fordert. Und selbst jetzt, da er einfach eine ordentliche Tracht Prügel verdient hätte, umarmt sie ihn und streicht ihm über den Kopf.

Ute tritt an Josephs Bett. »Scheint alles in Ordnung zu sein, soweit sein Zustand in Ordnung ist«, sagt sie nach einer Untersuchung, die wegen des furchtbaren Gestanks, den ihr Großvater verströmt, kurz ausfällt. »Über diese Schwester müssen wir reden. Ich habe schon Schlimmes gesehen im Krankenhaus, aber gerochen habe ich so etwas noch nicht.«

»Ob man sie verklagen kann?«, fragt Erwin.

»Wenn es nun aber doch eine verschollene Schwester ist?«, fragt Harald und hört sich beinahe so schüchtern an wie Uwe, wenn er auf dem Sozialamt den leicht Zurückgebliebenen spielt. Ein bisschen gefällt Harald der Gedanke, eine Schwester zu haben.

»Zuzutrauen wäre es dem Alten allemal«, brummt Erwin.

»Erwin!«, mahnt Gisela pflichtbewusst.

»Was ist das?«, fragt Maria-Sophie und bückt sich nach einem Blatt Papier, welches vom Feuer größtenteils verschont geblieben ist. Allerdings ist es vom Löschwasser völlig aufgeweicht. Das Wort »Testament« ist gerade noch zu lesen.

Erwin langt das Blatt mit spitzen Fingern an, als wäre es gebrauchte Unterwäsche. Er liest stumm, neigt dabei den Kopf.

»Dieser blöde Hund«, entfährt es ihm dann.

»Erwin, er liegt hier!«, moralapostelt Gisela, immerhin könnte der Alte bei Bewusstsein sein, sich vielleicht sogar wieder erholen. Und dann enterbt er womöglich den Erwin.

Doch Erwin ist das egal, denn offenbar ist er schon enterbt. »Wenn das stimmt, was noch lesbar ist, dann soll Uwe alles erben. Die Villa, inklusive Rollstuhlrampe, sieben Autos und das ganze Vermögen. Uns bleibt der Pflichtteil«, erklärt er und wendet sich vorwurfsvoll an den Vater: »Vielen Dank, Vater! Vielen, vielen Dank, nach all dem, was ich für dich getan habe.« Zum Glück fragt ihn niemand, was er denn getan habe.

»Onkel Erwin!«, mahnt Ida.

»Dieser alte Mistkerl!«, entfährt es Gisela.

»Tante Gisi!«, quiekt Ida.

Erwin schnaubt und reicht seinem älteren Bruder das Schreiben. »Er hört es ja doch nicht. Gibt es irgendeinen Grund, dieses faule dumme Nazischwein derart zu bevorteilen? Bin ich etwa nicht sein Sohn? Was habe ich dir getan, Vater? Sag schon, was hab ich dir getan? Das lasse ich mir nicht gefallen!«

11 Josephs Vater Alfons hatte offenbar ein gutes Gespür für Veränderungen. Vielleicht lag es aber auch nur an seinem Wesen, sich anzupassen, im Nachhinein ist so etwas meist nicht mehr nachzuvollziehen. »Ich hab's ja gesagt« ist die schließlich am zweithäufigsten benutzte Floskel, gleich nach »Woher soll ich das denn wissen?«. So hatte er sich rechtzeitig vor dem Röhm-Putsch oder währenddessen oder kurz danach aus der SA zurückgezogen und seine braune Uniform weit hinten im Schrank verstaut. Man konnte schließlich nie wissen. Schnell war er Mitglied der NSDAP geworden und gelangte nach einigen Monaten, in denen er sich als verlässlicher Nazi erwies, zu einem neuen Posten mit etwas mehr Verdienst.

Waltraud fragte nicht nach Politik. Politik war was für Männer, da war sie sich sicher. Das war ihr alles zu kompliziert. Dass Alfons nicht mehr zur SA gehörte, fand sie schade, die Uniform hatte ihm gut gestanden. Nun trug er nur noch die Parteinadel. Aber sie wollte nicht klagen, es geschah ja etwas im Land, und man sah ihrem Alfons an, dass es ihm besser ging. Das Wichtigste war, er musste keine Kohlen mehr schleppen. Irgendetwas war geschehen. Alfons war befördert worden, bestimmt nicht ohne Grund, dachte Waltraud, und ganz neue alte Gefühle wallten in ihr hoch, wenn sie an ihren tüchtigen Mann dachte. Immer hatte er hart gearbeitet, und immer hatte es ausgesehen, als ob er trotzdem zu nichts käme. Nun aber ging es voran.

Alfons erzählte seiner Waltraud nichts von Politik. Sie musste den ganzen Kram gar nicht wissen, das würde ihr nur den Kopf durcheinanderwirbeln. Dass er geholfen hatte, einige Geschäfte kaputt zu machen, würde sie deshalb wahrscheinlich gar nicht verstehen. Ebenso wenig, dass man manche Leute einfach einsperren musste, damit sie endlich verstanden, wie falsch sie mit ihren Thesen lagen. Dass manche sogar dran glauben mussten, einfach um zu beweisen, wie falsch sie lagen, würde Waltraud erst recht nicht in den Sinn kommen. Dass manchmal eine harte Hand und die hohe Diplomatie der eingeworfenen Schaufensterscheibe erforderlich waren, um noch den letzten Querulanten zu zeigen, wie tolerant man ist, würde ihren Geist überfordern.

Wieso Alfons befördert worden war, ist eigentlich schnell erklärt. Der Heinrich war verschwunden, einfach so, von einem Tag auf den anderen. Keiner konnte sich das erklären, außer diejenigen, die gesehen hatten, wie die Gestapo ihn aus seiner Wohnung zerrte. Da so etwas guten Deutschen nicht geschah, hatte er sich wohl etwas zuschulden kommen lassen. Denn umsonst, und das wusste ja nun wirklich jeder, wurde man nicht verhaftet. Vielleicht hatte er Kohlen verschachert, in Kriegszeiten ein noch viel schlimmeres Verbrechen als sonst, da es ja den deutschen Soldaten Schaden zufügte, welche sich gerade an allen Fronten umbringen ließen.

Natürlich hatte Heinrich keine Kohlen unter der Hand verkauft, zumindest nicht mehr als die üblichen Reste, und Alfons war keineswegs so schlau gewesen, die Bilanzen so zu fälschen, dass man Heinrich Derartiges zur Last hätte legen können. Ehrlich gesagt, Alfons war gerade so schlau, dass er seinen Namen richtig schreiben konnte. Aber dumm war er auch nicht, das konnte man nicht sagen. Nachdem er, als Eintrittspreis sozusagen, kurz vor seiner Aufnahme in die NSDAP ein paar seiner ehemaligen Genossen aus der KPD verraten hatte und dazu noch zwei, drei Namen von Männern, die dabei gewesen sein könnten, musste Alfons feststellen, wie schnell und kompromisslos die Gestapo arbeitete und jeden der genannten Männer aus dem Verkehr zog, ohne erst den Wahrheitsgehalt seiner Aussagen zu prüfen. So fiel es ihm gar nicht schwer, ganz beiläufig einmal fallen zu lassen, was Heinrich ein paar Jahre zuvor gesagt hatte. Nämlich, dass er mit diesen Radaubrüdern nichts zu tun haben wollte. Dass Heinrich lieber aus dem Stahlhelm-Bund ausgetreten war, anstatt sich mitsamt seiner Partei von der NSDAP absorbieren zu lassen, war Beweis genug für sein volksschädliches Verhalten. Und was blieb Herrn Steinmann nun anderes übrig, als Alfons den Posten von Heinrich übernehmen zu lassen. Dass er nur schlecht schreiben und noch schlechter rechnen konnte, störte Herrn Steinmann weniger, als man meinen müsste, denn Alfons' Parteizugehörigkeit qualifizierte ihn zu fast jeder Arbeit.

Nun ging es Alfons besser. Nein, es ging ihm gut, sehr gut sogar, und seiner Frau ging es noch besser. Der Alfons war nun längst nicht mehr so dreckig, wie er es früher immer gewesen war. Ein richtiger Mann war er geworden, einer, den die Leute grüßten, einer, der etwas zu sagen hatte in der Straße. Schwarze Hände hatte er immer noch, das blieb nun mal nicht aus in einer Firma, die mit Kohle handelte und wo alles voller Kohlestaub war, selbst das Toilettenpapier. Man konnte sich kaum ausmalen, wie hartnäckig sich Kohlestaub noch in der entlegensten Falte behauptete. Zwar öffnete sich die Waltraud ihrem Alfons noch nicht ganz, jedoch gab sie ihm ab und an ein Küsschen auf die Wange oder tätschelte ihm stolz die Schulter, wenn er wieder etwas Schlaues gesagt hatte, etwas Politisches zum Beispiel. Auch sie wurde nun gegrüßt auf der Straße, manche Dame machte sogar einen Knicks, und der Herr Steinmann rief ihr sogar einmal auf der Straße etwas zu, als sie sich zufällig begegneten, und gratulierte ihr zu ihrem tüchtigen Mann. Die Waltraud konnte sich nichts Besseres vorstellen, dazu fehlte ihr einfach die Fantasie. Sie hatten gutes Geld, genug sogar, um sich ein Hausmädchen zu leisten, das zweimal die Woche zum Putzen kam. Die Wäsche ging in eine Wäscherei, und wenn Waltraud nun spazieren ging an den Elbwiesen, sah sie gelegentlich ihre eigenen Laken in der Sonne bleichen. Der Krieg war so richtig schön im Gange, Essen gab es für sie genug, der Junge war zwar schweigsam, seine Zensuren ganz durchschnittlich, jedoch war er immer pünktlich und stellte nie Dummheiten an. Es sah ganz so aus, als hätte ihr Alfons am Ende alles richtig gemacht.

Und eines Tages, an einem Vormittag, der Joseph war in der Schule (glaubte sie jedenfalls), stand der Alfons in der Tür. Er hatte geklingelt, obwohl er doch einen Schlüssel hatte. Waltraud öffnete und schaute ihren Mann erstaunt an. Alfons lächelte und klatschte in die Hände. Da kamen zwei Männer die Treppe herauf und trugen einen großen Karton, auf dem in Großbuchstaben PROGRESS geschrieben stand. Und noch während sich Waltraud fragte, was dies denn bedeutete, hob einer der Männer ein Gerät aus dem Karton und stellte es auf dem Boden ab.

Es war ein Staubsauger, ein richtiger Staubsauger. Alfons hatte ihn ergattert, obwohl es seit einiger Zeit verboten war, Staubsauger herzustellen, da alle Ressourcen für die Kriegsproduktion benötigt wurden (oder Staubsaugen volksschädlich war, so genau konnte man das nie wissen). Doch der Alfons hatte seine Beziehungen spielen lassen, hatte eines der letzten Modelle erstanden. Eines, das noch schnell fertig gebaut worden war, ehe die Produktion auf Kriegsgerät umgestellt wurde.

»Progress heißt Fortschritt«, erklärte Alfons. Waltraud nickte, denn wenn Alfons das sagte, musste es stimmen. Ihr Herz klopfte, ihre Finger zitterten, und sie verbarg es, indem sie sie ineinander verschränkte. Alfons bückte sich nach dem Kabel, steckte den Stecker in die Steckdose, in der sonst der Volksempfänger steckte. Doktor Goebbels, der soeben gesprochen hatte, verstummte.

»Du steckst ihn so hinein, dann drehst du diesen Schalter«, erklärte Alfons seiner Frau. Waltraud fuhr zusammen, als die Maschine losdröhnte. Für einen kurzen Augenblick hatte sie Angst, doch die wurde alsbald von einem unglaublichen Glücksgefühl verdrängt. Das Gerät war ein großes, lautes Monster, es ließ die ganze Wohnung vibrieren.

»Nun los, was wartest du?«, fragte Alfons und freute sich diebisch über das Gesicht seiner Frau. Waltraud griff nach dem Schlauch, nahm das Rohr zur Hand, ganz neue, bisher nur erahnte Gefühle ließen in ihr eine Hitze entstehen, die beunruhigend und wunderbar zugleich war. Waltraud begann zu saugen, vorsichtig zuerst, als fürchtete sie, der Sauger könne den Holzboden verschlucken oder die ausgelegten Läufer. Doch dann wurde sie mutiger, gewann Vertrauen und frohlockte. Nun ging es dem Kohlestaub an den Kragen. Nun konnte er sich nicht mehr vor ihr verstecken.

Wie von Sinnen saugte Waltraud sich durch die ganze Wohnung. Das Gerät wirbelte durch seine Abluft möglicherweise hinten mehr Staub auf, als es vorn einsaugte, doch der Effekt war zu erkennen. Waltraud wusste, sie würde nun so oft saugen können, wie sie mochte, sie konnte jeden Tag saugen, jeden Tag zweimal oder noch öfter, sie konnte zuerst saugen, danach wischen. Sie konnte früh, mittags und abends saugen und danach wischen und bohnern. Glückseligkeit hüllte sie ein. Das Vibrieren der Maschine übertrug sich durch ihre Füße in die Beine und wanderte weiter hoch, mitten hinein in das erhitzte Körperzentrum. Im Schlafzimmer angekommen, war sie so weit. Sie schaltete das Gerät ab, drehte sich zu Alfons um, der ihr, von ihrer Freude zu Tränen gerührt, gefolgt war. Was für ein herrliches Volk wir doch sind, dachte er und staunte nicht schlecht, als Waltraud sich nach dem Saum ihres Hauskleids bückte, um es zu raffen. Peinlich berührt wollte er sich umdrehen, denn ihre Unterhose war bereits zu sehen.

»Sei ein Mann, Alfons!«, keuchte Waltraud in dem Moment. »Sei mein Mann! Jetzt, Alfons!«, presste sie hervor.

Und Alfons fackelte nicht lang. Auch wenn er damit nicht gerechnet hatte, wollte er sich diese Gelegenheit nicht entgehen lassen.

»Sieg Heil!«, rief er und warf seinen rechten Arm in die Luft. Und auch wenn Adolf es nicht erfahren würde, war er ihm doch so dankbar in diesem Moment, dass er ihm gern die Füße geküsst hätte. Denn was jetzt gerade geschah, war allein Adolfs Verdienst, ihm allein gebührte der Dank. Dann stieß Alfons seine Frau auf das Bett, warf sich auf sie, fädelte sich unwirsch aus seinem störrischen Beinkleid und zerriss ihr beinahe die Unterhose.

»Mein Alfons!«, stöhnte Waltraud auf, und dann, ja, es muss so gesagt werden, rammelte sich Alfons all die vielen Jahre aus dem Leib, die er auf diesen Moment hatte warten müssen. Er rammelte sich Heinrich aus dem Kopf und die alten Kommunisten, die seinetwegen im Zuchthaus saßen oder im KZ, all die Minderwertigkeitskomplexe, von denen er gar nichts wusste, weil es keine Psychologen gab damals, die sie hätten diagnostizieren können. Seinen Sohn rammelte er sich aus dem Hirn, Joseph, dem er so gern ein guter Vater gewesen wäre.

Es war so schnell vorbei, wie es begonnen hatte. Völlig erschöpft fiel Alfons zur Seite. Waltraud erhob sich erstaunlich schnell, richtete hastig Unterwäsche und Kleid und fächelte sich mit beiden Händen Luft zu. Heiß war ihr geworden, und ein komisches Gefühl hatte sie. Tatsächlich hatte in diesen wenigen Minuten das Einzelkind Joseph sozusagen ein Geschwisterchen bekommen. Waltraud hatte einen perfekten Eisprung hingelegt, Alfons' Samen war zur Höchstform aufgelaufen, Ei und Samen hatten sich gefunden, waren eine Verbindung eingegangen, und schon hatte sich die Zelle geteilt und war zu zwei, vier, acht, sechzehn, zweiunddreißig Zellen geworden.

Joseph sollte nie davon erfahren. Denn schon in der nächsten Sekunde wurde er zum Waisenkind. Als seine Mutter nach vollzogenem Akt, noch vollkommen erregt und innerlich aufgewühlt, den Staubsauger wieder einschaltete, entzündete ein Kurzschluss in dem schlecht fabrizierten Gerät den aufgewirbelten Kohlestaub in der elterlichen Wohnung und zerfetzte alles in einer unglaublich fotogenen Explosion.

12 Tom und Vanessa warten, bis Uwe nicht mehr zu sehen ist, denn beinahe wäre er ihnen auf die Füße getreten. Sein Blick starr auf den Strand gerichtet, hat er die beiden gar nicht bemerkt. Nun sitzen sie im hohen Dünengras und wissen nicht, wie sie anfangen sollen. Anscheinend wollen ja beide dasselbe. Und eigentlich wäre es ja ganz einfach. Tom müsste nur seinen linken Arm heben und ihn sacht um Vanessas Schulter legen. Vanessa, die nur auf ein solches Zeichen wartet, würde ihren Kopf drehen. Dann wären ihre Gesichter ganz nahe, so nahe, dass sie buchstäblich dieselbe Luft atmeten. Dann wäre es nur noch eine Frage von Augenblicken, dass sich ihre Münder berühren. Ab da müssten sich beide auf unbekanntem Terrain vorantasten. Doch Toms Arm ist schwer wie Blei. Wie angenietet hängt er an seinem Körper. Er kann ihn einfach nicht bewegen. Schon zwanzig Mal hat Tom sich geräuspert. Ein Dutzend Mal schon hat Vanessa »Na ja« gesagt. Tu etwas, denkt sie, tu irgendetwas, berühr mein Knie, meinen Ellbogen, meinen Hals, irgendwas! Doch Tom ist wie aus Holz. So sitzen sie und sitzen. Es ist auch schön, aber es ist eben nicht das, was beide wollen. Doch solange keiner weiß, wie der andere reagieren wird, wagt niemand den ersten Schritt. Willkommen in der Realität, möchte

man ihnen zurufen, doch wer weiß schon, was Realität ist?

In Tom arbeitet es, er ahnt, dass etwas geschehen muss, er ahnt, dass es an ihm hängt, dass er der Mann ist und handeln sollte. Die Bedingungen sind perfekt. Strand. Sonne. Mädchen. Haut. Und schon ist dieser Gedanke vom Nachmittag wieder da, wie sie wohl schmeckt. Ob er davon kosten könnte? Und plötzlich passiert etwas. Langsam, ganz langsam beugt er sich zur Seite, dreht seinen Kopf zu ihr und öffnet leicht den Mund. Es fehlen nur Zentimeter.

Abrupt dreht sich Vanessa um und blickt in Richtung Villa. Etwas ist ihr in die Nase gestiegen.

»Die verbrennen irgendwas«, stellt sie fest.

Tom zuckt in seine ursprüngliche Haltung zurück. »Hm«, presst er hervor.

»Ganz schön verspannt, die Alten!«, flüstert Vanessa und schüttelt den Kopf.

Tom atmet erleichtert auf. Endlich ein Gesprächsthema. »Voll beknackt die Alten!«, sagt er, und Vanessa kichert.

»Du hast es wenigstens gut, deine Mutter ist nicht da. Meine ätzt nur rum!«

»Du hast nicht drei Stunden mit Rocco im Auto gesessen, dann weißt du, was ätzt!« Tom ist in Fahrt gekommen. Vanessa auch. Jetzt können sie ablästern. Nur gibt es wohl nichts weniger Erotisches, als über seine Verwandten zu sprechen.

Uwe ist indessen an seinem Aussichtsposten hinter einem Gebüsch angekommen, rings um ihn herum menschliche Hinterlassenschaften, markiert mit weißen Zellstofffähnchen. Er beobachtet Agnes, die mit den Kindern herumtollt. Die Kleineren toben wild im Wasser, kreischen, lachen. Agnes feuert sie an. Die Jüngsten sind nackt, die anderen tragen Badezeug. Linda sowieso, das hat Ida ihr eingebläut. Agnes selbst steht in voller Montur am Wasser, klatscht und lacht und zeigt mit weit ausholenden Bewegungen, wie man schwimmt, obwohl die Kinder das alle schon wissen. Zumindest an Land. Man sieht Agnes an, dass es ihr großes Vergnügen bereitet.

Linda steht etwas abseits. Sie schwimmt ab und zu ein bisschen, dann steht sie wieder herum und starrt aufs Meer. Vielleicht hat sie etwas vor? Uwe hat sie im Blick. Er wünschte, der Strand wäre an der Stelle etwas schmaler, viel schmaler. Er beobachtet ja nur, rechtfertigt er sich in Gedanken. Er behält sie im Auge, um einschreiten zu können, falls was ist, falls »Fachkräfte« vorbeikommen sollten, oder so.

Aber irgendwann wird es Uwe zu langweilig. Er nimmt sein Smartphone und schießt ein hübsches Foto vom Meer (die sind alle immer hübsch und gleich). Das lädt er bei Facebook hoch. *Deutschland ist schön*, schreibt er dazu. Verknüpft es mit Twitter und Instagram. Es dauert keine zehn Sekunden, da hat Sieglind ein Like daruntergesetzt. »*Viel Spaß, gute Erholung!*«, schreibt sie noch.

Nach einer Stunde etwa trommelt Agnes die Kinder zusammen. Bereitwillig kommen sie aus dem Wasser, wickeln sich in die Handtücher ein, bibbern theatralisch und lassen sich von Agnes abrubbeln.

Es muss nicht erwähnt werden, dass Uwe sehr gerne Linda abgerubbelt hätte. Die steht aber noch im Wasser und wirkt unentschlossen. Agnes winkt ihr zu, dann kehrt die Bande im Gänsemarsch zum Haus zurück.

Dort hat Erwin inzwischen den Keller entdeckt. Natürlich nicht irgendeinen Keller, wie ihn jedes normale Haus besitzt. In diesem Keller befinden sich eine Sauna, ein kleines Eiswasserbecken, ein Whirlpool, ein Ruheraum (auch mit Kamin) und eine Bar. Das Ganze rustikal gehalten, mit Schiefer und grobem Granit verkleidet, sehr urig, sehr gemütlich.

Jussi treibt es angesichts des Kellers die Zornesröte ins Gesicht. Diese Deutschen, denkt er hasserfüllt, nehmen sich alles und machen es deutsch. Sie haben den Sinn und das Prinzip einer Sauna überhaupt nicht verstanden. Eine Sauna muss kein Luxus sein, darf gar kein Luxus sein. Eine kleine Holzhütte genügt und ein Bündel Birkenzweige. Das hier ist eine Farce, ein Hohn, eine groteske Überzeichnung. Und Jussi, der sowieso schon gereizt ist, empfindet das als persönlichen Affront.

Bei den anderen hebt sich die Stimmung. Sogar bei Erwin, der sich anfangs darüber echauffiert hat, ein derart teures Haus an einer Küste zu kaufen, von der man nicht wusste, ob sie in dreißig oder vierzig Jahren noch existieren würde. Egal.

Sven hat von alledem nichts mitbekommen. Er sitzt oben in seinem Badezimmer auf der Toilette und betrachtet besorgt sein stumm gestelltes Telefon. Zwölf verpasste Anrufe, allesamt dieselbe Nummer. Er kennt die Nummer. Er weiß, er sollte zurückrufen. Doch er ahnt, es gibt keine guten Nachrichten. Und er weiß, wenn er nicht zurückruft, wird er nicht schlafen können. Doch das kann er sowieso nicht, denn schon wieder ist ihm ein Sudoku misslungen.

Viel mehr passiert nicht an diesem Abend. Das Wetter ist herrlich. Vom Meer kommt Wind auf. Gelegentlich zieht Grillgeruch über das Grundstück. Fernes Lachen. Die Leuchttürme blinken sich zu. Die Heimchen zirpen, als ginge es um ihr Leben. Fledermäuse huschen lautlos ums Haus. Von einer Strandbar weht Musik herüber. Lagerfeuer brennen im Sand. Der Tag glüht langsam aus. Die Kinder sind im Bett, und obwohl sie sich geschworen haben, die ganze Nacht wach zu bleiben, schlafen sie nach wenigen Minuten.

Erwin und Gisela nutzen die Sauna. Harald und Maria-Sophie stoßen hinzu. Es entsteht eine peinliche Situation. Irgendwie denkt Erwin, dass er ein Anrecht auf die Sauna besitzt, denn er hat sie entdeckt. Harald hat gefälligst zu warten, bis er an der Reihe ist. Doch andererseits ist die Sauna groß genug, und Maria-Sophie wegzuschicken scheint Erwin unangemessen. Nun sitzen die vier in dem heißen Raum, die Blößen aufs Nötigste bedeckt, und schwitzen. Gisela mürrisch schweigend, denn sie war nicht scharf darauf, mit Harald und besonders nicht mit Maria-Sophie in einer Sauna zu hocken. Harald bemüht sich um einen Aufguss, dabei fällt sein Handtuch herunter. Das wäre nicht nötig gewesen. Erwin sieht weg und hat sich doch wiedererkannt. Alle schweigen. Maria-Sophie sieht freundlich von einem zum anderen.

»Ist doch wirklich hübsch hier«, sagt sie.

Erwin nickt und brummt zustimmend. Harald schürzt die Lippen.

Maria-Sophie lässt sich nicht beirren. »Muss ganz schön was gekostet haben!«

Erwin nickt und schnaubt. Harald bläst die Backen auf.

»Wusstest du nichts davon?«, fragte Maria-Sophie und sieht Erwin an.

Erwin reißt die Augen auf und schüttelt knapp den Kopf. Nun fällt auch Maria-Sophie nichts mehr ein.

»Wollen wir dorthin gehen?«, fragt Vanessa Tom am Strand und deutet mit dem Kinn auf die verschiedenen Lagerfeuer mit jungen Menschen drum herum. Tom nickt, und sie stehen auf und klettern von der Düne. Tom hatte eine Chance gehabt, die ist jetzt vorbei. Aber was ist schon ein Leben voller genutzter Chancen? Wie wenn man immer nur das beste Essen vorgesetzt bekäme. Wie soll man da Vergleiche ziehen? Außerdem sitzen sie nun gemeinsam um ein Feuer, einer spielt Gitarre und Vanessa lehnt sich an Tom.

Und das, das ist viel schöner als das, was er verpasst hat.

13 Der Morgen beginnt mit einem leisen Blubbern. Erwin schreckt aus dem Schlaf und weckt Gisela mit dieser hektischen Bewegung. Gehetzt sieht er sich um. Dann atmet er durch. Er hat nur schlecht geträumt, von seinem Rücktritt, von einem erzwungenen Rücktritt. Weil jemand den anonymen Umschlag auf seinem Schreibtisch gefunden hat. Er hatte ihn noch nicht einmal geöffnet. Wahrscheinlich aber ist der Umschlag von der Firma Wägert Bau AG. Ein kleiner Dank für die Verlängerung der Ausführungsfrist. Da es nun schon drei Jahre Bauverzögerung gibt, kommt es auf ein halbes Jahr nicht an, argumentieren die Leute von Wägert Bau. Um eine Fristverlängerung zu erwirken, brauche ich bessere Argumente, hatte Erwin erwidert und es durchaus so gemeint. Einen Tag später kam dieser Umschlag. Lag einfach auf dem Tisch. Da hatte er ihn liegen gelassen. Und das war keineswegs gut, denn in den letzten Monaten ist schon einiges weggekommen. Man kann keinem mehr trauen. Wenn dieser Umschlag auch wieder in die Hände der Presse gerät, wäre es aus mit seiner Karriere. Er kann auch keinen seiner Mitarbeiter anrufen, denn niemand darf von dem Umschlag wissen. Warum liegt der Umschlag überhaupt noch da? Weil Regina zu ihm ins Büro kam, anstatt, wie

ausgemacht, daheim zu warten. Weil der kleine Mistkerl Rocco im Büro alles auf den Kopf gestellt hat.

Es blubbert.

Harald hört nichts. Er schläft, tief und fest, den gesunden Schlaf eines Mannes, der erst sehr spät und sehr betrunken ins Bett gefallen ist. Er schnarcht. Maria-Sophie wälzt sich genervt im Halbschlaf hin und her.

Sven ist schon lang wach, brütet über einem Sudoku. Nachdem er noch in der Nacht stundenlang nach dem Fehler gesucht und ihn gefunden hat, muss er gleich den nächsten Fehler gemacht haben. Aber warum?

Jussi liegt wach. Er hat kaum geschlafen. Jemand hat ihn beobachtet, da ist er sich sicher. Durch das Fenster. Jussi ist Wissenschaftler, er glaubt nicht an Geister. Aber da war etwas. Jetzt fährt er hoch und weckt Ida damit.

»Ist was mit den Kindern?«, fragt sie verschlafen. Jussi schüttelt den Kopf. Das Eichhörnchen! Es hat ihn verfolgt, hat es auf ihn abgesehen. Wenn Elefanten sich die Gesichter ihrer Peiniger merken können, warum nicht auch Eichhörnchen? Das ist durchaus ein wissenschaftlicher Gedanke. Dann hört er es blubbern.

Tom und Vanessa schlafen auf den Liegestühlen auf der Terrasse und hören nichts. Sie haben sich Decken übergeworfen. Sie sind so spät zurückgekommen, dass das ganze Haus bereits abgeschlossen war. Niemand hatte an sie gedacht.

Regina schläft. Ganz tief. Ganz friedlich. Die Gesichtszüge sind entspannt. Es ist still im Zimmer. Ungewöhnlich.

Erwin hat sich wieder hingelegt. Ob es nicht besser wäre, einfach aufzuhören? Den ganzen Schlamassel hinter sich zu lassen? Die Rente ist ihm sicher, gespart hat er genug. Sie würden nicht verhungern. Aber es sähe doch sehr nach einer Flucht vor den Konsequenzen aus. Es wäre unverantwortlich. Und auch wenn es seinen Nachfolgern gerade recht wäre, dem Ansehen der Partei würde das mehr schaden, als wenn er plötzlich verschwände. So oder so hatte sich die Opposition auf ihn eingeschossen. Wenn nur der Umschlag am Montag noch auf dem Schreibtisch liegt.

Es blubbert.

Erwin richtet sich wieder auf.

Gisela öffnet die Augen. »Das Herz?«

»Hörst du das?«

Gisela stemmt sich hoch und legt ihr Ohr an den Rücken ihres Mannes. »Es schlägt noch«, antwortet sie. Morgens ist sie im Kopf meist noch nicht ganz so fit. Wegen der Valium möglicherweise.

»Nicht doch. Das Blubbern. Aus dem Keller!« Erwin springt auf. Er hat plötzlich eine Ahnung.

Nur im Slip (es ist ein Tanga, mit Leopardenmuster, und Gisela hat ihn ausgesucht) eilt er die Treppe hinab, bis hinunter in den Keller.

»Herrgottnochmal!«, brüllt er, und alle, die bisher noch schliefen, sind jetzt wach. Erwin springt ins knöchelhohe Wasser, watet mit Storchenschritten darin herum und sucht nach der Ursache des Unglücks. Erst als er schon mittendrin steht, wird ihm die Gefahr bewusst. Er hätte einen Stromschlag bekommen können. Das Wasser hätte kochen können. Alles schon geschehen. Nun aber zeigt er Größe (oder Dummheit, das liegt immer im Auge des Betrachters) und watet weiter, findet eine offene Blechtür, aus der das Wasser zu strömen scheint. »Hauptanschlussraum« steht an der Tür. Und »Heizungsnotschalter«. Und »Vorsicht Hochspannung«. Ein seltsames Geräusch dringt aus dem Raum. Es ist lauter als das Rauschen. Eine Art Alarm. Erwin kneift die Augen zu Schlitzen zusammen.

»Du kleiner ...«, flucht er und spricht es aber nicht aus. Rocco hat sich auf eine Werkbank zurückgezogen und plärrt um sein Leben, die Wasserrohrzange fest in seinen Händen. Erwin stürmt auf ihn zu, weiß aber noch nicht genau, was er tun soll. Doch jemand ist schneller als er. Regina hat gerade einen neuen Weltrekord im Treppenhinunterlaufen aufgestellt. Sie schnappt sich Rocco und zieht sich ein Stück zurück.

»Die Zange!«, zischt Erwin. Regina windet sie ihrem Sohn aus den Händen, schlägt sie sich dabei gegen die Lippe. Kein harter Treffer, aber die Lippe schwillt an. Erwin reißt sie ihr aus der Hand und macht sich am Haupthahn zu schaffen. Das Wasser steigt. Bald wird es die Höhe des Sockels vom Elektroanschlussschrank erreichen.

Jemand stößt Erwin beiseite, schnappt sich die Zange und weiß offenbar, wo und wie zu drehen ist. Es ist Harald. Der Wasserstrahl versiegt.

»Das hätte ich auch gekonnt!«, knurrt Erwin.

»Sah nicht so aus«, erwidert Harald.

Jede Person im Keller hat ihre eigene Meinung dazu. Es sind tatsächlich alle heruntergekommen und stehen jetzt barfuß im Wasser. Nur Agnes und Joseph nicht, und Vanessa und Tom. Und Jussi, der sich weigerte, dem Herdentrieb zu folgen. Obwohl er damit ein echtes Untergangsszenarium verpasst hat.

Der gesamte Keller steht unter Wasser und müsste abgeschöpft oder ausgepumpt werden. Niemand spricht. Niemand will anfangen. Niemand fühlt sich verantwortlich. So sind die Leute.

»Na, wenigstens sind alle wach«, sagt Maria-Sophie dann.

»Es ist fünf Uhr!«, faucht Gisela. Sie dreht sich um und marschiert davon. Im Abgang wirft sie ihrer Tochter Regina einen tödlichen Blick zu.

14

Als der junge Joseph auf dem Heimweg von seinen Besorgungen um die Ecke bog, bemerkte er schon von Weitem, dass etwas nicht stimmte. Viele Leute standen in seiner Straße. Viel mehr als sonst. Und Schutzmänner. Vielleicht war ein Kraftwagen umgekippt oder eine Elektrische hatte Feuer gefangen, dachte sich Joseph, oder der cholerische Fleischermeister Richter hatte endgültig seinen Lehrling totgeschlagen. Er hielt sich erst mal im Hintergrund, denn großen Menschenansammlungen misstraute er grundsätzlich. So näherte er sich vorsichtig seinem Wohnhaus und hörte dabei allerhand Gerüchte. Dass es ein Dutzend Tote gegeben habe, dass der Engländer eine Bombe geworfen habe, dass es ein feiger Mord gewesen sei, dass ein grässlicher Jud seine krummen Finger im Spiel gehabt habe und dass es weiter vorn in der Straße Seife im Angebot gebe.

Etwa zwanzig Meter vor seinem Haus stand der Junge dann vor einer schier undurchdringlichen Wand aus Menschenrücken. Joseph war nicht sehr groß und eher schmächtig wie sein Vater. Jetzt holte er einmal tief Luft, als müsse er in tiefes Wasser springen, und zwängte sich hindurch. An einer hölzernen Polizeiabsperrung tauchte er auf und bemerkte die ratlos dreinblickenden Feuerwehrleute. Er sah an der Fassade seines Wohnhauses hinauf, zum zweiten Stock, dorthin, wo sich seine Wohnung befand respektive befunden hatte. Joseph brauchte nur einen Blick, um zu sehen, was geschehen war und dass es aus dieser Wohnung nichts, aber auch gar nichts mehr zu holen gab.

»Was ist passiert?«, fragte Joseph die Frau neben ihm.

»Ach, Herrjesus«, heulte die Frau auf, »was für ein Drama! Er hat sich wohl in die Luft gesprengt und seine Frau gleich mitgenommen. Auch sein großer Junge soll oben sein und die drei kleinen Kinder.«

»Ein Kommunist ist er gewesen!«, wetterte ein älterer Herr mit Zwicker und Spitzbart. »Hat vielleicht ein Attentat geplant, auf unseren Führer!«

»Gar nicht wahr!«, krakeelte ein kleinerer Junge. »Ein Flugzeug ist reingedonnert!«

Joseph hörte gar nicht mehr zu. Es war eigentlich auch egal. Klar war, dass von der Wohnung, in der er aufgewachsen war, nur eine schwarze Höhle geblieben war. Qualm stieg auf. Sämtliche Fenster waren herausgeflogen, und das gesamte Mobiliar lag zersplittert auf der Straße. Mit einer Greifzange hob ein älterer Herr mit schwarzem Zylinder geduldig die Überreste von Josephs Eltern auf und legte sie in einen verzinkten Eimer.

Langsam zog sich Joseph zurück und stieß dabei gegen einen Schutzpolizisten. Dieser sah ihn zuerst mürrisch an, setzte dann aber eine besorgt fragende Miene auf. »Bist du nicht der Junge von …?« Er deutete auf das zerstörte Haus.

Joseph schüttelte heftig den Kopf.

»Na dann, pack dich!«, schnauzte der Schutzmann ihn an, und Joseph ging fort.

Er hatte natürlich seine Verstecke. Dort richtete er sich mehr oder weniger gemütlich ein und genoss die neue Freiheit, die ihm zuteil geworden war. Ein wenig tat es ihm schon leid, vor allem um die Mutter. Sie war immer sehr bemüht gewesen um ihn, hatte ihm ordentliches Essen gemacht und ihm nur ab und zu eine geklebt und höchstens einmal im Monat den Hosenboden mit der Schneiderelle versohlt. Natürlich tat es ihm auch um den Vater leid, er hätte ihm gern eines Tages sein kleines Imperium gezeigt und ab und zu auch mal ein paar Worte mit ihm gewechselt. Dann hätte er ihn noch fragen können, warum er ihm denn niemals über den Kopf gestrichen oder die Schulter geklopft oder wenigstens eine Ohrfeige gegeben habe.

Dann musste Joseph doch ein wenig weinen, weil er so ganz für sich war, zwischen all seinem Diebesgut und den Hehlerwaren. Ein paar Wochen lang streunte er durch die Stadt, ging seinen Geschäften nach, die nun noch besser florierten, da er gar nicht mehr zur Schule ging. Doch bald wurde es ihm zu riskant, denn es gab einige Leute, die ihn hätten erkennen und verraten können. Vielmehr noch befürchtete er, dass man ihm die Schuld am Tod seiner Eltern zur Last legen könnte. Denn die Polizei konnte sich keinen Reim auf die Explosion machen, und irgendjemand musste ja Schuld haben.

Joseph begann also, alles abzustoßen, was er an Waren besaß, sorgte zeitweilig sogar für einen regelrechten Überschuss an dem, was man gemeinhin Mangelware nannte. Kaffee gab es plötzlich und echten Honig, Klobecken und

Rasierklingen, Weizenmehl und Staubzucker. Außerdem Hartwurst und Dachziegel, Zement, Fahrräder und Klöppelware. Von Schneider Steglich ließ er sich einen Anzug nähen, in dessen Futter er sein gesamtes Geld und die illegal bezogenen Bezugsscheine unterbrachte. Kurzzeitig erwog er, den Schneidermeister als Zeugen zu beseitigen, doch so einer war Joseph nicht. Durch seine Hand, so hatte er ja geschworen, sollte kein Mensch ums Leben kommen. Außerdem mochte er den Mann irgendwie.

So zog Joseph schließlich davon, mit leichtem Gepäck. Ging einfach auf den Hauptbahnhof, löste ein Billett und bestieg einen Zug. Ein Ziel zu finden fiel ihm leicht. Berlin musste es sein, allein schon wegen der Größe der Stadt. Außerdem war sie nicht weit weg und schien die Stadt zu sein, in der die wirklich wichtigen Dinge geschahen. Niemand verabschiedete ihn am Bahnsteig, niemand winkte ihm mit weißem Taschentuch, obwohl doch so viele Leute dastanden und mit weißen Taschentüchern winkten. Doch die Züge, denen sie nachwinkten, fuhren in eine andere Richtung.

15 Es ist ein herrlicher Morgen. Die Sonne scheint, die Luft ist frisch und der Strand leer, nur die Überreste der Lagerfeuer sind noch zu erkennen. Man hätte die Gelegenheit nutzen sollen, ans Meer zu laufen und hineinzuspringen. Man wäre wie ein neuer Mensch herausgekommen, erfrischt, voller Adrenalin und Glückshormone, bereit, die Welt zu erobern. Der ganze Tag hätte wie ein Geschenk vor einem gelegen, das es nur noch auszupacken galt.

Doch in der Villa herrscht gereizte Stimmung am Frühstückstisch. Wieder haben sich alle auf der Terrasse eingefunden. Agnes deckt den Tisch und braucht gar nicht um Hilfe zu bitten. Die Kinder liegen ihr sozusagen zu Füßen, helfen eifrig, was sie zu Hause logischerweise nie tun.

Das reizt wiederum die Eltern, von denen sowieso jeder seine eigenen Sorgen hat.

Svens Sorgen sind bekannt.

Ute ist enttäuscht, denn Sven war letzte Nacht einfach ins Bett gefallen und in den Tiefschlaf gesunken.

Ida macht sich sowieso ihre eigenen Sorgen, hat sie doch gerade am Himmel einen neuen Chemtrail entdeckt. Nun fragt sie sich, wem in der Familie sie das zu verdanken hat, dass die Flugzeuge genau hier über den Strand fliegen lassen. Erwin?

Und Jussi?

Er hat die Gunst der frühen Stunde genutzt, ist am Strand gewesen, ins Wasser gesprungen, nackt und mit vollem Anlauf, und hat augenblicklich Bekanntschaft mit einer Cyanea capillata, einer Gelben Haarqualle, umgangssprachlich auch Feuerqualle genannt, gemacht, die sich aus ihrer eigentlichen Heimat, der Nordsee, hierher verirrt hat. Nun schwillt seine Haut an den Beinen an, sie ist gerötet und juckt furchtbar. Hätte er einen Bademeister gefragt oder schnell gegoogelt, hätte er gewusst, dass er die Nesseln mit Rasierschaum oder Speiseessig hätte benetzen und mit einer Kreditkarte abschaben können, was die Folgen dieses Zusammenstoßes extrem vermindert hätte (eine EC-Karte hätte es auch getan).

Harald, Erwin, Gisela und auch Maria-Sophie können die gute Laune von Agnes kaum ertragen. Wie sie fröhlich mit den Kindern plaudert, ihnen Anweisungen gibt und sie nach ihren schulischen Leistungen befragt. Anscheinend hat es ihr gar nichts ausgemacht, den Keller absaufen zu sehen. Nein, im Gegenteil, nachdem das Wasser größtenteils abgesaugt worden war, wofür Harald gesorgt hatte, hat sie die Gelegenheit genutzt, alles einmal richtig durchzuwischen. Nun ist es, als sei nichts geschehen, außer dass sie mehr oder weniger vier Stunden Schlaf eingebüßt hatten und ein noch viel längerer Tag vor ihnen lag, den es zu bewältigen galt.

Regina sitzt ganz still in ihrem Stuhl, Rocco auf dem Schoß. Damit der Junge Ruhe gibt, hat sie ihm einen Löffel gereicht, mit dem er im Nutellaglas herumfuhrwerken kann.

Uwe ist müde. Schlapp hängt er in seinem Stuhl und würde am liebsten schlafen, doch das wagt er nicht, es wäre zu unhöflich. Zwar hat er schon einen Post abgeschickt. Ein Bild vom Meer. *Morgenstund hat Gold im Mund,* hat er dazu geschrieben. *So früh schon wach?,* kommentierte Sieglind kaum zehn Sekunden später, *bin auch gerade an der See,* schrieb sie noch hinterher.

Doch Uwe ist völlig erschöpft von der Nacht. Er hat kaum geschlafen, im Prinzip war es kaum eine Stunde, bevor sie alle geweckt wurden. Aber es ist auch nicht seine Zeit. Noch längst nicht. Einzig, dass Linda so eifrig beim Tischdecken hilft, hellt seine Stimmung auf. Und vielleicht ist er ja gar nicht so schlapp und müde? Kann es sein, dass er sie ohne Unterlass durch seine halbgeschlossenen Lider beobachtet? Das zumindest vermutet Ida.

Petra fehlt, vielleicht schläft sie noch, hat sich wieder hingelegt nach dem Schreck am Morgen.

Svens Telefon klingelt. Er nimmt es aus der Hosentasche. Ute wirft ihm einen besorgt fragenden Blick zu. Sven ignoriert ihn, geht von der Terrasse Richtung Strand. Nun überwindet er sich und nimmt den Anruf an. Er hält sich das Telefon ans Ohr. Niemand spricht, die Leitung ist verdächtig still. Sven sieht auf das Display und atmet durch. Aus Versehen hat er den Anruf weggedrückt. Ein Schauer fährt ihm über den Rücken. Das gibt Ärger. Richtig.

Sven ist nicht so selbstsicher, wie er sich gibt. Er macht gerne einen auf dicke Hose, um das zu verbergen, prügelt sich vor dem Stadion oder zündet Pyrotechnik an. Er weiß, dass er ein Problem hat, mit den Sudokus und den häufigen Bordellbesuchen. Das hat ihn bereits in finanzielle Nöte gestürzt. Aber: Sven ist ein Künstler, sozusagen. Und welcher Künstler zweifelt nicht an sich selbst und seinem Tun. Manchmal hat er grandiose Ideen, die sich über Nacht in hirnrissige Spinnereien verwandeln, und immer wieder wundert er sich, dass die Leute ihm seine Arbeiten abkaufen, ihn sogar noch bewundern. Eines Tages, glaubt er, kommt jemand und stellt ihn bloß, als Betrüger, als Scharlatan. Renata vielleicht.

Sven betreibt eine Beratungsagentur für Frisörsalons. Wenn also jemand einen Salon eröffnen möchte, tut er gut daran, sich an Svens Agentur »Bellhair« zu wenden. Diese steht als Garant für Individualität, Originalität und Niveau und für den besonderen Schick. Sven hat sich überregional einen Namen gemacht. Warum ausgerechnet Frisörsalons? Zum einen sieht gut aus, was Sven macht. Er hat ein vortreffliches Auge für Farben und Formen, und er weiß, was seine Kunden wünschen, kann es kostengünstig umsetzen, ist zuverlässig und freundlich. Doch das allein ist es nicht. Es sind die Namen.

Jeder Salon braucht einen Namen. Einfach nur »Frisör« oder »Haarschneider« über den Laden zu schreiben geht heutzutage nicht mehr. Es muss etwas Individuelles, Einmaliges, Einprägsames und Besonderes sein. Und genau darin ist Sven ein Meister. Er findet die verrücktesten Namen. VerHairlichung, zum Beispiel, oder Dame und Hair, WunderbHaar, CHaarmäleon, Hairrausragend, Kamm in, Hin und Hair, Haarklein, ElfmetHair (ein Themensalon für eine fußballversessene Frisörin), genau wie FHairplay, SpHaartacus, Haart aber Hairzlich, außerdem GöttHairdämmHairung, BitteFöhn – DankeFöhn, Scherezade, DrumHairum, Hurra – es schneid, Haarem, UnfHairwechselbHaar, Haircules, KHaarma, Haarmonie, Haarlekin, BeHairschung, ZHaart, WelKamm, noch dazu SingulHair, MadagaskHaar, OffenbHaarung, Hairy Potter (was ihm leichte Sorgen bereitet wegen des Copyrights), StHaar Wars (ebenso), PlanetHaarium, SpektaCoolHair und Hunderte andere Kreationen.

Nun aber glaubt er, an seine Grenze gestoßen zu sein. Jetzt hat er es übertrieben. Er wusste es. Er war zu weit gegangen.

CHaaraktHair.

Etwas Besseres wollte ihm partout nicht mehr einfallen.

CHaaraktHair!

Schlimmer geht es nicht. Und nun muss er dafür büßen. Jetzt platzt die Seifenblase. Er könnte es hinter sich bringen. Könnte ein wahrer Mann sein. Müsste dazu nur auf Rufwiederholung drücken. Aber wie das eben so ist.

Auf der Terrasse stiftet Agnes die Kinder tuschelnd zu einer Gemeinheit an. »Drei, zwei, eins!«, flüstert sie.

»Früüüüühstück!«, brüllen sie im Chor.

Das lässt alle Anwesenden zusammenfahren. Agnes geht ins Haus, um Joseph zu holen. Die Kinder suchen sich ihre Plätze, einige Verwirrung entsteht, denn Opa (Onkel) Harald sitzt nicht am selben Platz wie am Abend, dafür sitzt Onkel (Opa) Erwin da.

Harald ist zu spät, deshalb schnappt Erwin sich den Platz. Er hat es darauf ankommen lassen. Steht etwa dein

Name auf dem Stuhl?, will er sagen, falls Harald sich beschweren sollte. Stattdessen aber marschiert Harald an ihm vorbei und setzt sich, ohne zu murren, ans andere Ende des Tisches. Petra kommt aus dem Haus. Sie hat ihr Haar zu einem straffen Zopf gebunden, der noch nass ist. Kaum jemand nimmt sie wahr.

Nun sitzt Schwester Agnes Erwin gegenüber, neben ihr sitzt Rocco, dann Regina, neben Erwin sitzt seine Frau. Vielleicht passt dem einen oder anderen die neue Sitzordnung nicht (das erkennt man an den Gesichtern), doch niemand wagt etwas zu sagen. Erwin fühlt sich gut. Das ist die Macht. Macht verursacht extrem gute Gefühle.

Zufrieden sieht er in die Runde. Die Verhältnisse sind geradegerückt. Rocco ist satt, hält deshalb seinen Mund. Regina ist erschöpft, und sie sieht einsam aus. Verloren starrt sie ihren Teller an. Vielleicht, denkt Erwin, hab ich sie tatsächlich nicht immer gerecht behandelt. Genau wie den kleinen Burschen. Erwin beugt sich vor.

»Hör mal«, raunt er Regina zu.

Seine Tochter blickt auf, misstrauisch, traut dem jovialen Ton nicht.

»Wenn du dich später mal entspannen willst ...«, gehe ich mit Rocco auf den Spielplatz, wollte er den Satz beenden. Doch da tauchen auf einmal drei Personen auf der Terrasse auf.

»Seht mal, wer gekommen ist!«, ruft Agnes und schiebt Joseph an seinen Platz. Die dritte Person ist Carola, Erwins ältere Tochter.

»Mama!«, entfährt es Tom, und er klingt nicht freudig. Nein, das Auftauchen seiner Mutter macht ihn nicht glücklich. Gerade hat er darüber nachgedacht, was er am heutigen Abend anders machen muss als am gestrigen.

Regina schläft das Gesicht ein. Vater hatte etwas zu ihr sagen wollen, etwas Wichtiges, Versöhnliches. Und nun, genau in diesem Augenblick, taucht Carola auf – und macht alles wieder kaputt. Typisch!

Carola geht zum Tisch, beugt sich zu ihrer Mutter und begrüßt sie mit einem Kuss, gibt dem Vater einen Kuss und ihrem Sohn Tom. Sie läuft um den Tisch herum, begrüßt ihre Cousinen und den Schwager mit einem Wangenkuss. Maria-Sophie reicht sie artig die Hand. Uwe winkt sie zu, ebenso Petra, mit der sie gar nichts anzufangen weiß. Vielleicht ist es seine Sozialbetreuerin, denkt sie sich. Dann hat sie ihre Schwester erreicht. Regina erhebt sich, die Schwestern geben sich Küsschen rechts, Küsschen links. Es ist, als stoßen zwei Eisberge zusammen.

»Na«, sagt Carola zu Rocco, wuschelt ihm durch die Haare und wischt sich danach unbewusst die Hand an der Hose ab. »Konnte mich doch freimachen«, sagt sie. Agnes kommt mit einem Stuhl aus dem Haus, nötigt Regina und Ute, Platz zu machen, damit Carola an den Tisch kann, und eilt noch einmal hinein, um ein weiteres Gedeck zu holen.

»Ach, ist das schön!«, sagt sie, als sie zurück ist. Der Wind dreht sich ein wenig, Erwin bläht die Nüstern. Suchend blickt er umher, will sehen, woher dieser perverse Gestank kommt. Doch sein Blick geht in die Ferne, hinaus aufs Meer, wo vielleicht ein Güllefrachter ausgelaufen ist. Dann erst stellen sich seine Augen auf die richtige Brennweite ein. Jetzt weiß er es wieder. Sein Vater stinkt.

Am anderen Ende des Tisches feixt Harald hämisch.

16

Berlin war viel größer, weitläufiger und komplexer als Josephs Heimatstadt. Berlin dehnte sich nicht nur in der Breite und Länge aus, Berlin war dreidimensional, wuchs in die Höhe, vor allem aber auch in die Tiefe. Joseph genügten ein paar Wochen, ein paar gezielte Bestechungen und einige ausgedehnte Streifzüge, dann kannte er sich auch hier aus. Er kannte die guten Verstecke, wusste, wo man in die Kanalisation, in die U-Bahn-Schächte, in die Bunkeranlagen abtauchen konnte. Er kannte die Hehler, die Gauner, die Diebe und Räuber. Er trieb sich in Spelunken herum, gab Bier aus und lauschte. Die gelegentlichen Bombenangriffe der Engländer betrachtete er als ein lästiges Übel. Von seiner Arbeit hielten sie ihn nicht ab. Nicht nur einmal blickte ein nächtlicher Einbrecher verdattert auf die Überreste seines vermeintlich sicheren Beutezugs, weil jemand vor ihm da gewesen war.

Und des Öfteren musste ein Zwischenhändler den Verlust von einigen Hundert Stangen Zigaretten verkraften, die sich über Nacht in Luft aufgelöst hatten. Immer häufiger verschwanden die Kleinkriminellen und Gauner eines Viertels in Polizeirevieren, Zuchthäusern und KZs und fragten sich lange, wer sie wohl verpfiffen haben mochte. Sie unterstellten ihren Kumpanen Verrat, ihren Bandenmitgliedern, ihren Frauen oder ihren Brüdern sogar, doch keiner von ihnen hatte je Joseph vor Augen, wenn er durch die schmalen vergitterten Fenster seiner Zelle ins Leere starrte.

Joseph hielt sich weise zurück, verschmolz mit dem Hintergrund, war nie da, wenn die Polizei und die Gestapo Razzien durchführten, denn er wusste immer genau, wann das geschah. Er wusste, wo es kostenloses Essen gab, wo man schlafen konnte, wo sich die Ämter befanden. Er lernte, wie man in Behörden hinein und aus ihnen heraus gelangte, ohne gesehen zu werden. Besorgte sich eine Geburtsurkunde, in der er zwei Jahre jünger war, was niemandem auffiel, denn er war noch immer klein und schmal. Weil dies so gut funktionierte, verschaffte er sich gleich noch ein halbes Dutzend weitere Identitäten. Was er in der nächsten Zeit trieb, kann man getrost als Handel bezeichnen. Er handelte mit Lebensmittelkarten, mit Kaffee, mit Wein, mit Zigaretten, auch mit Informationen. Er wusste, wo Kriegsgefangene weggesperrt wurden, lernte ihre Sprachen. Er ahnte, dass es nicht ewig gut gehen würde an den Fronten, da wollten sich die meisten Deutschen von der Wochenschau noch blenden lassen. Nach Bombenangriffen war er meist als einer der Ersten vor Ort, um in zerstörten Häusern nach Verschütteten zu suchen und nach Hausrat mit Verkaufswert. So rettete er manchen Menschen und manche Antiquität, was ja einem Sammler bekanntlich mindestens genauso wichtig ist.

Er half Juden, sich zu verstecken, gegen ein gewisses Entgelt natürlich. Überall in der Stadt kannte er Leute. Soldaten, Polizisten, Gestapomänner, Regierungsbeamte,

Arbeiter, Gefangene, Geistliche, Offiziere. Jeder half ihm, jeder bekam seinen kleinen Anteil. In den letzten Wochen vor dem Ende des Dritten Reiches hielt er sich zurück, verschwand von der Oberfläche, sammelte heimlich noch ein paar Raritäten, Orden, Schulterstücke und Hitlers Bartstoppeln, die ihm dessen Adjutant gegen ein Kilo geräucherte Lende und ein paar Zyankalikapseln vermachte. Er zapfte ein wenig Benzin von den letzten Flugzeugen, die aus Berlin hinausfliegen sollten. Und möglicherweise war es gar nicht Hitlers Letzter Wille, bis zur letzten Sekunde zu bleiben und zu kämpfen. Möglicherweise war sein Flugzeug nur nicht ausreichend betankt. Aber dies ist nur eines der verrückten Gerüchte, die herumgingen.

Dann begann der Endkampf in Berlin. Was nicht zerbombt war, wurde zerschossen, wer rannte, wurde umgebracht, wer stehen blieb, auch. Die Russen schwappten über Berlin, nahmen sich, was sie bekommen konnten, taumelten siegestrunken durch die zerstörte Stadt, plünderten, vergewaltigten, feierten. Und von Joseph war nichts mehr zu sehen. Ein paar Tage lang führte er ein Leben im Schatten. Er hatte sich in einen vergessenen Bunker zurückgezogen und tauchte schließlich als entflohener politischer Gefangener auf. In seiner Häftlingskleidung, die er gegen eine Handvoll Kartoffeln erstanden hatte, erregte er Mitleid, mit seinem erlernten Russisch gewann er Sympathien. Jeder gab ihm zu essen und zu rauchen, was er meistbietend verkaufte. Seine Lebensmittelbestände aber hortete er, verteilt über die ganze Stadt.

Als guter Geschäftsmann wartete er, bis die Nachfrage am größten war, ehe er seine Produkte auf den Markt brachte. Joseph begann mit dem Verkauf im Winter '45/'46. Er nahm kein Geld, sondern Wertgegenstände und häufte damit so viel Schmuck an, dass man ihn getrost als schwerreichen Mann bezeichnen konnte. Dies blieb letztendlich doch nicht unbemerkt. Man begann, ihm nachzustellen, was er natürlich als Erster erfuhr, denn er hatte Freunde bei der sowjetischen Militäradministration. Als es ihm zu brenzlig wurde, tauschte er verderbliches Gut gegen haltbares, versiegelte seine Lager und wechselte seine Identität. Dann kehrte er in seine Heimatstadt Dresden zurück, wo er sich als ein Bombenopfer ausgab, welches von der Flucht nach Bayern zurückgekehrt war.

Joseph blieb bescheiden, zeigte seinen Reichtum nur, wenn es nötig war. So fand er eine schöne Frau (Haralds Mutter) und schwängerte sie. Er tat sich mit den Russen gut, trat auf Anraten des jungen Genossen Steglich (des Sohnes des Schneidermeisters) in die SED ein, bekam als alter Antifaschist, der er gewesen zu sein vorgab (er hatte einen alten KPD-Ausweis für einen Kanten Brot bekommen), von Steglich einen guten Posten im Amt für Lebensmittelversorgung, versorgte Steglich, sich selbst und seine Liebsten, so gut er konnte, und lebte glücklich und zufrieden. Ab und an gab er dem kleinen Harald, was er sich von seinem Vater immer so gewünscht hatte – einen Klaps auf den Hinterkopf. Er las aufmerksam die Zeitungen, auch die, die er offiziell gar nicht bekam. Er hörte Nachrichten von ausländischen Sendern und belauschte, was die Sowjets berieten.

Lange hielt er sich zurück, dachte an den kleinen Harald und bereicherte sich nur ein wenig mit Geldwäsche und dem Fälschen von Coupons, als es '48 im Westen zur Währungsumstellung kam und Millionen von wertlos gewordener Reichsmark in den Osten schwappten. Bis ihm sein Herz sagte, dass es doch geradezu eine Schande sei, die Teilung Deutschlands, die unsichere Situation, die verschiedenen politischen Ideologien nicht auszunutzen, um richtig viel Geld zu machen. Warum hatte er sich denn all die falschen Identitäten beschafft? Also machte er es seiner kleinen Familie leicht, verzichtete auf eine große Abschiedsszene und verschwand über Nacht.

Wieder in Berlin, knüpfte er an seine Geschäfte und die alten Kontakte an, erkaufte sich Zugang zu Unterlagen, verschaffte sich Pässe und Passierscheine. War bald in allen Besatzungszonen zu Haus, war beliebt, da er freizügig Zigaretten, Schnaps und Frauen an seine russischen und amerikanischen Freunde verteilte. Er gab sich als Handelsvertreter aus, als Geschäftsmann, als Kriegsrückkehrer. Diplomat war er allerdings nie. Das war ihm zu heikel, zu groß war die Gefahr, in Spionage involviert zu werden.

Es war eine gute Zeit für ihn in Berlin. Eine Zeit, an die er sich noch lange erinnern würde, eine Zeit, der er noch jahrzehntelang nachtrauern würde. Er gab sein Geld aus, trank und feierte mit einer Menge Leute. Er traf Frauen, die ihn wegen seines Geldes mochten. Joseph war das bewusst, dumm war er ja nicht, er dachte einfach nicht darüber nach und nahm sich die Frauen, wie sie kamen.

An den Nachmittagen, wenn er seinen Rausch ausgeschlafen hatte, dachte er oft über seinen Vater nach, dem er gern ein wenig von diesem Leben gegönnt hätte. Immer nur malocht hatte der Alte, wusste Joseph, und wenn graue

Wolken über die Stadt zogen und die Melancholie Einzug hielt, wurden Joseph sogar die Augen feucht. Doch das Gefühl hielt nicht lange an. Es musste zurücktreten und den Dingen Platz machen, die zu erledigen waren. Und den Frauen, die Joseph zuzwinkerten. So geschah es, dass er in einer seiner vielen wilden Nächte Erwin zeugte. Möglicherweise zeugte er noch andere Kinder während einer seiner flüchtigen Liebschaften, die manchmal nur ein paar Stunden währten, so wie mit Erwins Mutter. Doch sie war die Einzige, die ihn zwang, die Vaterschaft anzuerkennen. Joseph nahm es leicht, seine Geschäfte liefen problemlos, er generierte mehr Geld, als er jemals würde ausgeben können, und nicht ein einziges Mal fragte er sich, warum alles immer wie am Schnürchen funktioniert hatte.

17 Harald langweilt sich. Er hat gut gegessen, keine Frage. Die Brötchen sind frisch, noch warm. Die Butter genau auf den Punkt, nicht zu hart, nicht zu weich. Die Marmelade aus Dänemark. Die Eier noch weich innen, aber nicht schlabbrig. Der Honig kommt aus der Karibik und schmeckt, als könne man Strand, Meer, Himmel, Blütenpracht, Müßiggang und Lebensfreude durch ein Sieb pressen und die Quintessenz in ein Glas füllen. Die Wurstplatte lässt keine Wünsche offen, und der Kaffee ist unvergleichlich.

Maria-Sophie tut beschäftigt, biedert sich weiter bei den anderen an, versucht sogar, mit Erwin zu kommunizieren, der drüben beim Alten sitzt. Harald, am anderen Ende des Tisches, kommt sich nun ausgestoßen vor.

Selbst Uwe sitzt näher beim Vater. Eine Weile beobachtet Harald Erwins Töchter, Regina und Carola, die ungleichen Schwestern. Regina grazil, wenn auch erschöpft und abgekämpft. Carola ähnelt eher ihren Cousinen. Sie haben sich nie viel zu sagen gehabt, auch nicht als Kinder. Carola ist stets voller Energie, Regina eher lustlos. Carola ideenreich, Regina gelangweilt. Immer scheint sie sich als Zweitgeborene schlechter behandelt zu fühlen, noch jetzt, wie man ja gestern Abend deutlich gehört hat.

Harald hatte sie nicht oft gesehen. Sein Kontakt zu Erwin ist sporadisch, oft unterbrochen für Jahre. Als Politiker ist es nicht gerade zuträglich, mit seinem Bruder gesehen zu werden, der mal im Knast gewesen war, das kann Harald sogar nachvollziehen.

Harald rührt Zucker in seine Tasse, aus purem Zeitvertreib. Er mag keinen süßen Kaffee, aber so hat er wenigstens zu tun.

Missmutig wedelt er eine Epheme vulgata, eine Eintagsfliege, beiseite, die gar nicht weiß, was mit ihr geschieht. Nachdem sie ein Jahr lang am Grund eines Gewässers gelebt hat, ist gestern plötzlich mit ihr etwas passiert. Plötzlich hatte sie Flügel, flog durch die Gegend und konnte nur noch an eines denken. Gewisse Parallelen zum Leben eines Teenagers sind da durchaus zu erkennen.

Harald betrachtet seinen Bruder, der isst und scherzt, der sich mit Carola unterhält und guter Dinge ist. Hat er Erwins entsetztes Gesicht vorhin nur falsch gedeutet? Hat Erwin sich etwas in die Nase gesteckt? Oder hat Agnes den Alten gewaschen? Wütend nimmt sich Harald noch ein Brötchen. Er hat zu früh aufgegeben. Erwin den Platz zu überlassen ist eine dumme Idee gewesen.

Keiner bemerkt übrigens, wie Rocco sich entfernt. Wie gesagt, der Bursche ist satt, hat ja auch das halbe Nutellaglas verputzt (ein großes!). Kein Wunder, dass er nichts mehr mag. Seine Mutter lässt ihn ziehen. Unbewusst. Sie ist so hochkonzentriert, hört ihren Vater plaudern, mit Carola natürlich, die sich betont zurückhaltend gibt, um Regina das Gefühl zu vermitteln, dass sie sich gar nicht in den Vordergrund drängen will. Was Regina logischerweise noch viel wütender macht. Rocco ist von seinem Stuhl unter den Tisch gerutscht, unten durchgekrochen und ins Haus verschwunden.

Das Frühstück zieht sich hin. Die Kinder kichern albern, werfen Essen unter den Tisch, kippen Tassen um und lassen sich dabei von keiner Mahnung oder Drohung stören. Ida will es sich nicht eingestehen, doch in Agnes' Gegenwart wagt sie es nicht, ihre volle Stimmgewalt einzusetzen. Die Kinder wissen das natürlich, denn für so etwas haben sie Sensoren.

Ute geht es ähnlich. Ihr eigenes Kind, Vanessa, erscheint ihr allerdings gerade auffällig ruhig. Hoffentlich wird sie nicht krank, denkt Ute. Das könnte sie nächste Woche gar nicht gebrauchen. Sie kann ihren Dienst nicht abgeben, würde sonst drei wichtige OPs verpassen. Und wenn ein pubertierender Teenager schon schlimm ist, so ist ein kranker pubertierender Teenager eine Naturkatastrophe.

Petra nippt am Kaffee. Sie scheint den Spaß irgendwie verloren zu haben. Fast eine Stunde lang hat sie vorhin geduscht und würde am liebsten gleich noch einmal duschen gehen.

Da wendet sich plötzlich die Neue an sie, Carola.

»Und ihr?«, fragt sie, deutet mit den Augen auf Uwe.

»Und du?«, fragt Petra zurück.

Carola lacht. »Ich meine, ich habe nichts von euch gewusst!«

»Niemand wusste etwas!«, mischt Uwe sich ein. Doch das stimmt nicht ganz, denn er hat es seiner Mama erzählt.

»Ich weiß auch gar nichts von dir!« Petra lächelt Carola freundlich an. Ihr ist ein Gedanke gekommen. »Erzähl mal!«

»Ich … äh, bin Redakteurin. Beim Radio.« Carola zuckt die Schultern, als wäre es etwas, wofür man sich entschuldigen müsste. Irgendwas scheint ihr peinlich zu sein. Oder lügt sie?

»Bei welchem Sender?«

»Bei keinem speziellen. Also genau genommen bin ich Autorin, schreibe für das Frühstücksradio«, erklärt Carola, und Jussi dreht ihr ganz langsam den Kopf zu. Dieser ist bedenklich rot.

Jussis Haut brennt, und es tröstet ihn nicht, dass er weiß, dass das bald aufhören wird. Im Moment könnte er eine Kettensäge gut gebrauchen oder besser noch eine Handstichsäge, dann ginge es nicht so schnell. Carola grinst ihn verlegen an. Der Beruf ist ihr nicht peinlich, aber die Tatsache, dass sie lügt. Vielleicht wäre sie gut beraten, Jussi darüber zu informieren.

»Du schreibst für das Radio?«, fragt er. Wir erinnern uns an sein Verhältnis zum deutschen Humor.

»Klar, oder meinst du, die Moderatoren denken sich die Witze alle selber aus?« Carola hofft, damit wäre es getan, warum muss diese Petra auch so nachfragen.

»Was schreibst du da?«, fragt Jussi. Er bezieht nämlich fast sein gesamtes Wissen über den deutschen Humor aus dem Frühstücksradio.

»Was meinst du?« Carola wirkt genervt. Warum ist der Kerl so hartnäckig?

»Schreibst du Witze?«

»Ja«, antwortet Carola zögernd. Das ist sicherlich die harmloseste Antwort angesichts von Jussis gereiztem Zustand.

Jussi steht auf und stützt sich auf die Tischplatte. Nun bohrt er seinen Zeigefinger durch die Luft und zielt genau auf Carola, die instinktiv ein wenig ausweicht.

»Nyp kerron sinulle vitsin!«, zischt er, das ist Finnisch und heißt »Jetzt erzähle ich dir mal einen Witz!«. Spucke fliegt aus seinem Mund und wird vom aufkommenden Wind zu Petra hinübergeweht.

»Treffen sich eine Wolf und eine Bär in eine Sauna.« Vor Aufregung vergisst Jussi sein beinahe perfektes Deutsch. »Es ist Winter, und der Wolf sagt: ›Hau dich hin, Alter!‹« Jussi sieht sich triumphierend um.

Eine Weile bleibt es still.

»Soll das ein Witz sein?«, fragt Erwin schließlich. Er will nur wissen, ob er lachen muss, um nicht unhöflich zu sein.

Jussi haut mit flacher Hand auf den Tisch. »Natürlich ist das ein Witz!«

Noch mehr Spucke landet auf Petra.

»Das ist doch kein Witz!«, beschwert sich Harald, der zwar von Diplomatie keine Ahnung hat, dafür von Witzen.

Jussi knirscht mit den Zähnen. »Das ist ein Witz, du kapierst ihn bloß nicht!«

»Äh!«, sagt Petra.

»Was soll denn daran lustig sein?«, fragt Uwe. Er hat immer Sorge, dass er etwas nicht kapiert. »Will der Wolf den Bären fressen?«

»Sollten Bären nicht Winterschlaf halten, in einer Höhle oder so?«, fragt Maria-Sophie.

»Ist der Bär ein verkleideter Mensch?«, fragt Vanessa, was noch nicht mal so eine schlechte Idee ist. Zumindest nicht schlechter als alle anderen.

Jussis Kopf dreht sich von einem zum Nächsten.

Linda hebt die Hand wie im Schulunterricht. »Bären und Wölfe können gar nicht sprechen!«, sagt sie, als ihr Vater sie ansieht.

»Ihr veralbert mich«, keucht der Finne.

»Äh!«, sagt Petra wieder und erhebt sich.

»Bleib ruhig, Jussi!«, mahnt Ida. Wenn das ein guter Witz sein soll, sagt sie sich, ist es kein Wunder, dass ihr gutes finnisches Essen nicht schmeckt. »Bist du eigentlich in die Brennnesseln gefallen?«, fragt sie noch, weil sie seine Beine jetzt erst sieht.

Jussi wirbelt herum. »Versteht ihr das denn nicht? Ist doch ganz einfach!«, brüllt er. »Was sollen denn ein Bär und ein Wolf in einer Sauna?« Er reißt die Hände in die Luft, sieht einen nach dem anderen fragend an. Die nehmen ihn auf den Arm, da ist er sich sicher.

»Na ja, aber da war Linda doch nahe dran«, meint Sven.

»Es ist sogar beinahe dasselbe«, haut Ute in die gleiche Kerbe.

»Es ist nicht dasselbe!«, presst Jussi hervor.

»Äh, sagt mal, der Schaum, ist das normal?«, fragt Petra jetzt und deutet rechts neben das Haus.

»Natürlich nicht«, würde die korrekte Antwort lauten, denn warum sollten sich geschätzte achtundzwanzigtausend Liter weißer glitzernder Schaum über den Hof ausbreiten wie ein schnell wachsender Gletscher? Im Schritttempo nähert er sich der Düne, beginnt sich aufzutürmen und wird sich wahrscheinlich gleich über den Strand ergießen.

Die Erwachsenen springen von ihren Stühlen, nur Joseph bleibt regungslos. Die Kinder springen ebenfalls auf, nur ist ihre Motivation eine andere. Noch ehe jemand etwas sagen kann, stürzen sie sich kreischend in den Schaum, springen, tanzen, wälzen sich. Natürlich nicht Tom und Vanessa. Noch nicht, sie müssen ja cool sein. Tom sieht Vanessa an, wieder findet eine stumme Kommunikation statt. Dann nicken beide, laufen los und verschwinden ebenfalls im Schaumgebirge.

Jetzt rennen auch die Erwachsenen, doch nicht zum Vergnügen, sie wollen der Ursache auf den Grund gehen.

Harald ruft: »Das ist der Brunnen!« In Dresden auf der Prager Straße hat das mal einer getan, in tiefsten DDR-Zeiten. Hat »Fit« in den Brunnen gekippt. »Wir müssen den Brunnen abstellen!« Möglicherweise hatte es damit etwas zu tun oder auch nicht.

Nun schwärmen sie alle aus, rempeln sich, laufen hierhin und dorthin, tasten blind in den weißen Flocken.

»Der Haupthahn ist im Keller!«, ruft Agnes.

Eine Minute später ist der Brunnen abgestellt. Der imposante Schaumberg kommt zum Stehen und vergeht nur langsam in der Sonne. Wie Wackelpudding wabert er. Wenn der Wind hineinbläst, weht er große Flocken bis hinunter zum Strand, wo sich die Urlauber versammelt haben und hinaufglotzen, als hätten sie noch nie einen Schaumberg in der Größe eines Einfamilienhauses gesehen.

»Die Karre war frisch gewaschen!«, beschwert sich Erwin laut.

Am Rand des Brunnens bückt sich Harald, hebt eine leere Spülmittelflasche auf. Er findet eine zweite und eine dritte. Er dreht sich um, beäugt misstrauisch die Hecke, in der es verdächtig wackelt.

»Rocco?«, fragt er, aber es bedarf keiner Antwort. Denn sofort geht bei dem kleinen Burschen die Sirene an. Regina eilt an ihrem Onkel vorbei, sammelt ihr Kind auf, dessen Kleidung voller Spülmittel ist. Sie versucht, Rocco auf steifen Armen von sich zu halten, um sich nicht vollzuschmieren, doch der presst sich an sie, klammert seine Arme um ihren Hals und plärrt ihr ins linke Ohr.

18

Rocco. Er krallt sich an seiner Mutter fest, die ihn einerseits beschützen, ihm andererseits den Hosenboden versohlen möchte. Ein paar Jahrzehnte früher wären Eltern in so einer Situation nicht in ein Dilemma geraten. Sie hätten den Jungen nach allen Regeln der Kunst verdroschen. Alle wären zufrieden gewesen, bis auf das Kind natürlich. Das hat noch keinem geschadet, sagen die Älteren dann gern, dabei haben sie vor circa sechzig Jahren ganz anders darüber gedacht.

Reginas Oberteil ist schon völlig durchweicht von Roccos Tränen, seinem Rotz und dem Spülmittel, doch sie kann ihn nicht dazu bewegen, seine Umklammerung zu lösen. Er weiß genau, dass sie ihn, solange er sich an sie presst, nicht zur Rede stellen kann. Sobald sie anfängt, auf ihn einzureden, erhöht er Lautstärke und Tonlage seines Heulens.

Regina kneift die Lippen zusammen. Was ist nur mit dem Kind los, fragt sie sich. Sie weiß es nicht. Sie weiß nur, wer schuld ist. Mutter und Vater. Und zwar ihre Mutter und ihr Vater.

Aber der Junge hat es nicht leicht. Er versteht die Welt nicht mehr. Noch vor Kurzem genügte eine Geste, ein Wort, ein kleiner Turm aus Bausteinen, um von den Erwachsenen Beifall, Lachen oder eine Liebkosung zu ernten. Doch nun sehen ihn dieselben Leute, die noch vor wenigen Wochen gar nicht genug von ihm bekommen konnten, mit Abscheu oder wenigstens mit belustigter Skepsis an.

Rocco kann machen, was er will, immer hört er nur seinen Namen in besonders scharfem Tonfall, als wüsste er nicht selbst, wie er heißt. Der nette ältere Herr, der ihn früher immer auf seinem Schoß hüpfen ließ, tut so, als würde er ihn nicht einmal mit der Kneifzange anfassen wollen. Die ältere Frau schüttelt immer nur traurig den Kopf, als sei bei ihm Hopfen und Malz verloren. Rocco kennt natürlich all diese Begriffe nicht. Er versteht einiges, doch die richtigen Zusammenhänge kann er noch nicht erkennen.

Er weiß nur, wenn er nichts macht, kümmert sich niemand um ihn, und wenn er etwas macht, kommen meist alle sofort angerannt. Dann wird zwar immer geschimpft, aber das nimmt er in Kauf. Dafür hat er ja seine Mutter, an die er sich klammern kann und die ihn vor den Unbilden der Welt beschützt. Er möchte, dass sie stolz ist auf ihn, deshalb isst er brav die ganze Schokolade, die sie ihm gibt, auch wenn er gern einmal ein bisschen Spinat, eine Karotte oder Knäckebrot probiert hätte oder diese kleinen salzigen Fische aus der Büchse. Aber er hält durch, für sie, und starrt stundenlang auf den Fernseher mit den idiotischen Filmen, vor die sie ihn setzt. Immer mal wieder macht er Ansätze, richtig zu sprechen, wie die Erwachsenen, doch wenn er die Dinge beim Namen nennt, wird seine Mutter böse oder legt sie ihm auf den Teller. Wurst oder Nudeln oder Brot. Aber er will das dann ja nicht haben, sondern nur sagen, und deshalb isst er es auch nicht. Und dann ist sie wieder böse auf ihn. Als er bei der Herfahrt auf Autos und Kühe deutete und sie benannte, hielt der ältere Mann gleich an, stritt wütend mit Mutter, die daraufhin ebenfalls wütend wurde. Offenbar wollen sie also nicht, dass er spricht. Anders kann Rocco sich das nicht erklären. Um zukünftig solche Streitereien zu vermeiden, brabbelt Rocco lieber in unverständlicher Babysprache, wie er es aus dem Fernsehen gelernt hat. Aber anscheinend ist er noch nicht gut genug darin, weshalb er wieder und wieder dieselben Filme vorgesetzt bekommt.

Und dann hört er manchmal eine Stimme, die sagt: »Rocco, nimm das Feuerzeug und zünde das Papier an, nimm die Zange und dreh mal da an dem Rad, nimm die grünen Flaschen und kipp sie in den Brunnen.« Es ist eine freundliche Stimme, die seinen Namen liebevoll, lockend, sanft ausspricht. Rocco mag die Stimme. Wen er aber nicht mag, ist diese Frau mit den vielen Haaren, die ihn immer so komisch anstarrt, als sei er … Wie gesagt, Rocco fehlen die Worte. Aber die Frau, die hat etwas an sich. Etwas Seltsames.

19 Petra, die Frau mit den vielen Haaren, hat, wie eine Studie der FAZ schon einmal nachgewiesen hat, den langweiligsten Arbeitsplatz der Welt. Es ist wirklich der reizloseste, anspruchsloseste, bewegungsloseste, geistloseste, undankbarste Job, den man sich vorstellen kann. Petra ist Angestellte bei Matratzen-Comfort. Sie ist die Managerin einer Filiale, die von nur einer einzigen Mitarbeiterin betrieben wird, nämlich ihr selbst. Nach einigen geisttötenden Monaten, in denen sie sich die Fingernägel mehrere Dutzend Male lackiert und schließlich abgekaut, in denen sie jedes Computerkartenspiel bis zur Perfektion erlernt, kilometerlange Büroklammerketten gebastelt, auf jeder Matratze mindestens einmal geschlafen und jeden Zungenbrecher fehlerlos vor- und rückwärts aufzusagen gelernt hat, stellte sie fest, dass es keinerlei Auswirkungen auf ihren Umsatz hat, wenn sie zwei, drei Tage in der Woche einfach nicht erscheint und der Laden geschlossen bleibt. Genau genommen brauchte sie nur eine kleine Statistik zu erheben, an welchen Tagen der Woche keine Matratzen gekauft werden, das geht ganz schnell, es ist nämlich jeder Tag. Zugegeben, ab und an kommt jemand, den sie dann bedienen muss. Das macht sie professionell und gut. Es ist auch gar nicht schwer. Sie kann genau ab-

schätzen, wie viel Geld man den Leuten aus der Tasche ziehen kann, verkauft auf diese Weise gerade so viel, dass ihre Firma sich nicht entschließen kann, die Filiale zu schließen.

Ihr üblicher Tagesablauf beinhaltet die kurze Fahrt mit dem Rad von ihrer Wohnung zum Laden, das Öffnen der Ladentür, das Einschalten des Lichtes, das Hinsetzen auf ihren Bürostuhl, das Hochfahren ihres Computers, das Herunterfahren ihres Computers, das Aufstehen, das Licht ausschalten, das Abschließen der Ladentür, der kurze Heimweg. Manchmal muss sie das Sortiment ändern. Sie wechselt dann die Artikelbeschreibungen aus, tauscht die Räumungsschilder mit den Sale-Schildern oder die Ausverkauf-Schilder mit den Sortimentswechsel-Schildern, auch wenn sie weiß, dass es keinerlei Auswirkungen auf den Umsatz hat. Manchmal muss sie Luftballons aufblasen, um sie draußen vor der Tür hinzuhängen, doch auch das zeugt von keinerlei Wirkung. Wer geht schon an einem Laden vorbei, sieht rote und weiße Luftballons und denkt sich: »Moment mal, ich könnte mir ja eigentlich eine Matratze kaufen!«

Wirklich unzufrieden ist Petra nicht, doch sie braucht einen Ausgleich. Einfach Sport zu machen genügt ihr nicht. Lesen ist ihr zu langweilig und Computerspiele erst recht. Männer sind ihr genauso zuwider, wie sie sich auch nach ihnen sehnt, was nicht gerade eine gute Voraussetzung für eine gute Beziehung ist. Woher das kommt, weiß sie nicht, sie hatte eine glückliche Kindheit in einem anständigen Elternhaus. Aber manchmal sind die Dinge eben, wie sie sind.

Den Ausgleich schuf sie sich dann trotzdem. Und zwar einen, der Sportlichkeit, Geschicklichkeit, Intelligenz und Mut miteinander verbindet und außerdem noch unheimlich cool und lässig ist. Eigenschaften, die sich Petra selbst zuschreibt.

Petra verdingt sich nebenbei als Auftragsmörderin. Sie hat zwar erst drei Leute in diesen ersten vier Jahren ihrer Karriere umgebracht, doch das schiebt sie eher der derzeitigen Konjunkturschwäche zu als ihrer Unbekanntheit in der Branche.

Es ist nicht einfach, in das Geschäft einzusteigen. Schließlich kann man nicht einfach eine Annonce schalten (»Bringe Leute gegen Bezahlung um. Verschwiegenheit garantiert. Im Sommer Rabattwochen, zwei zum Preis für einen.«) oder in der Nachbarschaft herumfragen, wie man an Kundschaft kommt.

Petra überlegte also eine Weile, wie sie an ihren Erstkunden kommen könnte. Dann hatte sie eine Idee. Sie benutzte einfach den anonymen Internetzugang ihrer Firma und stellte eine Annonce bei E-Bay-Kleinanzeigen ein mit folgendem Text: »Ich kümmere mich um Ihren Dreck. Ich löse Ihre Probleme endgültig. Im Raum Erfurt. Verschwiegenheit garantiert! PREISGÜNSTIG!!!«

Es dauerte dann noch einmal sechs Monate, bis sich ihr erster Kunde meldete, da hatte sie ihren Plan längst aufgegeben und vergessen. Folgender E-Mail-Wechsel entstand:

Kunde: Hätte Dreck beiseitezuschaffen!

Petra: Aha?

Kunde: Sie schaffen doch Dreck beiseite?

Petra: Gelegentlich.

Kunde: Und Sie lösen Probleme endgültig?

Petra: Ja? Ach so … Ja! Ja! Ich löse Probleme und schaffe Dreck beiseite!

Endlich war bei ihr der Groschen gefallen.

Kunde: Und der Dreck wird so entsorgt, dass man nicht weiß, woher er kommt?

Petra: Ja, doch, das wird er dann.

Kunde: Und den Dreck zu entsorgen kostet wie viel?

Petra: Ähh … 1000?

Darüber hätte sie sich besser vorher mal informieren sollen.

Kunde: Oh, das ist günstig!

Petra: Sorry, ich meine 10 000.

Kunde: Oh!

Petra: Diese Summe beinhaltet Sonderkonditionen, Sie können zweimal Dreck entsorgen lassen!

Kunde: Ich habe aber nur einmal Dreck. Können Sie es nicht einfach billiger machen?

Petra: Woran hatten Sie gedacht?

Kunde: Vielleicht 2000?

Petra: Gut!

Kunde: Oder 1500?

Verhandeln war nicht ihre größte Stärke.

Petra: Ja, auch okay!

Kunde: Also gut, wie verfahren wir?

Petra: Wie bitte?

Kunde: Wie bekommen Sie Ihr Geld? Vor der Dreckbeseitigung oder danach? Und wie teile ich Ihnen mit, wo sich der Dreck befindet?

Petra: Schreiben Sie es auf einen Zettel, legen Sie das Geld dazu. Dann deponieren Sie es an einem neutralen Ort.

Kunde: Ja, aber wo?

Petra: …

Auch darüber hatte sie noch nicht nachgedacht.

Kunde: Hallo? Sind Sie noch da?

Petra: Kennen Sie den Matratzen-Comfort in der Waldstraße? Legen Sie die Nachricht und das Geld dort ab, unter der blauen Mülltonne!

Kunde: Ist das sicher?

Petra: JA!

Kunde: Wie können Sie das wissen?

Petra: Ich weiß es eben!

Kunde: Gut.

Petra: Gut!

Kunde: Und der Dreck wird nicht leiden müssen?

Petra: Nein, alles geschieht kurz und schmerzlos!

Kunde: Gut. Und woher weiß ich, dass Sie nicht von der Polizei sind?

Petra: Sie müssen mir einfach vertrauen!

Kunde: Aha, gut!

Petra: Also, ich warte auf Ihr Päckchen!

Petra atmete auf, das war eine schwere Geburt gewesen. Sie stand auf, um vor der Ladentür etwas Luft zu schnappen. Da sah sie noch mal eine E-Mail eingehen, die sie sofort öffnete.

Kunde: Nur um noch mal sicherzugehen, wenn Sie schreiben ›Dreck beiseiteschaffen‹, meinen Sie doch, jemanden umbringen?

Petra stöhnte auf und schlug sich die Faust an die Stirn. War der Typ vielleicht doch von der Polizei?

Petra: Möglicherweise!

Kunde: Es bedeutet also, Sie bringen jemanden um?

Petra: Könnte man so deuten! Könnte man tatsächlich so verstehen.

Kunde: Aha, gut, ich denke, ich habe verstanden!

Petra: Super!

Petra war nicht sehr geschickt. Genau genommen stellte sie sich recht dusslig an bei ihren ersten Aufträgen. Man kann ihr das nicht vorwerfen, denn schließlich ist das kein Beruf, den man einfach so erlernen kann. Natürlich könnte man sich im Fernsehen oder im Kino informieren, denn dort werden ja pausenlos Leute von eiskalten Killern umgebracht. Petra musste aber bald feststellen, dass man mit cooler Sonnenbrille, schwarzem Ledermantel und lässigem Schritt noch längst nicht unbeobachtet in ein Altersheim eindringen kann, um ihr erstes Opfer, einen senilen alten Mann, kaltzumachen. Erst recht nicht, wenn man dabei noch eine bedrohliche Melodie summt. Sie profitierte im Prinzip nur davon, dass an diesem Tag zufällig eine Truppe Laienschauspieler erwartet wurde, die den ›Freischütz‹ geben wollten, und man ihr seltsames Verhalten schon für einen Teil der Vorstellung hielt. Auch stand sie planlos im Zimmer ihres Opfers herum, denn sie hatte sich noch gar keine Gedanken darüber gemacht, wie sie dem Alten den Garaus machen sollte. Weder hatte sie eine Pistole dabei noch ein Messer noch irgendetwas zum Erdrosseln. So wendete sie den guten alten Kissen-auf-dem-

Gesicht-Trick an, der auch funktionierte. Das wollte sie nun zu ihrer Methode machen, überlegte sie, denn jeder Killer hat ein Markenzeichen. Erst auf dem Heimweg wurde ihr klar, dass sie einem agileren Opfer wohl schlecht mit einem Kissen in der Hand durch die halbe Stadt würde folgen können.

Aber Petra war lernfähig, das muss man ihr zugutehalten. Bei ihrem zweiten Job (wieder ein älteres Mitglied unserer Gesellschaft) marschierte sie, perfekt als Pflegerin verkleidet, schnurstracks ins Gebäude. Beinahe wäre alles glattgelaufen, hätte nicht eine der Angestellten sie für eine neue Kollegin gehalten und zu einem Notfall gerufen. So verbrachte sie die nächste halbe Stunde mit einer Herzdruckmassage und Mund-zu-Mund-Beatmung eines alten Mannes, um anschließend zu erfahren, dass just dieser Mann ihr Opfer hätte sein sollen.

Auch ihr drittes Opfer war ein alter Mensch, und sie nahm an, dass es sich herumgesprochen hatte, dass sie sich auf alte Menschen spezialisierte.

Nach ihrem anfänglichen Erstaunen darüber, dass ihr niemand auf die Schliche kam, vergaß Petra, sich Gedanken darüber zu machen. Sie fühlte sich mittlerweile ganz schön cool und legte sich ein lässiges und selbstbewusstes Auftreten zu. Leider konnte sie niemandem davon erzählen, womit sie sich ab und an ihr Geld verdiente. Auch Uwe kann sie das nicht sagen. Außerdem ist der ja gar kein richtiger Freund. Er glaubt es nur, und er soll es auch glauben. Und wenn es zum Austausch von Intimitäten kommt, was sich zur Wahrung der Authentizität leider nicht vermeiden lässt, muss sie sich regelrecht überwinden und nachher stundenlang duschen. Doch wie das so ist, erzeugen die unangenehmsten Arbeiten manchmal den größten Stolz. So ist Petra also mächtig stolz auf sich, denn sie geht bis an ihre Grenzen für ihren Job, und das ist es doch, was den Menschen ausmacht.

Petra ist natürlich nicht ohne Grund mit Uwe zusammen. Vor einigen Wochen hatte sie wieder einmal einen Auftrag bekommen, und zwar einen äußerst lukrativen. Der Auftrag bestand aus einer kurzen, klaren Anweisung, was ihr das wunderbare Gefühl gab, dass hier ein Profi mit einem Profi sprach. Ihr Auftrag ist es, hier, während des Familientreffens, innerhalb der nächsten zwei Tage den Alten im Rollstuhl umzulegen. Und weil sie ein Profi sein und einen reibungslosen Ablauf garantieren will, kam sie auf die Idee, sich an Uwe heranzumachen, um sich umfassende Informationen im Vorfeld zu beschaffen. Sie wird den Auftrag sauber erledigen, und dann, das weiß sie, werden sich ihr ganz andere Türen öffnen.

Allerdings würde sie nur allzu gerne wissen, wer ihr Auftraggeber ist. Erwin vielleicht, der sich offenbar aus seinen politischen Geschäften zurückziehen möchte und dafür Geld braucht, das er nicht aus überzogenen Beratergehältern und schwarzen Kassen bezieht. Oder Harald, dessen Geschäfte nicht annähernd so gut laufen wie die seines Vaters. Oder ist es eine der Frauen? Maria-Sophie vielleicht, die Harald womöglich etwas übereilt geheiratet hat? Oder Carola, die vielleicht gehofft hat, die Sache wäre gleich am ersten Abend erledigt, und die deshalb erst heute angereist ist? Oder Jussi, der Finne, dem leicht zuzutrauen ist, dass er in der Nacht durch die Zimmer schleicht, um einen nach dem anderen mit einem Hackebeil umzubringen. Letztlich ist es Petra egal. Für alle Fälle hat sie sich eine mächtige Wumme zugelegt. Nur will sie noch ein wenig warten. Nach dem, was Uwe ihr über diese Familie alles erzählt hat und was sie selbst beobachtet, würde der Rest des Wochenendes wahrscheinlich recht unterhaltsam und spannend für sie werden.

20 Für Joseph liefen die Geschäfte in der DDR der frühen Fünfziger hervorragend. Eine Ein- und Ausreiseerlaubnis in die Bundesrepublik wurde ihm dauerhaft gewährt. Er konnte tun und lassen, was er wollte. Jedoch nicht allein, weil Genosse Steglich, inzwischen Stasioffizier, ihm half und dafür ordentlich kassierte, sondern weil der KGB Joseph zu einem sogenannten blinden Kurier gemacht hatte, der Nachrichten, Anweisungen und Befehle von Ost nach West brachte, ohne etwas davon zu ahnen. Seit der Besetzung Berlins hatten sie ihn im Visier. Er war ihnen aufgefallen, weil er für einen Kriegsgefangenen recht wohlgenährt aussah und Russisch mit sächsischem Akzent sprach. Man ahnte, wer Joseph wirklich war, doch anstatt ihn zu verhaften, taten sie, was große Nationen gerne tun, sie nutzten seine Kompetenzen und seine Dreistigkeit und waren damit auf der sicheren Seite. Denn da er nichts wusste, würde er auch nichts verraten können, sosehr ihn die Amerikaner auch foltern würden. Immer ein Glücksfall für einen Geheimdienst.

Was der KGB aber nicht wusste, war, dass die CIA Joseph gleichermaßen benutzte. Auch denen war Joseph nach dem Krieg schnell ins Blickfeld geraten. Sie hielten ihn für einen Kriegsverbrecher und taten, was große Nationen gerne tun, nahmen ihn nicht fest, sondern spionierten ihm nach und nutzten seine Kompetenzen und seine Dreistigkeit. Dass die CIA nun wiederum vom KGB nichts wusste, sorgte für eine gewisse Gerechtigkeit. So fungierte Joseph viele Jahre als Kurier für extrem heikle Dokumente. Hätte er nur einmal eine der Mikrofilmrollen in seinem Jackenkragen gefunden oder eine der kleinen Schriftröllchen im Mantelsaum, möglicherweise wäre es zu einem Eklat gekommen, zu einer diplomatischen Verstimmung oder gar zum Dritten Weltkrieg. Joseph aber freute sich des Lebens, genoss seinen Erfolg, vertraute seinem Glück und seiner Geschicklichkeit und ging regelmäßig von Ost nach West und umgekehrt.

Als die Geheimdienste eines Tages zufälligerweise von der Sache erfuhren, waren beide Seiten peinlich berührt. Chiffrierte Botschaften wurden ausgetauscht. Agenten trafen sich, tasteten ab, um sicherzugehen, ob sie wirklich beide von demselben Mann sprachen. Diplomaten versuchten herauszufinden, was der Feind überhaupt hätte herausfinden können, betraf es die Anzahl der Atomsprengköpfe in den beiden Teilen Deutschlands oder einfach nur die Quote der Zuckerrübenernte.

Als man zu dem Schluss kam, dass eigentlich nichts passiert war, was man an die Führungsetagen weiterleiten müsste, beschlossen sie einvernehmlich, Joseph so unauffällig wie möglich verschwinden zu lassen. Und da ein paar Geheimdienstmitarbeiter ziemlich sauer waren, dass sie so an der Nase herumgeführt worden waren, heckten sie gemeinsam einen perfiden Plan aus. Und auf einmal herrschte ein kleiner Frieden mitten im Kalten Krieg.

Die Breschnew-Doktrin, die die Vormacht der Sowjetunion in den Ostblockstaaten und mit ihr die begrenzte Souveränität dieser festsetzte, war gerade zwei, drei Jahre alt. Von der Operation Christmas Bombing, von Nixon initiiert, glühten noch die Reste des Dschungels in Vietnam, Laos und Kambodscha aus. Dass ausgerechnet ein paar kleine, unwichtige Agenten, sozusagen die unterste Kaste in der Geheimdiensthierarchie, einen gemeinsamen Nenner in ihrer Zusammenarbeit gefunden hatten, war eigentlich absurd und doch bezeichnend für die meisten Konflikte auf dieser Welt. Während sich die Großen, Wichtigen über die Köpfe der Kleinen hinweg stritten, kamen diese ganz gut miteinander zurecht.

Schließlich war alles vorbereitet, die Agenten beider Seiten hatten sich extra zwei Tage Urlaub genommen und waren unter falscher Identität in die DDR eingereist, um Joseph eine so geniale Falle zu stellen, in die er ganz zwangsläufig treten musste. Dumm nur, dass Joseph nicht aufzufinden war.

Er hatte nämlich inzwischen Uwes Mutter kennengelernt. Eigentlich hatte er nur einmal nach seinem Sohn Harald sehen, eine Stange Geld dalassen und sein schlechtes Gewissen damit beruhigen wollen und war deshalb nach Dresden gereist. Bei der Gelegenheit lief ihm Uwes Mutter unversehens vor die Füße, die damals natürlich noch nicht Uwes Mutter war, sondern einfach nur ein junges, hübsches Fräulein, das in Dresden studierte. Sie hatte es eilig, wollte die Vorlesung nicht verpassen, stolperte über Josephs Füße und schlug der Länge nach hin. Joseph half ihr auf, entschuldigte sich tausend Mal. Sie sah ihn an, und ihre Ohren und Wangen wurden ganz rot. Ihre Bluse war ein wenig zerrissen und die Hände aufgeschürft. Joseph brachte sie zum nächsten Textilbekleidungsfachgeschäft und kaufte ihr eine neue Bluse, ein Kleid und gleich noch eine Hose und führte sie zum Essen aus. Die junge Frau war schüchtern, lachte über seine Witze und genierte sich wegen des Geldes, das er für sie ausgab. Und etwas geschah mit Joseph, etwas, von dem er längst nicht mehr glaubte, dass es das wirklich gab. Er verliebte sich. Das machte ihn glücklich und unglücklich zugleich, als er am Abend in seinem Hotelzimmerbett lag, denn immerhin hatte er schon die Mitte vierzig überschritten, und die junge Frau war gerade einmal zwanzig. Es wäre ein Skandal, ein Unding, sittenwidrig und falsch. Er durfte sie nicht mehr sehen. Aber die Liebe brannte bereits so fest in seinem Herzen, dass er seinen in der Nacht gefassten Schwur, sie nie wiederzusehen, gleich am nächsten Morgen brach und ihr an der Uni auflauerte. So kam eines zum anderen.

Natürlich konnten sie nicht in Dresden bleiben, zu groß wäre die Gefahr gewesen, erkannt zu werden. Also zogen sie nach Erfurt, wo die junge Frau, die wir jetzt einfach Erika nennen, herstammte. Sie gab ihr Studium auf, zog mit Joseph in ein kleines Haus am Rand der Stadt. Sie heirateten nicht, weil Joseph fürchten musste, irgendein eifriger Standesbeamter würde seine Unterlagen allzu genau überprüfen. Erika verstand das nicht, und Joseph erklärte es ihr. Erwins Liebe war tatsächlich so tief und so echt, dass er Erika alles verriet. Haarklein erzählte er ihr von seinem Werdegang, von seinen Geschäften und Transaktionen, von seinen Bestechungen und Betrügereien, er ließ nichts aus, nicht die beiden Jungen Harald und Erwin, nicht seine Eskapaden und auch nicht seine Gemeinheiten. Gespannt wartete er ihre Reaktion ab. Erika, die bereits mit Uwe schwanger war, blieb erst einmal stumm, und Joseph musste das Schlimmste befürchten.

»Und das ist die Wahrheit?«, fragte sie schließlich.

Joseph nickte.

»Die Wohnung ist einfach so in die Luft geflogen?«

Joseph nickte.

»Und du hast wirklich Geld? Viel Geld? D-Mark?«

Joseph nickte.

»Millionen?«

Joseph nickte.

Erika zog die Mundwinkel nach unten. Sie stand vom Tisch auf, ging zum Fenster, stemmte die Hände in den Rücken und starrte nach draußen.

Joseph bekam Angst. Noch nie in seinem Leben hatte er Angst gehabt, er wusste gar nicht, was das ist, und vielleicht war es das, was ihn so erfolgreich gemacht hat. Nun aber fürchtete er, einen Fehler gemacht zu haben. Nun musste er damit rechnen, die Liebe seines Lebens zu verlieren, und es war wortwörtlich die Liebe seines Lebens, denn eine andere hat es nie gegeben. Seine Finger zitterten, und er wusste nicht, was zu tun ist. Konnte nur warten, wie sie reagierte.

Plötzlich fuhr Erika herum.

»Lass uns in den Westen gehen!«

»Was?«

»Lass uns abhauen! Rübermachen! Abdampfen! Flüchten! In den Westen!«

Joseph überlegte. Er konnte jederzeit in den Westen, er hatte die nötigen Stempel in seinem Pass. Aber Erika?

»Wenn es das ist, was du willst …?«, sagte er zögernd.

»Ja, das ist es!«, sagte Erika.

Und Joseph begann umgehend mit den Vorbereitungen. Er hätte alles getan, was Erika wollte, und scheute weder Kosten noch Mühe. Acht Wochen später flohen sie.

Und wurden erwischt. Das erste Mal in Josephs Leben hatte etwas nicht funktioniert. Der umgebaute Rücksitz in seinem Auto, unter dem Erika lag, den die Grenzbeamten zuvor bei vier Probefahrten über die Grenze nicht entdeckt hatten, erschien ihnen plötzlich verdächtig.

Joseph und Erika wurden getrennt. Joseph wurde als Fluchthelfer verurteilt und ins berüchtigte gelbe Elend nach Bautzen geschafft, wo er zwölf Jahre absitzen sollte. Er verbrachte dort die elendsten vier Jahre seines Lebens, bis ihn die BRD gegen hunderttausend D-Mark freikaufte. Er durfte nach Westberlin gehen, doch Erika und sein Kind, das er noch nie gesehen hatte, blieben verschollen.

21 Nachdem der Tag so prächtig angefangen hat, zumindest, was das Wetter betrifft, wird es mittags heiß. Es wird so heiß wie an einem dieser Tage, nach denen sich im Nachhinein immer alle sehnen. Dann schwärmen sie davon, wie herrlich die Sommer früher waren, vergessen aber, was das in Wirklichkeit bedeutet.

An solchen Tagen ist der Sand nämlich so heiß, dass man ihn barfuß nicht betreten kann. Jeder, der sich nicht eingecremt hat oder sich mit Textil schützt, bekommt innerhalb von Minuten einen Sonnenbrand, das Eis in der Waffel schmilzt schneller, als man es essen kann, Waldbrände brechen aus, und die Urlauber drängen an die sowieso schon überfüllten Seen und Strände.

Die Besucher der weißen Villa auf dem sanften Hügel über dem Strand, die von den Strandgästen neidisch beobachtet werden, fallen in eine lähmende Sommerlethargie. Erwin und Harald vegetieren in ihren Liegestühlen auf der Terrasse dahin, sind sogar zu faul, um auf ihren Tablets zu spielen. Sven ist mit dem Sudoku-Heft auf dem Gesicht in der Sonne eingeschlafen. Zwar ist er eingecremt und angezogen, doch sein Hemd ist ein wenig hochgerutscht und gibt einen schmalen Streifen Haut der Sonne preis, die ihn genüsslich brutzeln lässt.

Jussi dümpelt im Schatten vor sich hin und lässt seine Gewaltfantasien ausnahmsweise mal ruhen. Selbst sein erdachtes Ich, das sonst mit einem Messer zwischen den Zähnen herumläuft, ist bei dieser Hitze zu faul, auch nur einen Finger krumm zu machen. Die Frauen haben sich in ihre Zimmer auf die Betten zurückgezogen und lassen sich von der Klimaanlage anpusten.

Nachdem die Kinder zuerst genervt und gebettelt haben, zum Strand gehen zu dürfen, wozu natürlich keiner der Erwachsenen Lust hatte (und Agnes ist auf einmal wie von Zauberhand verschwunden), ist es Ida schließlich gelungen, sie davon zu überzeugen, dass am Nachmittag noch genügend Zeit ist zum Baden.

Bis dahin lockt sie mit dem gerade erst entdeckten Heimkino, einem Raum mit zwanzig extrem bequemen Kinosesseln, einer Leinwand mit Vorhang und Spotlichtern, einer Popcornmaschine und einer gigantischen Auswahl an Filmen.

Vanessa und Tom sind die Filme zu blöd. Sie treffen sich auf Toms Zimmer. Dort legen sie sich aufs Bett, nebeneinander, ohne Körperkontakt, und starren die Decke an. Vanessa überlegt, ob und wie sie Tom berühren kann, ob er das überhaupt will, ob er vielleicht schwul ist, was ja auch okay wäre, aber auch ätzend.

Tom denkt genau das Gleiche und hat keine Ahnung, was er tun soll. Wie viel Kind die beiden doch noch sind. Schließlich fordert die lange Nacht am Lagerfeuer ihren Tribut. Beide schlafen friedlich ein und wagen dann im Schlaf, was sie sich die ganze Zeit über nicht getraut haben: Sie schmiegen sich aneinander.

Uwe hängt an seinem Smartphone, scrollt durch seine Facebook-Seite und seinen Twitter-Account, aktualisiert seinen Status, schreibt gehässige Kommentare, belästigt ein paar »Volksfahrräder und Komponisten«, veröffentlicht ein paar Gräuelgeschichten, die er zuletzt von seinen Aldi-Kumpels gehört hat, und teilt ein paar Nachrichten, die längst schon als Fake News enttarnt sind, doch trotzdem noch Wirkung zeigen. Uwe ist eigentlich der Einzige, der etwas macht. Wenn das nicht Ironie ist.

Gegen Nachmittag erwachen sie einer nach dem anderen und sehen ein bisschen wie Zombies in einem B-Movie aus. Die Männer auf der Terrasse sind völlig verschwitzt und recken stöhnend die schmerzenden Glieder, schmatzen mit trockenen Lippen. Harald muss sich erst mal eine Kippe anzünden.

Sven zieht Luft durch die Zähne, er hat versehentlich den verbrannten Streifen Haut berührt. Noch dazu hat das Sudoku-Heft auf seinem schwitzenden Gesicht blaue Abdrücke vom Kugelschreiber auf Wangen und Stirn hinterlassen, er sieht aus wie ein krass tätowierter Knastbruder. Jeder von ihnen hat das Gefühl, Zeit verschenkt zu haben. Gute Zeit, nicht wiederzubringende Zeit. Ein Sommertag wie aus dem Bilderbuch, vertan! Denn es ist schon beinahe Abend. Das macht sie ungehalten und mürrisch.

Die Frauen in den Zimmern erwachen leicht unterkühlt und fühlen ein unangenehmes Kratzen im Hals. Auch ihnen wird die Uhrzeit bewusst. Sie betrachten sich verschlafen im Spiegel, das Haar plattgelegen, das Muster der Überdecke ins Gesicht geprägt, das Make-up verwischt. Es gibt viel zu tun.

Tom erwacht vor Vanessa. Er checkt sein Smartphone, die Uhrzeit ist ihm dabei egal. Aber sein Dorf wurde wieder angegriffen und völlig zerstört, das versetzt ihm einen leichten Stich. Aber was soll's, denkt er sich, ihr verdammten koreanischen Nerds, ihr hockt an euren blöden Computern, während ich hier mit einer Frau im Bett liege. Da wird ihm bewusst, dass Vanessa halb auf ihm liegt, das Gesicht ihm zugewandt, ihr Mund keine zwei Zentimeter entfernt von seinem Ohr und ihre Hand … Jetzt hätte Tom beinahe gequiekt. Die Hand liegt auf seinem Schritt. Und die muss da ganz schnell weg, wenn es nicht gleich peinlich werden soll. So nimmt er Vanessas Hand mit zwei Fingern beim Gelenk und legt sie vorsichtig zur Seite, so wie ein Baggerführer einen Blindgänger beiseitehebt, der zufällig zwischen seine Greifschalen geraten ist.

Vanessa bewegt sich. »Fass mich nicht an!«, knurrt sie verschlafen, denn sie hat gerade sehr unangenehm von Uwe geträumt.

Als sie aufwacht, wundert sie sich, dass Tom irgendwie beleidigt wirkt, aufsteht und wortlos das Zimmer verlässt.

Und die Kinder im Kino? Ach, die Kinder. Die sind so drauf wie alle Kinder, die drei Animationsfilme aus Hollywood hintereinander gesehen, Cola bis zum Abwinken getrunken und die Süßigkeitenration von zwei Monaten intus haben. Sie sind vollkommen durchgedreht, streiten sich, boxen, kneifen und wiederholen hysterisch kreischend ganze Filmszenen, die schon im Film kaum erträglich waren.

Als sie endlich von Ida erlöst werden, fordern sie erst noch einen Film ein, dann fällt ihnen aber ein, dass sie eigentlich zum Strand wollten, wozu aber die Erwachsenen jetzt erst recht keine Lust mehr haben.

So ist die Stimmung allgemein sehr gereizt, als sich alle Anwesenden auf der Terrasse versammeln, wohl wissend, dass sämtliche Menschen da unten am Strand in den letzten Stunden mehr Spaß gehabt haben als sie. Die Anwesenheit von Agnes wäre jetzt hilfreich, aber diese bleibt verschwunden, und keiner wagt es, nach ihr zu rufen. Endlich kommt eine Person auf die Idee, Kaffee zu kochen. Carola.

Natürlich, denkt Regina, Miststück, will sich nur wieder einschleimen, und ich bin die Dumme.

»Es gab gar nichts zu Mittag!«, stellt Uwe fest, für den Mittag ja eigentlich Frühstück ist und dessen Zeitrechnung gerade völlig durcheinandergerät. Carola kommt aus der Küche, ein Tablett voller Kaffeegeschirr. Sie verteilt es, geht die Kanne holen, schenkt aus, reicht Zucker und Milch. Regina grummelt und verwünscht ihre Schwester. Das hätte sie auch selbst machen können. Dann fällt ihr noch etwas ein. Rocco. Sie beugt sich zu Ida.

»Hast du Rocco gesehen?«, flüstert sie. Doch so leise sie auch spricht, alleine dieser Name lässt alle Alarmglocken ertönen. Die Köpfe der Anwesenden drehen sich gleichzeitig zu Regina.

Ida hat Mitleid mit ihrer Cousine. Jeder fängt mal an, denkt sie, und nickt zur Antwort. Genau genommen weiß sie aber gar nicht, ob Rocco mit im Kino gewesen ist, genauso wenig wie Regina weiß, wann sie Rocco verloren hat. Regina möchte Ida nur zu gern glauben, doch sie tut es nicht. Sie steht auf und begibt sich auf die Suche nach ihrem Jungen.

»Rocco?«, ruft sie, und keine fünf Sekunden später blickt der Junge um dic Ecke.

»Machst du auch keine Dummheiten?«

Der Junge schüttelt den Kopf.

»Spielt ihr schön?«

Jetzt nickt er. Ein Stein fällt Regina vom Herzen.

Er hat nicht gelogen. Denn für ihn bedeutet »Spielt ihr schön?«: Rocco und die liebliche Stimme spielen schön. Und die Stimme flüstert ihm zu: Rocco, wir sind am Meer. Am Meer wohnen Piraten. Piraten haben Schätze. Schätze sind versteckt. Geh ins Haus und such sie.

Jetzt kommt Uwe aus dem Haus, er trägt ein großes silbernes Tablett. »Agnes sagt, ich soll es rausbringen.« Nun steht er da und weiß nichts damit anzufangen. Die Männer glotzen ihn an, die Frauen beginnen hektisch, Platz auf dem Tisch zu machen. Uwe stellt das Tablett ab, auf dem sich allerlei Früchte häufen.

»Drinnen ist noch eines«, sagt Uwe schüchtern und geht es holen. Niemand bemerkt es, aber ist eine Premiere: Uwe arbeitet. Sozusagen.

Endlich kommt auch Agnes aus dem Haus. Ihre Tracht sitzt tadellos. Sie wirkt frisch und gesund, wenn auch aus ihrem Gesicht die ehrliche Freude gewichen zu sein scheint. Vielleicht ist sie resigniert, weil sie erkannt hat, dass aus diesem Haufen selbstbezogener, egoistischer Menschen keine Familie zu machen ist. Jetzt ist ihre Anfangseuphorie verpufft, und sie beginnt zu zweifeln wie eine junge Lehrerin nach ihrem ersten Jahr an der Grundschule.

»Ich sehe, Kaffee ist schon angerichtet«, sagt sie, und in

ihrer Stimme schwingt leichte Missbilligung. Mit diesen sechs Worten sorgt sie für elffaches schlechtes Gewissen. Nur eine ist schadenfroh. Regina.

»Ich dachte …«, verrät Carola sich.

»Ja, vielen Dank«, sagt Agnes spitz und geht ins Haus. Wenige Minuten später kommt sie mit Joseph wieder heraus. Harald will schnell aufstehen, um sich den Platz neben dem Alten zu sichern, um nicht wieder ein Debakel wie am Frühstückstisch erleben zu müssen, doch die Runde ist informell, jeder bleibt, wo er gerade sitzt, sogar im Liegestuhl.

»Hatten alle einen schönen Tag?«, fragt Agnes. Eine gewisse Boshaftigkeit steckt hinter dieser freundlichen Frage. Sie weiß genau, was für einen Tag alle hatten. Noch ist er nicht vorbei, der Tag, er könnte noch gut werden. Und gerade als den Anwesenden bewusst wird, dass jeder selbst etwas dazu beitragen könnte, indem er zum Beispiel mit den Kindern an den Strand geht, um die letzten Sonnenstunden zu genießen, da brummt erst ein Handy, dann ein zweites, dann ein drittes, dann ein viertes. Das vierte hört nur niemand, denn es liegt in einem Zimmer. Einem unverschlossenen Zimmer, muss man noch dazu sagen.

Das erste Handy ist schnell ruhiggestellt. Es ist Svens. Er verzieht das Gesicht. Wenn man diesem schwitzigen Schlaf in der Sonne etwas Positives abgewinnen kann, dann das, dass er für einige selige Stunden nicht an seine letzte Kundin denken musste. Die ist nämlich nicht so ein schönes Dummchen, wie Sven die jungen Frisörmeisterinnen gerne nennt, sondern eine selbstbewusste Emanze, eine regelrechte Amazone, sportlicher als er, burschikos, mit kurzem Haar und ekelhafter Skepsis. Renata. Sie hatte sich von einer Freundin überreden lassen, Sven für die Ausstattung ihres Frisiersalons anzuheuern. Bei den Kundengesprächen saß sie dann mit hochgezogenen Augenbrauen und einem Blick voller Zweifel da. Farben und Ausstattung sagten ihr nicht zu. Und als Sven ihr den Namen des Geschäfts nannte, den er sich ausgedacht hatte, entfuhr ihr ein scharfes Lachen. CHaaraktHair.

Niemals, hat sie gesagt, und Sven hatte beim Leben seiner Firma geschworen, dass es funktionieren würde. Da hat Renata ihn beim Wort genommen. »Wenn es nicht klappt, mach ich Sie alle«, hat sie gesagt. Sven wusste, was das bedeutete. Shitstorm hieß das Zauberwort. Willst du jemanden töten, dann mach es im Internet.

Jetzt stellt Sven auch die Vibration seines Telefons ab und lässt es in seiner Tasche verschwinden.

Harald ist überrascht, dass sein Handy klingelt, er hat heute mit keinem Anruf gerechnet. Er nimmt das Gespräch an, geht ein paar Schritte beiseite und flüstert.

»Geht nicht, warum?«, fragt er. »Fertigmachen hab ich gesagt!«, zischt er.

»Kann mir aber keine Verluste mehr leisten!«, knurrt er.

»Kümmere dich, sonst sind wir weg vom Fenster!«, bellt er und vergisst zu flüstern. Dann besinnt er sich.

»Bleib cool, wir schaukeln das Ding schon!«, muntert er seinen Gefolgsmann auf oder wen auch immer er am anderen Ende der Leitung hat.

Das dritte Telefon gehört Erwin. Ob er schon die taz von heute gelesen habe, fragt seine Sekretärin. Da weiß er schon, was das zu bedeuten hat. Der Umschlag. Sie haben den Umschlag gefunden. Sein Gesicht verzieht sich zu einer Grimasse, als hätte er in eine Zitrone gebissen.

»Hab ich nicht, und werde ich auch nicht!« Erwin legt auf.

Nein, denkt er, es ist Wochenende, ich zerbreche mir jetzt nicht den Kopf. Aber wie das eben so ist, man kann sich so etwas vornehmen, doch der Kopf macht, was er will.

Das vierte Telefon summt nur, mehrmals. Es ist kein Anruf, sondern ein halbes Dutzend Nachrichten. Eine Hand greift danach. Nicht die des Besitzers. Eine kleine, klebrige Hand.

»Will denn keiner von dem Obst probieren?«, fragt Agnes. Niemand reagiert. Agnes sieht in die Runde. Jeder weicht ihrem Blick aus. Agnes erhebt sich von ihrem Platz.

»Ich gehe mich um die Kinder kümmern«, verkündet sie, nimmt sich eines der beiden Obsttabletts und geht. Dass sie beleidigt, unzufrieden und enttäuscht ist, sieht man ihr deutlich an.

»Ich gehe mich um die Kinder kümmern, dädädää!«, äfft Ida sie flüsternd nach. Aber eigentlich ist sie froh darüber. Genau wie Ute. Und alle anderen. Nun entsteht eine unangenehme Stille, die nicht einmal von dem Heimchen unterbrochen wird. Jeder brütet vor sich hin. Uwe rührt in seinem Kaffee. Bling, macht der Löffel am Tassenrand. Bling, bling, blingblingbling …

»Könntest du das bitte lassen!«, schnauzt Gisela, und Uwe, ihr Schwager, lässt vor Schreck den Löffel los. Gisela ist gereizt, sie sieht ihrem Mann Erwin an, das was passiert sein muss. Das kurze Telefonat eben hat keine guten Nachrichten gebracht. Und sie weiß, wer das die nächsten Tage ausbaden muss. Sie denkt an Scheidung. Schon lange. Schon seit über dreißig Jahren. Sie denkt schon so lange daran, dass dieser Gedanke zum Alltag geworden ist. So, wie man denkt, man müsse den Dachboden endlich mal aufräumen und es ja doch nie tut.

»Was hast du eigentlich getan, dass der Alte dich zum Alleinerben gemacht hat?«, faucht sie Uwe an. Dann verstummt sie. Nur leider eben einen Satz zu spät.

»Hat er das?«, fragt Uwe und sieht fragend in die Runde. Erwin und Harald kneifen die Lippen zusammen.

»Hat er das?«, fragt Petra und sieht zu Uwe. Etwas Anerkennung liegt in ihrem Blick. Nach dieser Nacht und diesem Tag hat sie schon daran gedacht, zur Vollendung der Tat zu schreiten. Den Alten umzulegen dürfte wirklich kein Problem sein, sie müsste ihm nur den Sauerstoff abdrehen. Doch nun scheint die Sache wieder interessanter zu werden. Uwe vor allem. Der hat mit seinem Lebenswandel keine besonders hohe Lebenserwartung. Und ein Hochzeitskleid stünde ihr auch gut.

»Weiß ich nicht«, versucht Gisela sich herauszuwinden. »Mir war, als hätte ich mal so was gehört … vor Jahren.«

»Wer weiß, was inzwischen passiert ist«, versucht Ute zu helfen.

»Die Alten ändern doch ständig ihre Meinung«, springt Ida ein.

»Er sitzt da noch!«, mahnt Maria-Sophie.

Erwin hat genug. Er stemmt sich hoch und geht mit steifem Rücken zu seinem Vater.

»Vater?«, sagt er laut. »Vater, hörst du mich?« Er kniet sich vor den Alten im Rollstuhl, sieht ihm in die Augen und versucht, in ihnen ein Fünkchen Leben zu entdecken. Er stößt ihn sogar an der Schulter. Aber Joseph reagiert nicht.

Nun kommt auch Harald hinzu. »Vater?«, fragt er und erntet ein Kopfschütteln seines Bruders. Warum sollte Joseph auf Harald reagieren, wenn er doch auf ihn nicht reagiert hat? Harald weiß auch nicht, warum, aber probieren kann er es ja. Deshalb stößt er Joseph an die andere Schulter. »Vater?«

Erwin ärgert sich über Haralds Einmischung und stößt seinen Vater noch einmal, was Harald veranlasst, auch noch einmal zu stoßen. So puffen die beiden ihren Vater mehrfach und mit steigender Intensität. Bis ihnen bewusst wird, was sie da eigentlich machen. Keiner interveniert. Erwin blickt zu Gisela, die sieht aber nicht zu ihm, sondern zur Küchentür, wo Agnes steht und fassungslos den Kopf schüttelt.

»Wir wollten nur …«, beginnt Erwin, doch es ist ihm klar, dass es dafür keine Erklärung geben kann, die es nicht noch schlimmer macht.

»Ich werde mich jetzt um das Abendessen kümmern«, sagt Schwester Agnes leise. »Die Kinder wollen mir helfen«, fügt sie hinzu. Ganz klar, sie hält die Kinder für die vernünftigeren Menschen.

22

Diese vier Jahre im Knast wünscht man niemandem, schon gar nicht so einem wie Joseph. Natürlich war er die meiste Zeit seines Lebens ein Schweinehund gewesen, doch wir wollen ihm zugutehalten, dass er niemals jemandem körperlichen Schaden zugefügt hat. Seine Kindheit kennen wir und wissen, dass er zur Waise geworden war in einem Alter, in dem die Kinder heutzutage nervös werden, wenn sie in ihrer Nähe keine Steckdose wissen.

Natürlich hat Joseph gestohlen und betrogen, geraubt und gefälscht, doch er hatte nie Vorbehalte gegenüber alt oder jung, dick oder dünn, schwarz oder weiß, arm oder reich, er bestahl sie alle gleichermaßen. Er war gerecht und nahm meist sogar von den Reichen, was ja logisch ist, denn die haben mehr, das sich zu stehlen lohnt. Er war gewissermaßen ein bisschen wie Robin Hood mit einem Hang zur Vergesslichkeit, wenn es daran ging, seine Beute aufzuteilen. Er war kein Geizhals, und die Frauen, die irgendwann mit ihm zu tun gehabt haben, erinnerten sich doch gern an ihn, weil er großzügig war und niemals unverschämt.

Nach allem, was er erlebt hatte, saß er nun also in einem DDR-Gefängnis. Das erste Mal in seinem Leben konnte er nicht tun, was er wollte. Doch Joseph brach nicht zusammen in den vier Jahren, in denen er den Schikanen seiner Wärter ausgesetzt war, mit monatelanger Einzelhaft und anderen Nettigkeiten, die man für Leute wie ihn in der DDR bereithielt. Er nutzte diese Zeit, um über sich und sein Leben nachzudenken. Er erkannte eine ganze Menge Fehler, die er gemacht hatte, wie unrühmlich er mit seinen Kindern und deren Müttern umgesprungen war, wie wenig er ihnen das gegeben hatte, was er bei seinem eigenen Vater so vermisst hatte. Er sammelte sich, läuterte sich gewissermaßen selbst und fasste den Entschluss, sich nach seiner Entlassung um alle seine Kinder zu kümmern und die Familien zusammenzuführen.

Nachdem er dann in den Westen verkauft und so freigekommen war, musste er ohnmächtig und machtlos ausharren, denn er wusste nicht, was mit Erika und ihrem Kind geworden war. Er haderte mehr mit seinem Leben, als er es hinter Gittern getan hatte. Er suchte die Flüchtlingslager ab, befragte jeden, der aus der DDR kam, bot den Regierenden der BRD Geld, damit sie ihm Erika freikauften, doch entweder wollten sie nicht oder konnten Erika nicht befreien. Dadurch wussten sie allerdings, dass er viel Geld besaß, das schon seit langer Zeit auf den Konten westlicher Banken ruhte, und sie hetzten ihm den Fiskus auf den Hals. Denn während man in der DDR Kopf und Kragen riskierte, wenn man gegen den kleinen sozialistischen Staat sprach oder handelte, rangiert Steuerbetrug in der BRD als Verbrechen direkt hinter Mord. So brachte Joseph die Angelegenheit tatsächlich beinahe noch einmal ins Gefängnis und kostete ihn mehrere Millionen Deutsche Mark.

Die Bürger der DDR taten Joseph schließlich den Gefallen, machten seiner Leidenszeit, seiner erzwungenen Untätigkeit ein Ende, und schon am ersten Tag nach dem Fall der Mauer begann er, die Gefängnisse der DDR nach Erika und seinem Kind abzusuchen. Es war noch nicht zu spät, ein gemeinsames Leben zu führen. Die Liebe lebte noch immer in ihm, sie war niemals verloren gegangen. Doch Erika war nicht aufzufinden. Sie war wie vom Erdboden verschluckt.

Joseph war verzweifelt, malte sich die schlimmsten Szenarien aus, durchsuchte Adoptionslisten, die Sterbelisten der Meldeämter, fragte in der Uni Dresden nach, befragte ehemalige Studenten, Nachbarn und telefonierte das gesamte Telefonbuch ab in der Hoffnung, unter Erikas Namen irgendeinen Verwandten zu finden.

Schließlich, weil er sich irgendwie beschäftigen musste, um nicht zu verzweifeln, verlangte er seine Stasiakte, denn dass es eine geben musste, war ihm klar. Und wenn er schon glaubte, am Tiefpunkt seines Lebens angelangt zu sein, so fiel er beim Durchblättern der Akte in ein noch viel tieferes schwarzes Loch.

Er erfuhr, dass Uwes Mutter gar nicht Erika hieß. Sie war eine junge Mitarbeiterin des Ministeriums für Staatssicherheit gewesen, hatte für einen gewissen Major Steglich gearbeitet. Dieser nämlich hatte in den letzten Jahrzehnten so mächtig Karriere gemacht, dass er fürchten musste, jemand wie Joseph könnte seinen Nutzen daraus ziehen und etwas von den alten Machenschaften im Lebensmittelamt verraten. Vielleicht war es auch der Neid auf Josephs Erfolg, weshalb er die junge Genossin Anneliese Schmidt auf Joseph ansetzte, damit sie ihn zu einer Republikflucht überredete, die von vornherein zum Scheitern verurteilt war.

Anneliese Schmidt, wie Erika wirklich hieß, war eine ehrgeizige junge Frau. Sich für ihr sozialistisches Vaterland einem älteren Herrn hinzugeben und sich sogar von ihm schwängern zu lassen stellte für sie kein Problem dar. Skrupellos ließ sie Joseph in die Falle rennen und schämte sich auch nicht, ihm sein Kind vorzuenthalten.

Mithilfe dieser Erkenntnis gelang es Joseph, seinen kleinen Uwe doch noch zu finden. Er nahm Kontakt auf zu der Frau, der er einst sein Herz geschenkt hatte und sein ganzes Vertrauen. Er versprach, sich zu kümmern und ihr zu verzeihen. Aber Anneliese Schmidt machte ihm unmissverständlich klar, dass er den kleinen Burschen niemals sehen durfte. Seine Geldspenden nahm sie gern an, um sie in Alkohol umzusetzen. Mit der DDR waren ihr nicht nur Arbeitgeber weggebrochen, sondern auch all ihre Ziele und Ideale. Und wer weiß, vielleicht hatte sie einst doch etwas für Joseph empfunden.

Aber was war mit diesem Steglich? Warum so eine Gemeinheit? Hätte es nicht andere Möglichkeiten gegeben, Joseph wegsperren zu lassen? Gab es vielleicht noch einen weiteren Grund, warum er ihm so übel mitspielte? Etwas, das nichts mit Furcht oder Missgunst zu tun hatte, etwas viel Persönlicheres. Hass vielleicht. Aber warum sollte dieser Mann Joseph so sehr hassen?

Dass Genosse Steglich Joseph mit der Verhaftung und der anschließenden Verurteilung das Leben gerettet hatte, erfuhren weder er noch Joseph jemals. Und auch nicht die

Jungs von KGB und CIA. Es hätte Joseph nicht getröstet. Denn sein Herz war gebrochen. Ein für alle Mal.

Ist es Ironie des Schicksals, dass ebendieser hinterhältige Stasioffizier kurz nach Josephs Verurteilung von einem jungen Mann aus Versehen mit einem Auto angefahren und getötet wurde? Direkt vor der Stasizentrale in Dresden. Der junge Mann beging Fahrerflucht und wäre wohl auch nie ertappt worden, wenn er nicht Jahre später von jemandem verraten worden wäre, dem er sich anvertraut hatte.

23

Stille. Es gibt nichts zu sagen. Auch nicht für Tom und Vanessa. Demonstrativ hat Tom sich weit weg gesetzt, und sie weiß einfach nicht, was sie am meisten ärgert, dass er es getan hat oder dass sie nicht weiß, warum er es getan hat. Aber er kann sie mal gern haben, wenn er so unchillig ist. Echt lollig der Typ. Und doch, warum mag er sie nicht mehr? Warum? Warum?? Warum??? So viele Warums machen Vanessa extrem wütend.

Nur gelegentlich klappert Besteck auf dem Teller. Agnes spricht. Doch sie spricht allein zu den Kindern, was die Stille noch verstärkt. Reichst du mir dies, gibst du mir das, willst du deiner Schwester helfen, nimm die Gabel, iss nicht mit den Fingern, lass es liegen, wenn du nicht magst. Jedes ihrer Worte ist wie ein Schlag für die Selbstachtung der Erwachsenen. Ihr aufgesetztes Lächeln hat die Wirkung von quietschender Kreide auf der feuchten Tafel. Es ist kaum zu ertragen.

Was hat sich Joseph nur dabei gedacht? Hat er wirklich geglaubt, man müsse die Brüder einfach nur zusammenbringen und schon löst sich die jahrelang aufgestaute Missgunst auf? All die kleinen Zwistigkeiten, die Reibereien, ja, sogar der Hass? War er wirklich so naiv, zu denken, dass es nur die Brüder wären, die sich versöhnen müssten?

Muss man ihm zugutehalten, dass er nicht wissen konnte, welche Spannungen innerhalb einer Familie wachsen können, weil er nie eine Familie hatte? Wusste er wirklich nichts von den Sorgen Svens, Idas, Utes, Reginas. Ahnte er nichts von den Gedanken Uwes und Jussis? Hatte er noch nie von der Pubertät gehört und davon, wie nervtötend Kinder sein können? Mein lieber Joseph, du hast so viel von der Welt gesehen und weißt doch gar nichts. Oder ist es gar nicht Josephs Wunsch gewesen? Welche Rolle spielt Agnes? In welchem Verhältnis steht sie zu Joseph? Ist sie etwa seine Frau? Ist sie es, die sich eine harmonische Familie wünscht? Ist sie deshalb so konsterniert?

Keiner wagt sich vor, keiner will die Aufmerksamkeit auf sich ziehen oder möchte etwas sagen.

Petra ist vergnügt, innerlich. Sie kann kaum essen, weil sie Mühe hat, das Lachen zu unterdrücken. Dann stößt Uwe sie versehentlich an, erinnert sie daran, dass ihr noch eine Nacht bevorsteht. Das dämpft ihre Freude. Andererseits ist Uwe jetzt Alleinerbe. Das macht ihn schon ein bisschen sexy. Ob er es ist, der seinen Alten umlegen lassen will? Petra schaudert, denn dieser Gedanke lässt Uwe noch einmal in einem ganz anderen Licht erscheinen.

Erwin ist vergnügt, auf boshafte Art und Weise. So wie ein wahnsinniger Diktator, dessen Finger über dem roten Knopf seiner Atomraketen schwebt, um sich und sein revolutionierendes Volk zur Hölle zu jagen. Erwin sieht über den langen Tisch hin zu Harald.

Der kann sein Ungeschick nicht fassen. Hat sich wieder neben den Alten gesetzt, ohne nachzudenken. Und der Alte stinkt noch schlimmer als am Vortag.

Und noch jemand ist vergnügt.

»Wo ist eigentlich Rocco?«, fragt Agnes.

Regina schreckt auf. An Rocco hat sie schon länger nicht mehr gedacht. Sie hat angenommen, dass Agnes sich um die Kinder kümmern würde.

»Ich gehe ihn suchen«, sagt Gisela und nimmt so als Erste die Gelegenheit wahr, sich vom Tisch zu verdrücken.

»Ich auch«, sagt Harald und taumelt vom Tisch weg.

Nun erheben sich alle Erwachsenen, einer nach dem anderen. Wenn Rocco weg ist, sollte man ihn suchen, zu seiner und zur eigenen Sicherheit. Zurück bleiben Agnes und die Kinder.

Ein wohl jahrtausendealter Instinkt lässt Harald und Erwin ohne Umwege zu ihren Autos laufen. Der Instinkt täuscht sie nicht. Rocco ist schnell gefunden, und zwar im teuren BMW seines Großvaters.

Wenige Sekunden später steht Harald hämisch vergnügt, leise pfeifend etwas abseits, als ginge ihn das alles nichts an. Tut es auch nicht, denn seinem Wagen ist nichts passiert, das hat er ohne Rücksicht auf sein eigenes Leben sofort überprüft.

In seinem Rücken plärrt Rocco. Brüllt sich die Seele aus dem Leib. Und er hat einen triftigen Grund dafür.

Erwin hat ihm eine Ohrfeige gegeben. Erwin bereut es schon in der nächsten Sekunde, nicht als Politiker, sondern als Mensch. Aber was geschehen ist, ist geschehen.

Regina, die nicht rechtzeitig eingreifen kann, nimmt Rocco auf den Arm und dreht sich wutentbrannt zu ihrem Vater um. Ihr Zeigefinger bohrt sich durch die Luft, zielt ihrem Vater zwischen die Augen. In dem Moment weiß sie, was Mutterinstinkt wirklich bedeutet.

»Das – tust – du – nie – wieder!«, presst sie mit zusammengebissenen Zähnen hervor.

Erwin zeigt auf das Sitzleder, vollgekleistert mit Nutella. »Das geht doch nie wieder raus!«, klagt er.

Was für eine klägliche Vorstellung. Beinahe wie im Senat.

»Dann schließ dein verdammtes Auto doch ab, wenn du es so sehr liebst!« Regina keift so laut, dass es selbst Rocco die Stimme verschlägt.

»Es war abgeschlossen! Der Bursche hat den Schlüssel aus meinem Zimmer geklaut!«, brüllt Erwin, doch gegen die Löwin, die er in Regina geweckt hat, kommt er nicht an. Außerdem weiß er, welch jämmerliches Bild er abgibt.

»Dann schließ dein verdammtes Zimmer ab! Mein Kind schlägst du nie wieder, sonst bist du uns für immer los!«

Noch vor zwei Tagen wäre das eine nicht zu unterschätzende Offerte gewesen. Doch nun ist die gesamte Familie um Erwin versammelt. Was auch immer er jetzt sagt, es wird die Sache nicht besser machen.

»Aber das ganze Auto ist versaut!« Er sieht sich Bestätigung suchend um, doch er erntet nur Unverständnis und Missbilligung in den Augen der Umstehenden. »Deswegen schlägt man doch aber seinen Enkel nicht! Zumal das nur ein Dienstwagen ist, oder?«, sagt Harald laut genug, sodass es alle hören können. »Du …«, droht Erwin und geht auf Harald los. Doch erstens fällt ihm keine passende Erwiderung ein, und zweitens ist Harald ein bisschen größer und schwerer als er und als Gangster bestimmt in der

Lage, körperliche Attacken wegzustecken und, vielmehr noch, auszuteilen.

Carola geht diplomatisch dazwischen. »Wenn wir ganz schnell machen, können wir mit warmem Wasser vielleicht noch etwas retten. Ich kümmere mich!« Schon will sie ins Haus laufen. Doch da stellt sich Regina ihr in den Weg.

»Das könnte dir so passen! Ich mache das!« Mit diesen Worten drückt sie ihrer Schwester Rocco an die Brust. Carola greift instinktiv zu, und Rocco zeigt sich augenblicklich handsam. Außerdem lassen sich an Tantes heller Bluse die Hände gut abwischen.

Alle Anwesenden kehren jetzt zur Terrasse zurück außer Regina, die mit einer Schüssel warmem Wasser, Spülmittel und einem weichen Lappen zum Wagen ihres Vaters marschiert und beginnt, das Leder zu reinigen.

Sie muss allerdings schnell feststellen, dass es unmöglich ist. Und mindestens so schnell kommt sie zu dem Schluss, dass Carola dies erstens gewusst hat, zweitens ihr damit nur eine Falle gestellt hat und drittens sie sofort hineingetappt ist.

»Verdammt!«, zischt Regina und schrubbt wütend an dem Leder herum. Plötzlich brummt etwas unter dem Beifahrersitz.

24 Gerade ist Ruhe eingekehrt auf der Terrasse. Alle haben sich wieder gesetzt und sich ihren Tellern zugewandt. Niemand will ein unnötiges Wort verlieren, es gibt auch nichts zu sagen. Jeder ist gereizt, und selbst Agnes hat keine Nerven mehr, auch nur so zu tun, als sei sie noch vergnügt. Ganz im Gegenteil, sie könnte heulen, ist sie wirklich so eine naive Träumerin gewesen?

Petra sieht sich um. Es muss doch eine Möglichkeit geben, Öl ins Feuer zu gießen. Wie könnte sie das anstellen? Geschickt auf jeden Fall, damit sich der Hass nicht an ihr entlädt, so viel hat sie nun schon mitbekommen in den letzten vierundzwanzig Stunden. Es muss eine scheinbar harmlose Frage sein. Und sie weiß auch schon eine. Sie wendet sich gleichzeitig an Harald und Erwin.

»Wann habt ihr denn eigentlich voneinander …?« Weiter kommt sie nicht.

»Du Miststück!«, keift Regina schon aus der Ferne, und Petra lehnt sich genüsslich lächelnd zurück. Wie eine Furie stürmt Regina auf die Terrasse. In ihrer Hand ein mit Nutella verschmiertes Handy. Es ist das ihrer Schwester.

»Du elendes Miststück, ich hab es geahnt!«, schreit sie Carola an. »Nichts gönnst du mir, nichts! Ich hasse dich! Ich hasse euch alle!« Sie knallt das Handy auf den Tisch, das abprallt und im hohen Bogen genau in Erwins Schoß fliegt. Dann schnappt sich Regina ihren Sohn und flieht ins Haus.

Erwin nimmt das Telefon.

»Gib's mir!«, bittet Carola. Doch Erwin will jetzt wissen, was los ist. Wenn ihm sonst schon alles aus den Händen gleitet. Gisela beugt sich zu ihm, um das Display lesen zu können. Gemeinsam lesen sie folgenden Chat:

Ralf: Carola, sag irgendwas.
Ralf: Carola, haben sie es herausgefunden???
Ralf: Antworte doch!
Ralf: Carola???
Ralf: Carola?
Ralf: Soll ich mal anrufen?
Ralf: Melde dich mal!
Ralf: Carola? Antworte!
Carola: Ich muss!
Ralf: Ach, quatsch, du kneifst nur!
Carola: Nein, ich muss auch da hin.
Ralf: Dann passt es doch gerade, wenn alle dort sind!
Carola: Muss an die Ostsee, zum Treffen!
Ralf: Warum?
Carola: Heut geht es nicht, hab ich gesagt, sonst jeden Tag!
Ralf: Schiss?
Carola: Heute nicht.
Ralf: Carola, heute Zeit?

»Ich kapier gar nichts«, gibt Erwin offen zu.

»Du musst es von unten nach oben lesen«, erklärt Gisela flüsternd.

»Ah!«, sagt Erwin und nickt, so ist es verständlicher. Dann fragt er flüsternd Gisela. »Und wer ist dieser Ralf?«

Gisela boxt ihn auf die Schulter. »Roccos Vater!«, zischt sie und ist wütend, weil er so dämlich ist. Dann sehen sie beide zu Carola. Unter den Blicken aller Anwesenden senkt Carola schuldbewusst den Kopf.

Agnes steht auf. Ihrem Gesichtsausdruck nach zu urteilen, hat sie jetzt endgültig jeglichen Respekt vor dieser Familie verloren.

»Hat jemand etwas dagegen, wenn ich Joseph zu Bett bringe und dann mit den Kindern noch einmal zum Strand gehe?«, fragt sie. Da niemand antwortet, nimmt sie das als ein Ja. Sie schiebt Joseph ins Haus.

»Ich geh auch an den Strand«, murmelt Uwe halblaut. Doch niemanden interessiert es. Er schlendert davon.

Petra sieht ihm nach und wirft dann einen Blick auf die Uhr. Sie ist enttäuscht. Was muss denn noch geschehen, dass hier alles auseinanderfliegt? Wahrscheinlich sind hier doch alle so sehr um Contenance und Harmonie bemüht, dass es niemals zu einem richtigen Krach kommen wird. Lieber saufen sie sich in die Nacht, packen am Morgen alles zusammen und verschwinden.

Es wäre also besser, sie macht ihre Arbeit und verschwindet noch am selben Tag von hier. Sie wäre befreit von Uwe und von diesem Finnen, der seit einer Stunde nur noch unter seinen Augenbrauen hervorstiert und böse grinst. Petra erhebt sich.

»Holst du den Wein?«, fragt Maria-Sophie und schließt sich ihr eilig an. »Warte, ich helfe dir!«

Petra zögert kurz, nickt dann. So war das nicht geplant.

Auch Tom steht auf. Er will auch an den Strand, aber allein. Er gehört doch nicht mehr zu den Kindern. Außerdem will er Vanessa zeigen, dass er ganz gut ohne sie kann. Dass sie ihm erst Hoffnung macht, um ihn dann so abblitzen zu lassen, zehrt an seinem Selbstbewusstsein, das wie ein Pflanzenkeim doch gerade erst zu sprießen begonnen hat. Außerdem kommt man wahrscheinlich im Leben besser klar ohne diese Weiber, denkt er und hofft natürlich, dass sie ihm folgt.

Vanessa lässt ihn ziehen. Was auch immer ihn so unchillig gemacht hat, es ist sein Problem. Und wenn er denkt, sie läuft ihm nach, hat er sich geschnitten. Vanessa steht auf.

»Ich geh rein!«, pflaumt sie die Allgemeinheit an und geht ins Haus. Nach exakt achtundsechzig Sekunden verlässt sie es wieder durch die Vordertür und geht zum Strand.

Nur mal gucken, was Tom macht.

Uwe hat sich derweil in sein gestriges Versteck in der Düne zurückgezogen, fühlt sich sicher und unbeobachtet. Tom sieht ihn, doch dem ist gerade alles egal. Schön hier, denkt Uwe und meint es ehrlich. Er macht noch ein Foto von der untergehenden Sonne, im Prinzip dasselbe wie am vorhergehenden Abend, und teilt es auf Facebook. *Deutschland ist schön*, schreibt er dazu, dann löscht er es wieder, weil man sonst tatsächlich meinen könnte, es sei das Bild vom

Vortag. Stattdessen schreibt er *einfach fantastisch hier*, weil man das so schreibt, auch wenn es vielleicht gar nicht fantastisch ist. Er wartet noch, bis Sieglind ihren Daumen draufklickt. *Gut gehen lassen!*, kommentiert sie, und das will Uwe wirklich. Deshalb steckt er sein Smartphone weg und konzentriert sich auf Agnes und die Kinder, die gerade an den Strand kommen.

Im Prinzip wiederholt sich auch hier der vorige Abend. Es gibt eine riesige Gaudi für die Kinder, die schreien, planschen, kreischen und springen und toben sich aus. Ein bisschen hysterischer vielleicht als am Abend zuvor. Anscheinend haben sie mitbekommen, dass zwischen den Großen eine angespannte Stimmung herrscht. Außerdem ist Agnes nicht ganz bei der Sache. Sie sieht nur ab und zu auf, wenn ein Kind dem anderen eine Qualle um die Ohren klatscht.

Vanessa und Tom umkreisen sich. Ganz langsam. In Zeitlupe. Sie nähert sich auf Sichtweite. Setzt sich mit dem Rücken zu ihm. Bringt ihn in Zugzwang. Er schlendert ein Stück den Strand entlang, betrachtet das Meer, mit den Händen in den Hosentaschen, als könne er seinen Blick nicht mehr losreißen. Irgendwann sieht er sich verstohlen um, aber Vanessa ist weg. Er findet sie, zwischen Strandkörben sitzend, ist erleichtert, aber fühlt sich ertappt. Sie grinst, weil sie gesehen hat, wie er nach ihr suchte. Nun stapft er wieder davon, aber nicht zu weit weg, sucht sich einen Platz, von dem aus er beobachten kann. So wird das den ganzen Abend gehen, bis tief in die Nacht. Irgendwann werden sie sich an einem der Lagerfeuer wiederfinden. Werden sich annähern, sich versöhnen, ohne ein Wort zu sprechen, und schließlich Händchen halten, circa gegen fünf in der Früh.

Agnes hat sich unterdessen selbst aus trüben Gedanken gerissen. Sie klatscht in die Hände. »Genug! Ins Bett! Ins Bett!«, ruft sie und alle Kinder folgen.

Nein, nicht alle.

Linda lässt sich zurückfallen. Läuft langsamer und tut so, als suche sie etwas. Als sie sich allein glaubt, entkleidet sie sich. Das hat sie sich die ganze Zeit gewünscht. Frei zu sein, befreit von diesem kneifenden Badeanzug. Erleichtert atmet sie aus, dehnt sich, streckt sich, geht ins Wasser. Ein bisschen planscht sie herum, geht dann aber weiter, bis zur Sandbank. Eine Weile tummelt sie sich dort, dann schwimmt sie hinaus.

Uwe steht in seinem Versteck auf.

Linda schwimmt nicht schlecht, sie hat viel Auftrieb, kommt gut voran. Doch das Wasser ist kälter weiter draußen. Auf einmal fährt ihr ein Krampf in die Wade. Sie greift sich ans Bein, denn es fühlt sich an, als hätte ein kleiner Hai zugebissen. Sie geht dabei unter und gerät in Panik. Sie fängt an zu strampeln und vergisst, wie man schwimmt. Sie will etwas rufen, doch sie schluckt Wasser. Hustet. Spuckt. Längst hat sie keinen Boden mehr unter den Füßen. Das rettende Ufer ist unerreichbar fern.

Das ist Uwes Moment. Er rennt los, reißt sich Hemd und Hose vom Leibe, sprintet ins Wasser. Jetzt möchte man ungern eine Zeitlupeneinstellung. Schlaffe Haut bewegt sich auf und ab, Uwes Bauch gerät in Schwingung, er sieht bei Weitem nicht aus wie ein durchtrainierter Rettungsschwimmer, aber er hechtet sich ins kalte Meer, krault, kämpft wie noch nie in seinem Leben, schluckt selbst Wasser, sieht Linda, wie sie versinkt. Er taucht, greift zu, schnappt sich das Mädchen, kämpft um ihr und auch um sein Leben. Er zerrt an ihr, hebt ihren Kopf über Wasser und schleppt die bewusstlose Linda mit letzter Kraft zum rettenden Ufer. Er zieht sie ein Stück hinauf. Leblos liegt sie im Sand. Uwe, selbst am Ende seiner Kräfte, keucht, pumpt, presst ihr das Wasser aus der Lunge. Beginnt dann mit Mund-zu-Mund-Beatmung und Herzdruckmassage. Linda kommt zu sich, glaubt sich im Wasser, strampelt, niest und spuckt Wasser aus. Dann realisiert sie, wo sie ist, reißt die Augen auf. Uwe grinst euphorisiert. Geschafft, gerettet. Eine ganz neue Erfahrung, besser noch als die, ein Tablett getragen zu haben. Er hat Leben gerettet. Er hat etwas getan, etwas Konstruktives sozusagen. Er fühlt sich leicht, neu, ein neuer Mensch. Etwas keimt in ihm, eine Idee: Er will etwas tun, etwas schaffen. Seine Zeit nutzen, etwas daraus machen. Als er aufsieht, nähert sich seinem Gesicht etwas mit atemberaubender Geschwindigkeit. Er kann es gerade noch erkennen, was die Sache nicht angenehmer macht. Es ist Idas Faust, und sie trifft ihn voll auf die Nase.

»Ich hab es doch geahnt, du Dreckschwein!«, zischt Lindas Mutter. Dann schnappt sie sich die Hand ihrer verdatterten Tochter und lässt den bewusstlosen Uwe am Strand zurück.

25

Rocco wird am nächsten Morgen gegen fünf wach. Seine Mutter liegt im Tiefschlaf, nachdem sie sich die halbe Nacht die Augen ausgeweint hat. Unbemerkt schleicht er aus dem Haus, will niemandem zur Last fallen. Er spielt ein wenig mit den Autos, malt lustige Bilder in den Staub, der sich auf den Lack der Wagen gelegt hatte. Er wäre nicht Rocco, wenn er dazu nicht einen spitzen Stein nehmen würde. Mit Fingerkuppen malen kann ja jedes Kind. Als er Hunger bekommt, nimmt er sich aus der Küche ein Brötchen und ein Stück Wurst. Dann aber sieht er das Nutellaglas, seufzt resigniert (das hat er sich bei seiner Mutter abgeschaut). Er ergibt sich seinem Schicksal, legt mit Bedauern die Wurst weg und nimmt das Glas. Er will sie doch stolz machen.

Nach und nach werden die Erwachsenen wach. Es ist kein schönes Erwachen. Sie alle haben zu viel getrunken. Viel zu viel. Die meisten von ihnen haben Kopfschmerzen und fühlen Übelkeit. Erst nach und nach entdecken sie es.

»Mein Hygienebeutel ist weg«, wundert sich Ida.

»Ich kann meine Handtasche nicht finden«, flüstert Maria-Sophie.

»Habt ihr mein Handy gesehen?«, fragt Ute.

»Wo ist meine Hose?« Jussi ist ratlos. Und irritiert. In seinem Traum hat ein Eichhörnchen die ganze Nacht am Fenster gesessen und ihn angestarrt. Seine Erleichterung, dass es nur ein Traum gewesen ist, währt nur bis zu dem Moment, als er einen zernagten Kiefernzapfen auf seinem Fensterbrett findet.

»War mir sicher, dass ich den Autoschlüssel eingesteckt habe«, wundert sich Erwin.

»Iiiih, hier ist überall Schokolade drangeschmiert«, jammert Linda und mustert ihr Kleid.

»Hat jemand Rocco gesehen?« Regina wirkt abgehetzt, sie hat draußen nach dem Jungen gesucht und außerdem seine Kunstwerke an den Autos entdeckt. Doch damit kann sie sich jetzt nicht beschäftigen, der Junge ist wichtiger.

»Dieser Rotzbengel«, knurrt Erwin, obwohl er von den Kunstwerken ja noch gar nichts weiß.

»Hier ist das Zeug!«, ruft Gisela, die ihren Enkel doch ganz gut kennt und einfach nur der Schokoladenspur gefolgt ist. Das Zeug liegt in einer Ecke unter der Treppe.

Maria-Sophie kommt eilig herangetippelt. Gisela reicht ihr die Handtasche, die ist offen, und der Inhalt fällt heraus. Unter anderem eine Pistole, die schwer auf den Boden poltert. Gisela sieht verwundert auf.

»Na ja, ich …«, will Maria-Sophie erklären. Bis zu diesem Moment hat keiner der Anwesenden wirklich ein Problem damit, denn wie ja alle wissen, ist Harald ein Verbrecher, und die oder auch deren Frauen tragen nun mal Waffen bei sich. Doch dann bückt Erwin sich und hebt etwas anderes auf. Es ist ein Dienstausweis. Und der wiegt schwerer als die Waffe.

»Alma Steinbach, Hauptkommissarin?« Erwin sieht verblüfft in Maria-Sophies Gesicht. Dann wallen sofort brüderliche Gefühle in ihm hoch.

Harald stürmt ins Haus. Eigentlich hatte er draußen nur eine rauchen wollen. »Wo ist der Rotzlümmel? Habt ihr die Autos gesehen? Alle zerkratzt, der ganze Lack!«, brüllt er. Wenn der Bengel Erwins Auto demoliert, ist das ja lustig, aber nun ist auch seins betroffen, und das ändert natürlich alles.

Erwin läuft ihm entgegen. »Deine Frau ist eine Polizistin«, keucht er aufgeregt und will seinen Bruder warnen.

Harald weicht zurück. »Na und?«, fragt er, und das ist nicht das, was Erwin erwartet hat.

Verblüfft starrt Erwin seinen großen Bruder an. »Wusstest du das etwa?«

Maria-Sophie, alias Alma Steinbach, versucht, Harald Zeichen zu geben, schüttelt heftig den Kopf, reißt die Augen auf. Doch Harald ist wütend, sein Auto ist zerkratzt, und er liebt sein Auto, und schuld ist Erwins Enkel und somit Erwin. »Natürlich wusste ich das. Ich bin ja schließlich selbst zur Polizei gegangen.«

»Hä?« Erwin versteht nur Bahnhof.

Harald macht einen bedrohlichen Schritt nach vorn. »Denkst du, ich weiß nicht, wer mich verraten hat, damals. Ich habe dir mein Herz ausgeschüttet, nachdem Vater uns nach so vielen Jahren zusammengebracht hat, und du hast nichts Besseres zu tun, als mich wegen Fahrerflucht anzuzeigen!«

Erwin weicht leicht zurück. »Was? Na, hör mal, jemanden totzufahren und dann zu fliehen ist ein Verbrechen!«

»Du hattest doch nur Angst, ich könnte deine Karriere zerstören«, sagt Harald gehässig. Mit dieser Aussage trifft er genau ins Schwarze, denn Erwin war gerade das erste Mal in den Senat gewählt worden.

»Du hast jemanden getötet!«

»Es war ein Unfall! Er stand mitten auf der Straße, dann trat er sogar noch einen Schritt zurück. Außerdem war es bloß ein Stasischwein!«

»Aber er war doch auch ein Mensch!« Eine ungewöhnliche Aussage. Erwins Mitgefühl für Fremde hält sich sonst eher in Grenzen.

»Und was hat das jetzt mit Maria-Sophie zu tun?«, mischt sich Petra ein, die das Gespräch wieder in richtige Bahnen lenken will. Sie hätte nicht gedacht, dass es sich noch einmal so schnell zuspitzen würde. Jetzt könnte es richtig interessant werden.

»Ja, was denn?«, fragt Erwin. Dann geht ihm endlich ein Licht auf. Seitdem Harald diese Maria-Sophie das erste Mal angeschleppt hat, fühlt er sich verfolgt. All seine Nebenverdienste versiegen. Freunde setzen sich ab. Seine Beraterhonorare werden plötzlich geprüft. Grüne und Linke schießen sich auf ihn ein. Und beinahe hätte man ihm die ganze Flughafensache anhängen wollen.

Für Alma, alias Maria-Sophie, macht das Versteckspiel keinen Sinn mehr. »Ich bin von der Abteilung für Finanzdelikte«, gibt sie zu.

Erwin knirscht mit den Zähnen, zieht seine eigene Pistole und zielt auf Alma. »Du elende …!«

»Papa!«, kreischt Regina, die nicht damit gerechnet hat, dass ihr Vater eine Waffe besitzt.

»Papa!«, schreit Carola, die darüber Bescheid wusste.

»Halt deinen Mund!«, fährt Regina sie an. »Du willst mir meinen Ralf wegnehmen!«

»Will ich doch gar nicht.« Carola schüttelt den Kopf.

»Warum schreibt ihr dann?«

»Wir arbeiten zusammen.«

»Du bist eine Putzfrau?«, fragte Gisela entsetzt.

»Nein, wir arbeiten für die Zeitung. Ralf und ich.«

»Die taz?«, fragt Erwin, der, ohne es zu bemerken, während des Gesprächs abwechselnd mit dem Pistolenlauf auf Tochter 1, Tochter 2, Tochter 1, Frau, Tochter 1 zielt.

»Aber Ralf arbeitet im Facility-Management.« Nun ist Regina verdutzt und vergisst, sich darüber aufzuregen, dass ihre Schwester Geheimnisse mit ihrem Freund Ralf teilt.

Carola nickt vielsagend. »Ja, im Senat.« Dann sieht sie ihren Vater an. »Es tut mir leid, Papa, ich wollte nur, dass du endlich aussteigst, du machst uns alle verrückt, du selbst bist doch völlig verrückt!«

»Ach ja, bin ich das?«, knurrt Erwin, und seine Pupillen beginnen zu flackern.

»Ja, und nicht erst seit Kurzem. Erinnerst du dich? Du hast Tom zweimal vergessen, einmal auf einer Raststätte und einmal auf einem Spielplatz. Deinen eigenen Enkel! Denkst du, ich weiß das nicht? Du bist gereizt und immerzu wütend und ungerecht.«

»Und du hast auch die Bullen eingeschaltet?«, fragt Erwin seine ältere Tochter Carola.

»Zuerst nur die Steuerfahndung«, korrigiert Alma-Maria-Sophie nervös. Nicht allein wegen der angespannten

Situation. Ihre zweite Dienstwaffe ist aus ihrem Zimmer verschwunden, das wollte sie vorhin nicht sagen.

Erwin zielt wieder auf sie.

»Nein, das war ich!«, meldet sich Harald zu Wort und hat nun seinerseits eine Pistole in der Hand. Erwin wirbelt herum. Jetzt halten die beiden Brüder die Pistolen aufeinander gerichtet. Gisela kreischt auf.

»Zehn Euro auf deinen Großvater«, sagt Vanessa zu Tom. Dabei hält sie seine Hand. Gerade sind sie zur Tür hereingekommen.

Jussi rauft sich die Haare. »Wieso habt ihr denn alle Waffen? Seid ihr alle verrückt geworden?«, schreit er verzweifelt.

»Glaubst du, ich lasse dich ungeschoren davonkommen, nachdem du mein Leben zerstört hast?«, zischt Harald.

»Zerstört? Das hast du doch selbst, als du dich entschieden hast, Gangster zu werden!«

»Wenn hier jemand ein Gangster ist, dann doch du, der Herr Politiker!«, bellt Harald höhnisch.

»Wir arbeiten schwer, im Gegensatz zu dir Verbrecher.«

»Was willst du denn eigentlich von mir? Ich bin Malermeister und leite eine Firma!«, donnert Harald.

»Was?« Wieder ist Erwin verblüfft.

»Und außerdem habe ich mit deiner Frau geschlafen.« Das war dumm, aber es musste sein, findet zumindest Harald.

»Harald!«, zischt Gisela, denn sie sieht das nicht so.

Petra hätte gern mehr gesehen, doch sie muss sich auf ihre Arbeit konzentrieren und hält diesen Moment für dramatisch genug, um ihm mit Josephs Tod noch das gewisse Pathos zu verleihen, der ihn zu einem unsterblichen Augenblick in der Geschichte machen würde. Sie sieht die Schlagzeile schon vor sich, während sie sich seitlich aus dem Geschehen drückt und in Richtung Josephs Zimmer verschwindet.

Tom räuspert sich. »Heißt das, Mama ist nicht Opa Erwins Tochter, und Onkel Harald ist mein Opa?«, fragt er laut.

Da kann man mal sehen, wie wenig Tom zu diesem Thema weiß. Denn natürlich ist das alles sehr unwahrscheinlich. Wegen dieses einen Mals, zu dem sich Gisela und Harald in angetrunkenem Zustand zusammengefunden haben. Wie groß ist die Chance, dass dabei Toms Mutter Carola entstanden sein soll? Zufälligerweise trifft es Tom jedoch genau auf den Punkt und spricht damit aus, was Carola ihr Leben lang schon vermutet, ist sie doch ihren Cousinen viel ähnlicher.

Vanessa lässt augenblicklich Toms Hand los.

»Ihr seid ja alle irre!«, schnauft Jussi. »Ich geh nach Finnland zurück!«

Sven kommt mit einem Sudoku-Heft in der Hand angelaufen. Er hat von allem noch nichts mitbekommen. Soeben ist er auf des Rätsels Lösung gekommen.

»Irgendjemand schreibt falsche Zahlen hier rein!«, sagt er fassungslos, sieht seine Frau vorwurfsvoll an und hält ihr das Heft vor die Nase. »Absichtlich!«

»Na und?«, antwortet Ute. Vanessa sieht zu Boden und kichert in sich hinein.

»Na und? Na und? Kann hier jeder machen, was er will?«, explodiert Sven.

»Zum Beispiel einmal im Monat in den Puff gehen?«, schlägt Ute vor.

Sven schnappt nach Luft. Dann schießt das Blut in seinen Kopf. »Weißt du, was ich dort mache?«, kreischt er. »Reden! Nur reden. Sie hört nämlich zu, verstehst du? Weil ich sonst mit niemandem reden kann.«

Inzwischen ist Ida ein Licht aufgegangen. Wenn der Staat Onkel Erwin im Visier hat, dann macht er es richtig. »Deshalb steht dieser Wohnwagen seit Monaten vor unserer Tür!«, ruft sie. »Die beobachten uns alle!«

»Das ist meiner!«, keucht Jussi, der eigentlich schon auf dem Weg in sein Zimmer ist. »Damit ich wenigstens ab und zu ein bisschen Ruhe habe. Vor den Kindern und den blöden Witzen und deinen blöden besorgten Bürgern. Denkst du, ich weiß nicht, mit welchen Leuten du dich auf Facebook unterhältst und dass du Sieglind bist! Ihr habt an Silvester den Funkmast mit Raketen beschossen, bis er kaputt war, deshalb hatten wir ein paar Wochen lang keinen Empfang auf unseren Handys. Und den Wohnwagen brauche ich, damit ich wenigstens ab und an …« Doch weiter kommt er nicht.

Die Küchentür geht auf. Uwe taumelt herein, er hat die ganze Nacht am Strand gelegen. Möwen haben an seiner gebrochenen Nase herumgepickt und ihn unsanft geweckt. Erwin und Harald wirbeln herum und zielen auf ihn. Zum Glück war Uwes Hose schon nass.

Als die Brüder erkennen, dass von Uwe keine Gefahr ausgeht, richten sie ihre Waffen wieder aufeinander und drücken ab. Beide. Es klickt hohl. Und noch mal und noch mal.

Die Ruhe wirkt irritierend, keiner weiß etwas zu sagen. Verlegen lassen die Brüder die Waffen sinken.

»Ich wäre keine gute Polizistin, wenn ich so etwas zugelassen hätte«, sagt Alma und hält zwei Magazine in der Hand.

»Du hättest mich erschossen?«, fragt Erwin und schaut seinen Bruder angewidert an.

Harald zuckt mit den Achseln. »Du hast zuerst abgedrückt!«

»Aber du hast mehrmals abgedrückt!«

Stille breitet sich aus.

»Ich würde sagen …«, beginnt dann Erwin, der seine Politikermentalität noch nicht verloren hat, »wir packen zusammen, fahren heim und tun so, als hätte es diesen Tag nie gegeben. Wir gehen ab sofort getrennte Wege, und wenn Vater stirbt, verkaufen wir das Haus, teilen alles auf und sehen uns nie wieder.«

Harald nickt zustimmend. »So soll es sein.«

Niemand widerspricht, und hier könnte die Geschichte zu Ende sein.

Ist sie aber nicht.

Ein Schuss fällt.

In Josephs Zimmer.

Sie stürzen allesamt zur Tür. Stoßen sie auf. Doch Erwin, der als Erster zur Stelle ist, breitet die Arme aus, lehnt sich zurück und stemmt sich gegen die nachdrängende Familie.

»Rocco«, sagt er leise, als alle zum Stehen gekommen sind. »Immer sachte, Junge«, flüstert er, geht leicht in die

Knie, setzt sein nettestes Opagesicht auf. »Leg das mal hin! Ja, leg es auf den Boden, ganz sachte, schön, brav. Prima, klasse! Toll, super. Ja, leg es weg, mein Junge!«

Rocco legt Almas zweite Dienstwaffe auf den Boden, alle atmen auf. Jetzt läuft der Junge zu seiner Mutter. Erwin und Harald geben ihm den Weg frei, dann betreten sie und die anderen den Raum. Joseph liegt im Bett und keucht unter der Maske. Er lebt.

Petra dagegen liegt am Boden, ihr strenger Zopf hat sich gelöst, ihre blonde Haarpracht hat sich über den eichenen Parkettboden ergossen, was sehr dekorativ aussieht. Sven will sich das merken.

Petras Gesichtsausdruck zeigt Überraschung und Erstaunen. Der Schuss hat sie genau zwischen die Augen getroffen. Ein dünner Blutfaden rinnt aus dem kleinen Loch.

Jussi fällt in Ohnmacht.

Ansonsten passiert erst mal nichts weiter.

Eine kleine Fliege, die in einem Blumentopf auf dem Fensterbrett lebt, krabbelt am Pflanzenstängel empor. Es ist eine Zygopetalum mackayi, eine Orchidee, die ihre beste Zeit schon hinter sich hat, die Blüten sind aufgrund falscher Pflege allesamt verwelkt und abgefallen. Der Fliege, Trauerfliege genannt, die eigentliche eine Sciaridae ist, also eine Trauermücke, ist es egal. Für sie ist es eine gute Pflanze, sie mag sie. Nun hebt sie ab und fliegt eine Runde durch den Raum. Doch es gibt nichts zu entdecken. Das war am Tag vorher auch schon so, aber das hat die Mücke bereits vergessen.

26

Eine Stunde später, in der hintersten Ecke des Grundstücks, stehen die drei Brüder, die Frauen und die älteren Enkel im Schutz hoher Büsche um einen flachen Erdhügel herum. Sie haben ihn mehr oder weniger geschickt mit ausgestochenen Grasnarben bedeckt.

»Jetzt können wir das Grundstück aber nicht mehr verkaufen«, meint Gisela leise.

»Und wir müssen alle miteinander dichthalten«, sagt Harald. »Niemand weiß, dass sie hier war.«

»Aber es war ein Unfall«, widerspricht Alma/Maria-Sophie fast tonlos, sie ist bleich im Gesicht.

»Wie willst du denn das erklären?«, fragt Harald, und Alma/Maria-Sophie schließt betreten den Mund.

Erwin sieht Harald an, dann Uwe. »Wir sollten das Beste daraus machen.«

Harald denkt nach und nickt. »Gut!« Ihm ist gerade eine Idee gekommen. Die erste vernünftige seit Tagen. »Gehen wir an den Strand!«

Erwin legt Uwe brüderlich den Arm um die Schulter. »Wir besorgen dir eine neue Frau.«

Uwe nickt. Er ist selig, denn das ist die Art von Aufmerksamkeit, die er sich schon immer von seinen Brüdern gewünscht hat.

Gemeinsam gehen sie davon. Rocco hat sich schon wieder erholt und rennt durch die Gegend. Dabei kreuzt er den Weg seines Großvaters und bleibt wie erstarrt stehen. Da ist niemand, der ihn beschützen kann.

Erwin betrachtet nachdenklich seinen einzigen Enkel und kommt langsam näher. Rocco vergisst zu atmen.

»Na, komm her, kleiner Kerl«, sagt Erwin gutmütig, schnappt sich Rocco und setzt ihn sich auf die Schultern.

Epilog

In Svens und Utes Zimmer ertönt ein Brummen. Es ist Svens Handy. Er hat das Telefon im Zimmer gelassen, als sie zum Strand gegangen sind, absichtlich. Heute ist heute, denkt er sich. Es geht ihm gut hier am Wasser, nur der verbrannte Streifen Haut stört ein wenig. So kann er die SMS, die gerade eingeht, nicht gleich lesen.

lieber sven, leider kann ich sie nicht erreichen, sind sie im urlaub?
wollte mich nur bedanken, der laden kommt super an,
kundenbuch voll,
sie hatten es bestimmt nicht leicht mit mir :)
LG Renata

Linda stromert durch das Haus. Ihr ist langweilig. Da nun alle am Strand sind, bleibt ihr nichts anderes übrig, als hierzubleiben, wenn sie ihre Ruhe haben will. Außerdem ist ihr das Meer nicht mehr geheuer. Sie hätte nicht gedacht, dass man wirklich ertrinken kann.

Nun aber ist es ihr fast zu ruhig in dem leeren Haus. Linda betritt das Zimmer von Erwin und Gisela. Auf dem Tisch liegt Erwins Tablet. Auch er hat darauf verzichtet, es mit an den Strand zu nehmen. Linda weiß, wie man mit dem Ding umgeht. Sie hat Erwin oft genug beobachtet dabei und kennt den Zugangscode. Dutzende Icons erscheinen auf dem Display. Sie tippt auf die taz-App, warum auch immer. Der neue Hauptartikel ploppt auf.

> *Berlin.* Wurde dem so oft gescholtenen Senator Erwin Behle (CDU) vor Kurzem noch vorgeworfen, er habe den Bau des Flughafens absichtlich verschleppt, um von Subunternehmern Prämien für Folgeaufträge zu überteuerten Kosten einzustreichen, zeigt sich jetzt ein völlig neues Bild von ihm. Über einen Informanten wurde der Redaktion eine detaillierte Liste von Lokalpolitikern, Unternehmern und Bankhäusern zugespielt, die in die Affäre um das Großprojekt involviert sein sollen. Behle, der für seine fragwürdigen Aussagen über soziale Randgruppen und für seinen verschwenderischen Lebensstil bekannt war, hat offenbar seine eigenen investigativen Recherchen betrieben. Dabei war es ihm egal, dass er Anfeindungen von allen Seiten ausgesetzt war und befürchten musste, seinen Senatorenposten zu verlieren. Der Senator hatte sich offenbar in den Kopf gesetzt, dieses Netzwerk auffliegen zu lassen und …

Linda hat keine Lust weiterzulesen. Sie versteht sowieso kaum etwas davon. Eigentlich hat sie nur hingeguckt, weil daneben Großonkel Erwin abgebildet ist. Stattdessen legt sie sich auf das breite Bett, holt aus ihrer Hosentasche ihren nagelneuen Personalausweis heraus und vergleicht ihn mit dem, den sie in Schwester Agnes' Zimmer gefunden hat. »Agnes Steglich« liest sie und überlegt, ob sie den

Namen nicht schon einmal irgendwo gehört hat. Dann zuckt sie mit den Schultern und steckt die Ausweise wieder weg. Sie will jetzt doch zum Strand. Das Wetter ist einfach zu genial.

Agnes steht am Fenster und beobachtet Harald, Uwe und Erwin, die gemeinsam zum Strand gehen, Letzterer mit dem kleinen Rocco auf dem Arm. Dann wirft sie einen Blick auf Joseph, der reglos neben ihr im Rollstuhl sitzt.

»War es das nun wert?«, fragt sie leise.

Es bleibt still.

Immer noch.

Immer noch.

Dann greift Joseph nach der Sauerstoffmaske, nimmt sie vom Gesicht und zwinkert schelmisch.

»Ich sagte doch, ›vertrau deinem Vater‹. Manche Leute muss man eben zu ihrem Glück zwingen.« Dann schlägt Joseph die Decke zurück und steht auf.

»Aber es ist doch schade um den teuren Käse.«